春潮NOV+

回到分歧的路口

尾随者

默音 著

中信出版集团 | 北京

图书在版编目（CIP）数据

尾随者 / 默音著. -- 北京：中信出版社, 2024.1
ISBN 978-7-5217-6113-9

Ⅰ.①尾… Ⅱ.①默… Ⅲ.①中篇小说—小说集—中国—当代②短篇小说—小说集—中国—当代 Ⅳ.
①I247.7

中国国家版本馆CIP数据核字(2023)第210548号

上海市作家协会签约作品
上海文化发展基金会资助项目

尾随者

著　者：默音
出版发行：中信出版集团股份有限公司
　　　　（北京市朝阳区东三环北路27号嘉铭中心　邮编　100020）
承 印 者：河北鹏润印刷有限公司

开　本：880mm×1230mm　1/32　　印　张：12.75　字　数：220千字
版　次：2024年1月第1版　　　　　印　次：2024年1月第1次印刷
书　号：ISBN 978-7-5217-6113-9
定　价：59.80元

版权所有·侵权必究
如有印刷、装订问题，本公司负责调换。
服务热线：400-600-8099
投稿邮箱：author@citicpub.com

目录

镰仓雨日 　　　001

酒狂 　　　037

暗香 　　　101

尾随者 　　　165

附加值 　　　203

最后一只巧克力麦芬 　　　243

模仿者 　　　301

迷恋 　　　351

后记 　　　401

镰仓雨日

妹妹从微信发了条语音过来:"听说太后要去你那儿?"

我意外地打字回复道:"没听说啊。她自己来吗,不是说老人出国得有人陪吗?"那边想是在忙,十来分钟后才以焦躁的语气说:"搞了半天她还没跟你讲?跟团才需要陪同,她是自由行。再说她还没到七十岁好不好。"接着来了条文字消息,四个字:

她有人陪

我以为妈又是和她的什么老同事或者合唱团伙伴等一群人浩荡出行,没放在心上。几天后,微信收到一张自拍照,墨镜帽子围巾全副武装的老妇和圆脸戴眼镜的老头——后者头顶锃亮,寸草不生。我注意到两个细节,其一,照片用了美颜滤镜,其二,他俩戴的像是同款围巾,颜色分别是暗红和深灰。

紧随照片来了一行字:我们马上就要上飞机了!浦东飞成田。明天一起去镰仓吧!

对着两个感叹号,我在心里呻吟一声。世界上只有一个人会搞这种奇袭,就是我妈。在她看来,自由职业者就该随时随地有空。我赶紧回道,明天不行,要赶个稿子。我今晚陪你吃饭。或者我们后天去镰仓?

那边可能刚关了手机,不再有动静。我继续对着电脑,在几个素材网站之间徘徊,寻找灵感。有本小说的封面插画后天截稿。这周画了几稿,总觉得不对。原因是小说本身让我厌恶。下班后如客人般百事不管的丈夫,被家事与兼职挤压的妻子,在她灰色的日子里闪现的年轻同事,该同事带来的精神上肉体上的撩拨……故事的最后,妻子发现自己怀孕,孩子是丈夫的,两人在一个月前有过女方非自愿的性事,而她和情人尚未到最后一步。她去了医院,医生说,你毕竟是四十一岁,如果这次放弃,今后再难受孕。归程,她在电车上思索,是否该堕胎并追求属于自己的自由,却在这时收到情人的分手电邮。简而言之,从头到尾看不到希望的小说。过多的心理描写,读来像在泥沼中跋涉。但我不能由于私人的阅读体验交一幅灰扑扑的画稿。和编辑还有设计师三方开会的时候,接到的要求是"描绘中年女人的生存压力,同时揭示她的细微快乐"。书名《返花》。日语特有的这个词,意思是樱花、棣棠和杜鹃等植物在冬寒乍退时误以为春天到来,提早开花。

思绪在工作中打了几个转,回到微信上。我妈不是第一次出国游玩,前些年妹妹在美国,她去待了两个月。看样子，和上次不同，她不是来投奔我，纯属顺道看看。让人犯疑的是其同伴。老头到底是谁？问一下妹妹就能知道，我忍住了。妹妹习惯用语音，每次听得我头皮发紧。她说话的嗓音、语速和节奏，都像妈年轻的时候。

在 iPad 上重新起了草稿，感觉仍然不对。妈发来消息说，落地了。我点开妹妹的头像，写道：你妈来了，晚上和她吃饭。

不知道是不是所有的双胞胎都像我和妹妹，习惯说"你妈""你爸"，温毅第一次在饭桌上注意到这一细节，立即问他的新婚妻子、我的妹妹李昱——李纯的妈妈不就是你的妈妈吗？为什么你们互相说"你妈"，听着好奇怪。妹妹漫不经心地答，哦，我是这样说的吗？没注意。我替她解释道，是因为我们小时候两边轮流住吧。温毅恍然大悟般点头，又说，轮流住也够怪的。

我们念初一那年，爸妈离婚，家被一分为二。按抚养协议，我跟爸爸过，妹妹跟妈妈。妈很快提出异议，理由是"你能带好孩子吗"。她对爸的轻视由来已久。父母经过新一轮的协商和争吵，决定让两个女儿分别轮换，一个学期待一边家里。也就是说，我如果这学期在爸位于长宁区的老房子，下学期就去徐汇区的新家。妹妹和我相反。暑假相对弹性，我和妹妹可以选择，想各自或两人一起待哪边家里都行。暑假条款透出了居高临下的意味，妈肯定认为，两个女儿会留在她身旁。她想错了。接下来的初中的暑假，我和妹妹是在爸爸家度过的，即便屋子老旧没有空调，洗澡的热水只有涓涓细流，中午也没有保姆头一天晚上做好的饭菜，只能煮个泡面。

毕竟，对十几岁的女孩来说，和物质生活的舒适度相比，自由重要得多。二十多年过去了，我依旧这么认为。我妈常说，你啊就是不成熟，不如你妹。

上了高中，我就不肯再轮换了。当然不至于在明面上宣告不去徐汇住。我念的是上外附中，得住校。妹妹考取的是普通高中，妈花钱让她进了一所排名不错的民办。爸有一天晚饭喝了点黄酒，对我说，李纯啊，你妈一直说你随我，你妹呢更像她，她还一直鄙视我的智商。你看看现在！还是你有出息，不是吗？

如果我和妹妹是同卵双胞胎，父母就不会有关于谁像谁的执念。爸得意太早，妹妹考取了复旦，且承袭了妈妈的专业，会计。我念了一所二流大学的中文系。也想过报考美术类专业，怕将来找不到工作。我的谨慎肯定不是遗传自爸。

爸下岗后的那些年很是落魄，一度当过保安。我们初二的时候，他在家附近的小学门口摆起了煎饼馃子的炉子。别人的煎饼摊只做早点，我爸的摊子从凌晨一直摆到下午三四点学生放学为止。他回到家总是很疲倦，把生意的家什搁在厨房,往床上一躺。和他同住的女儿,我或者妹妹,放学回家路上有个任务,就是买菜。熟菜店称点白切鸡酱牛肉之类,菜场买绿叶菜和番茄。到家先淘米煮饭洗菜,等电饭锅跳了,喊爸起来烧菜。他炒个蔬菜,煮一锅番茄蛋汤。作为煎饼摊的原材料,家里厨房地上总搁着两大篓蛋。蛋的表面沾着鸡屎,禽类的腥气缭绕不散。从那时起,我就讨厌鸡蛋,盛汤时避开蛋花只捞番茄。妹妹倒是没受影响。

高考前,爸特意找我谈了一次。他说,钱的事你别担心,我有钱。又说,等你大学毕业,要是想出国深造,我供你,用不着你妈一分一毫。这番话没能兑现。我刚上大二,他嫌银行利率低,学人炒股,赚来的钱都亏了。具体赚了多少亏了多少,我从来没搞懂过。

也许我当初应该像妹妹一样念会计。在日本七年,去掉离婚前在家做主妇的两年,后面五年的个人所得税申报,每每让我困惑。关于各项扣除和经费的日文条款,字面我都懂,读起来却如同天书。

妈那边有新消息过来,说是住在有乐町一带。我开始化妆,免得一见面又说我憔悴。从我住的大宫到市中心,需要近一个小时。妹妹也发来微信。接到你妈了吗?我回,没呢,神得很,起飞才告诉我,也没说航班号。刚和她约在银座的咖啡馆。别担心,我会具体告诉她怎么走。

冬天的电车里，既有不怕冷地穿件皮夹克的年轻男人，也有粗毛线编织围巾在脖子上裹三圈的女孩。后者不知是怎么想的，电车里热得很。暖意让思维变得迟缓，我怎么也想不起上次见到妈是在什么时候。我是元旦还是春节回去的？总之是年初。有一天全家在粤菜馆吃饭，外甥温其年没戴围巾，妹妹因此被妈数落了一顿。小学四年级的温其年，个头和模样都像初中生，我觉得是炸鸡薯条之类的吃多了。他的妈妈忍着"春捂秋冻"的轰炸不做反驳的同时，他爸在旁边坐山观虎斗，他本人捧着手机玩游戏。我这个大姨反正是客人，自顾自喝了两碗西洋菜龙骨汤。

"你最近是不是又经常熬夜啊，脸上怎么有斑啦？"

在咖啡馆，我妈刚在对面落座，开口第一句便是挑剔。我抿嘴打量她。没了美颜滤镜，她看起来虽然不像六十九岁，怎么也是六十朝上的人了。头发像是新烫过，发卷不屈不挠地拧着。她把棕色薄呢外套搁在椅背上，贴身的翠色羊绒衫勾勒出雄伟的胸和微凸的腹部。我和妹妹都没继承到她的胸。妹妹曾为此感到遗憾，直到目睹妈年过五十开始发胖。

"有斑还不正常？我也快四十了好吗。"我拿起菜单，问她那个朋友怎么没一起来。

"老罗说他在旅馆歇一歇，等一下直接去饭店。让我们母女先说些私房话。唉，其实没必要。私房话微信也可以讲的嘛。"她说太晚了不喝咖啡，我给她点了玄米茶，拜托服务员把冰水换成热水。年轻的男服务生像是有些诧异，麻利地去换了过来。

"你也不要喝冰的。"她盯着我的杯子说。

"这边都是冰的，习惯了，没事。"为了逃避唠叨，我问起她后面的行程。原来她那个姓罗的朋友悉数安排好了，明天镰仓，住一晚，后天坐新干线去关西，玩京都大阪奈良，下周从大阪飞回上海。既是玩关西，特意飞来东京显得劳民伤财，要说她是为了看我一眼吧，哪有临时提议明天一起去镰仓的？

"你明天就不能陪我一下吗？我难得来。"发现下命令无效，她又摆出恳求的姿态。

我开始头疼。陪她去的话，晚上回来赶一下，从完成度较高的两幅画稿当中取一幅，做最后的润色，也不是不行。我如果这次铁了心说没空，她即便现在退却了，今后会怎么念叨，在妹妹跟前又会怎么讲我，对我来说历历可见，如同有些店铺在圣诞季过去很久仍黏附在玻璃上的喷雪图案。

银座这边我不熟，出门前临时网上搜了几家店想订晚餐，电话一问都满了。无奈，在电车上通过LINE向编辑草津求助。她是所谓的"B级美食家"，很快推了三个链接过来。我选了一家日式锅。她说从程序订很方便,顺手帮订了。我发了个不断鞠躬的兔子表情。

草津大概二十七八岁,第一次见面时听说我是到了日本以后学的画,睁大眼睛说"好厉害啊,李桑是天才"。被夸成天才,从小到大是头一回。我摇头说,哪里,多亏了佐野老师。

最初只是为了解闷和多少融入这边的生活,第一年学语言,第二年进了白峰塾的绘画班。和阮涛离婚后,按理我该收拾一地挫败独自回国,留下来是出于固执。听说他在工作合约到期后回去了。我们四年的婚姻,两年上海两年东京,仿佛只是为了将我引渡到孑然一身的异国生活。有过妹妹在美国待得好好的又逃回上海的例子,我们家从上到下对海外不存幻想。妹妹常说,国外有什么好的,再拼你也还是个二等公民,全世界当然是上海最适意。

我从妹妹那里听说,妈有时拿我在日本的事刺激她。还是你姐有决心有毅力,你看,在国外不是待得好好的?你啊,就是不能吃苦,被我惯坏了。

然而等那位姓罗的男士和我们会合进了餐馆,乔女士摆出的是另一套说法。

"你懂的呀,日本物价多么贵,天晓得我这个女儿哪根神经搭错了,非要留在东京。画画嘛,在哪里不能做,在上海也能做的呀。现在反正都有网络。"

罗叔叔说："日本人不像我们先进，他们还是习惯见面谈事情，对吧？"

我赶紧点头。妈不依不饶道："国内就没有同样的工作好做吗？国内一年也有好多书出版啊。"

像我这种在国内籍籍无名的插画师，怎么会有人来找我画封面？目前的工作，主要多亏了白峰塾的佐野老师介绍，再加上后来的小小运气。我没心思解释，把话题挑到罗叔叔的赴日经历上。我妈刚在咖啡馆做了概述。他是上世纪九十年代打工潮的那拨人，花钱报个语言学校，也不去上课，黑在了日本，为的是打工存钱回家。其时期大致和我爸开始卖煎饼馃子的年头重合。落座后他抢着点菜，为的是显示仍然会讲日语。在我听来口音不错，只是明显不太懂敬语的用法。聊了几句，得知他当年打工是在鱼市。

"一层冰块一层鱼，箱子好重的。一天搬多少趟，把腰搞坏了。唉，赚钞票总是有代价的。今天飞机坐久了，又有点疼。所以前面歇了歇没来找你们。"

他坐下来就摘了鸭舌帽，露出光头。头顶的肤色比脸白，太阳穴两侧发角的痕迹像染了青苔。看来是因为秃顶，索性剃光了。比欲盖弥彰的条形码发型好些。

等锅开的时候，我随口问："怎么想到去镰仓啊？"

罗叔叔看一眼我妈。"就那个电视。思薇看了个很红的日剧，说想去看看。"

"日剧？"我茫然道。

"叫什么……"他仍在努力回忆，我妈打断道："《倒数第二次恋爱》。"

"哦。"

——所以他们是在谈恋爱吗？

我在回家的电车上用微信问妹妹。她迅速发来三段语音，每段接近一分钟。我戴上耳塞听了起来。

"别提了，简直让人抓狂。罗诚有老婆孩子。他是合唱团许叔叔的老邻居，常来看演出，跟团里的人一起吃饭，一来二去就和妈混熟了。而且他才五十七岁，比妈小一轮！你说搞笑吧。搞不懂他们彼此怎么看对眼的。你听到罗诚怎么叫她了吧，肉麻！"

我心想，谁让你妈有这么一个琼瑶风格的名字呢。原本是"乔思危"，取的是居安思危的意思。动荡的一九六〇年代末，怕姓名引来什么防不胜防的灾厄，外公把最后一个字改成了"薇"。印象中从未听过爸用名字称呼她。对着我们，他说"侬姆妈"（你妈妈）、"拿姆妈"（你们的妈妈）；对外人，他说"伊拉娘"（她们的妈妈）。名字被省略了。妻子，后来是前妻，被剥离了伴侣的属性，只留下母亲的角色。新一代的夫妻则不同，李昱和温毅相互直呼其名，有时听着像要吵架。至于我和阮涛，我试图回忆，却想不起从前怎么称呼彼此。

我回复妹妹：那边家里知道吗？他和我妈的事。写完才意识到，这次总算没把妈妈的归属推给妹妹一人。妹妹继续语音道："怎么会不知道，他儿子可厉害了，弄到我的微信，来和我说，你管一下你妈。我把他直接拉黑了。"

拉黑的确是李昱的风格。我忍不住轻笑。夜里往城外走的电车基本满座，从我站的位置看过去，一溜年轻人都在玩手机。刚来日本的时候曾感慨他们车上的阅读风气之盛，仅仅几年的工夫，已经看不到什么人在读纸质书了。我担心自己的出路会越来越窄，曾和草津讨论过。她眨着眼说，作家们也有类似的忧虑，不过插画应该比文字要安全才对。我差点对她说，也许哪一天，AI会取代所有的插画家。没说出口，是因为自己也知道这话过于杞人忧天。但她所谓的安全又是什么呢？没有什么是安全无虞的，婚姻也好工作也好，以及未来。

就譬如现在，我喊"妈"的那个人，在她即将走入七十岁的初冬，居然又谈起了恋爱，还是和已婚人士。

从我妈他们的住处去镰仓，到新桥换乘最方便。她说要一起坐车，于是我折中约在东京站。怀着临近截稿的负罪感，我在东海道本线的月台上找到了她和罗叔叔。既然知道了罗诚的年龄，我悄悄重新打量他一番，结论是此人显老。我爸如果还在，至少能在形象上赢过他。爸走的时候比他现在多三岁。十一年前的事了。

上了车,我找到一处优先座,让妈坐了。罗叔叔站我旁边,比我矮一些。车里热,妈摘了围巾,大衣领口露出一截紫色的毛衣。昨天葱绿,今天雪青。

她开口说:"昨天那个服务员看起来比我年纪还大,居然还在工作。"

说的是晚上吃饭的店。负责我们这桌的是个瘦削麻利的老太,橙色短和服加长裤的打扮在其他年轻服务生的身上有股俏皮劲,她穿着显得故作活泼。她的介绍不厌其烦,从食材、产地,到需要煮多久。服务业的老人不罕见,我刚来时会因为他们想到爸,难免伤感,现在已经麻木了。

我简单解释了日本的养老问题,并说,有些老人不是没有养老金,之所以出来工作,是为了孩子。现在他们"八零五零"家庭很多,也就是八十多岁的老人还在养四五十岁的儿女。儿女大多有社恐或其他问题,宅在家里不工作。

"那不就是啃老吗?中国也多。"

日本的八零五零和中国年轻人的啃老不是一回事。我想打比方说,那就等于罗叔叔不工作让父母养,话到嘴边紧急刹车。只听她又说:"你别看李昱现在是高管,你以为她不啃老?其午的衣服玩具书本课外研,还不都是我和他爷爷奶奶在贴。我还好些,不用管接管送。他们两个老的真正被套牢了，忙完儿子忙孙子。"

这话要让我妹听到，绝对炸掉。她原本不想在孩子的抚养大计上和公婆有太多牵扯，无奈妈在温其年出生前就明确表示"我反正是不管"。不管就不管吧，没有谁规定祖辈必须出力照抚孙辈，可笑的是其理由。乔女士说，我已经养过两个女儿了，够了，不想再来一遍。

总之，因为乔女士追求自由，妹妹一家把房子换到了浦东的温毅爸妈家附近。总不能让爷爷奶奶每天为了孙儿横穿上海。旧居离妹妹的上班地点近，搬家后，她每天来回通勤要两个半小时。她很少在我面前抱怨，唯有一次，我离婚后，她像是不经意地说，还好你们没有小孩，不然更烦。

电车的车窗上开始出现一道道泪痕模样的雨丝，很快，整幅玻璃变得模糊不清。罗叔叔用上海话低声说，落雨了。我妈没听到。她闭着眼，像是睡了过去。

我问罗叔叔："您见过李昱吧？我妹。"

"见过，见过，一起吃过饭。"他迟疑片刻，"你们虽然是双胞胎，不大像。"

"大家都这么说。"

我们之间没了话题，陷入沉默。到大船站换车时，我喊醒了睡着的那位。她匆忙戴上围巾。"昱昱啊，我们到哪儿了？"

015

"我是李纯。"

"哦!"她这才全醒了,抿起腮帮子。

父母以小名喊妹妹,我一直是"李纯"。我现在三十九岁而不是九岁,早就不会在意这种细节。实际上,不光是妈,爸也更疼爱妹妹。双胞胎按理只差了几分钟,然而妹妹就是妹妹。正如所有拥有双胞胎的父母,他们买两套同款同色的衣物,给我和妹妹梳同样的发型、配备相同的文具。差异体现在不明显的地方。妹妹吃鱼很笨,妈总是细心地帮她挑刺。妹妹念小学了还经常摔跤,膝盖一年到头涂着红药水,也就拥有更多关怀。我们打架不断,譬如小学二年级为了一块草莓模样的橡皮——原本是一人一块,我的一直舍不得用,妹妹把她的用秃了,要和我换,被我拒绝了——妹妹打不过我,一口咬在我的胳膊上,留下青紫的印记。冬天衣服穿得厚,不然肯定见血。结果被父母训斥的是我。不就一块橡皮,怎么不让着妹妹呢,你是姐姐!

妹妹上初中谈恋爱,老师把家长叫去学校。我妈当即表示难以置信。她问,真的是小的那个吗?老师说,你家李纯李昱我不至于搞错,长得又不像。这番对话发生时我们不在场,事后从爸口中听说。

我对妹妹的恋爱动向了如指掌,直到她进了复旦,有了更亲密的女友,不再把每个心仪的男孩拿来和我分享。

她很容易觉得那些个男孩有一打以上的优点。她总是陪对方打发时间，即便内心感到无聊。我从来无法理解她花费在恋爱上的时间和精力。在妹妹眼里，我是另一种古怪。她不止一次地说，你太独了。

从镰仓站出来，妈和罗叔叔并肩前行，我有意无意地落在后面。看惯了爸妈之间的身高差，总觉得她走在中等个头的男人身边不太协调。但另一方面，她有这么个同伴，我感到庆幸。否则乔女士的注意力肯定百分之百倾注在我身上。快四十年了，还是没法适应。她总是拿她的标尺来丈量我的种种，工作、感情、人生态度乃至起居的细节。一句话，我不够格做她的女儿。

我带了折叠伞，在站前便利店给他们买了透明长柄伞，三个人各自打伞，汇入小町通的人流。雨天，又是工作日，没想到人还是不少。小町通简直就像上海的城隍庙，永无淡季。年轻情侣挤在伞下举着吃食，边走边吃。鲷鱼烧、芝麻冰激凌、抹茶冰激凌、烤红薯。在阴冷的雨天没有吃冰激凌的想法，也许说明我不再年轻。

"烤红薯要吃吗？"我问。我妈驻足看价格，惊呼"这么贵啊"，立即迈步。我追上她，隔着伞说："出来玩就不要管价格，再说是我给你买。"

"你的钱不是钱吗？你现在要没有国内的房租贴补，连自己生活都不够。"

我妈对我的财政如此了解，不用说，是妹妹做了耳报神。李昱从小就惯用的一招，抛出关于我的零碎负面信息，借此消解自身受到的关注。

我苦笑道："你声音轻一点，这条街上中国人多。"

逛了一圈，到了午饭时间。临街的店都在排队，我们穿进侧巷找了家队伍较短的咖啡馆，候了十几分钟，得以落座。店内充溢着日式咖喱的气味。桌上的玻璃杯里，粉色泛紫的紫菀伸展着纤细的花瓣，几朵簇拥成团。日语有个别名叫十五夜草，在图鉴上看过。我拍了照。

"你倒是爱拍照，刚才一路都在拍。也不见你发朋友圈。"妈低头打量菜单，"哟，有中文菜单。不愧是旅游城市。"

"我拍照是为了做素材。"我扫了眼单页纸质菜单，没什么可选的，共三种午市套餐，意面、炖菜、咖喱。标了"全蔬"。在门口没注意到是素食店，我心说不好。

果然，等菜上来，我妈拿勺子捞了捞她面前的炖菜，开始抱怨。卖这么贵，一点肉也没有，太没有良心了。罗叔叔在旁边说，日本嘛，菜比肉贵。最便宜就是鸡肉。我现在都不爱吃鸡，就是从前吃伤了。海鱼也是。以前都是拿市场处理的便宜鱼回去煮。

他比昨天放松了些，开始谈及自家的经济情况。他于上世纪九十年代末回国，用在日本攒的钱买了几套房子，本意是收租。后来房价开始飙升,他颇沉得住气,直到前年才卖了其中的两套。

"谁能想到房价涨成这样。真是炒什么不如炒房。我有朋友炒股票,到现在还套牢呢。唉,我也就是运气好。现在我自己住一套,我儿子儿媳他们住一套,还有一套在收房租,租客是韩国人。暂时也不用卖了,反正钱够用。"他呵呵笑着说,状似谦虚。

不是一个人住吧,不是还有老伴吗?我在腹诽的同时瞟一眼妈。她若无其事地把汤汁浇到米饭上吃着。咖喱太浓,我喝了不少水。有外人在旁,我妈没再朝我叨叨别喝冰水。

借着去洗手间,我查看手机。信也在LINE问,到镰仓了?代我向你母亲问好。

昨晚,我把今天的行程告诉他,并表达了对插画的不确定。以为他会责备我不好好工作,或给我该怎么画的建议,却都没有。他那句问好估计也就是说说,我不至于真的转达。

佐野信也与我相识六年,最早是作为师徒。从白峰塾出来,正值我这边婚变,他帮了我许多。我能在日本拥有不算稳定的插画收入,也全靠他。三年前,我们开始交往。他比我大九岁,妻子是杂志编辑,有个上大学的女儿。

所以我没理由鄙夷和罗叔叔一起来日本玩的乔女士。

可能，仅仅是可能，我比妹妹更像我妈。这念头让我微寒。

人和人的关系是由什么催生，又是怎样随着时间推移产生可见或不可见的裂痕的呢？吃过午饭，在向东行驶的江之岛电车上，我试图回忆爸妈离婚前的情形。

老房子是所谓的一室半。进门是饭厅和厨房，往里走经过浴室，便是客卧两用的房间。靠窗摆着窄长的书桌，书桌和墙之间的空隙被我和妹妹的架子床填满了。妹妹睡觉不老实，我分到上面的床，每天爬上爬下。床尾和爸妈的床头呈九十度，有一臂的空隙。没地方摆放沙发。不像其他人家，我们看电视总是在床上。出于为人父母的责任心，爸妈有种默契，吵架不能当着孩子的面。他们把房间通向走道的门掩了，在厨房里你一言我一语。门板不隔音，我和妹妹在里间坐立不安。既不敢开电视，也没心思学习。

姐，你说他们会离婚吗？妹妹问我。我们并肩坐在妹妹的小床边。时间是冬天。油汀的暖意没到跟前就散了，穿棉鞋的脚冻得发木。不断传出怨声恨气的厨房那边肯定更冷，但爸妈像是不怕冷，已吵了一个多小时。

你心里从来就没有我。你到底哪根筋被扯到了。你有本事就出去。凭什么。我真是后悔。神经病。

无法回答妹妹的问题，我说，来，给我讲讲你最近老在操场边盯着的那个谁，是隔壁班的吧？妹妹没上钩，垂眼道，前天去庙里，爸花钱撞钟，你还记得吗？我说，怎么不记得，五块一次，花了十五块。你当时不是还嘀咕，有这个钱不如给我们。妹妹问，为什么是三次，你想过吗？我答，爸，妈，你和我。答完方才一愣。按我爸的计量单位，我和妹妹不会被算作"一"。那就是他有意无意地漏掉了我们的妈妈。她自称是无神论者，在爸过去点香和磕头的时候昂然立在寺院中庭，显得格格不入。没想到那三声钟响敲在了她的心坎上，忍了两天没忍住，终于发作。

爸妈是一个厂的同事，技工和会计，从前两人的收入基本持平。当我们上小学，差异开始出现，一年年越来越大。最大的变化来自工厂改制，爸被迫下岗。在外人眼里，是我妈看不上我爸导致婚姻破裂，但我和妹妹知道，提出离婚的是爸。他表现出从未有过的坚持，我妈先是哭着说"你疯了""你神经""你养得起女儿吗哪怕就一个"，后来她突然变得干脆，原因是一个邻居——现在想来是她的仰慕者——帮忙找了处待售的房子，位置和价格都不错。在广元路的新居，我和妹妹有个共用的房间，不再是架子床，而是一张一米五宽的床和背靠背的书桌。其实我们不喜欢睡一块儿，从小分习惯了，任何事物必须有"你的"和"我的"。这也是我们暑假更愿意住爸爸家的原因之一。爸把他的床换成了小一号的，并用一道折叠门把房间分成两半。门拉起来，他的半边昏暗如洞穴，对此他显得不在意。

我不知道妈恢复单身后有没有过感情生活。爸看起来没有。大学毕业，我从宿舍搬到和同学合租的房子，半个月回一次家。每当我回去，爸总是张罗一桌菜，两个人根本吃不完。家里常备的酒从黄酒换成了白酒，喝到第二杯，他的兴致上来了，举杯眯眼说，你下次回家带上昱昱嘛。我说，你年纪大了，煎饼摊就不要再摆了。他摆手说，你在那种私人杂志社，又不是铁饭碗，朝不保夕的，我做得动还是要做一下。这要是换了我妈，接着就要开始感慨还是李昱的工作好。我爸不会这么说，可不保证他不会存了念。我并非没有心理压力，帮着洗过碗就撤了。和他说了很多次，架子床就不要了，房间会宽敞些。他一直没动，直到去世。他的肝癌在确诊时业已扩散。妹妹说，你知道他喝酒喝得凶，为什么不管？我心里又痛又气，想反驳，管？你不也是女儿吗？你回家看过他几次？最后我把话咽了下去，一如从小到大的很多回。

有时，我会怀念爸妈吵架最凶尚未离异的那些日子。那时的妹妹最乖巧。那时，我的家也是妹妹的家。

从长谷站出来，雨小了些，仍未停息。我妈问这是要去哪里。我回道，你不是看了那个日剧才来的吗，带你去剧里的咖啡馆。她诧异道，不是搭的景吗，还真有啊？我随口应声，走在前面。

《倒数第二次恋爱》是我来日本那年的剧，略有耳闻，没看过。今天来的路上搜索该剧的外景地，查到名叫"坂之下"的咖啡馆。顺便看了国内的剧评，"百岁情侣"的字样映入眼帘，是指男女主角的年龄和。我妈和罗叔叔加起来都超过一百二十岁了。

我边走边看微信。妹妹今天难得没用语音，发来三个字：怎么样？我正要回复，旁边一个声音说："走路不要看手机，不安全。"

我把手机揣回兜里。"最近降压药还在吃吗？"

我妈说："当然在吃。只要开始吃，停不掉的。你别管我，先管好你自己，颈椎怎么样啊？"

"老样子。"

"要多活动，不要一直伏案工作。"

"知道。"

两把雨伞保持着并行，如果要问罗叔叔的事，最好趁现在。我静了片刻，说出口的却是："我现在有个男朋友，他有老婆孩子。"

我妈像是没听到，转头叫道："老罗啊，你走快点。别跟丢了。"我摸出手机看地图，发现走岔了，带着她折回，示意罗叔叔站那儿别动。三个人默默穿街走巷，路上遇到年轻的母亲带着双胞胎小女孩。同卵双胞胎，眉目如同复制粘贴，分别穿着蓝色和黄色的雨衣。一个冒雨骑自行车的年轻人和我们擦肩而过，车的一侧绑着冲浪板，尾巴杵出来长长的一截。这天气还去冲浪？我有些纳闷。在电车里望见的海被住宅区阻隔，小町通摩肩接踵的游客们也不在这一带转悠。除了我们的脚步声和雨声，世界寂静。我的心跳得有点快。为自己刚才的挑衅。

挑衅，是我和妈之间的相处法则之一。也可以说是某种逆反心理。

总之她看我从来不顺眼。固执，像你爸。不懂人情世故。她以前常这么说。意思是我没有听她的建议，报考会计或商科，而是念了个百无一用的中文系。加之不会讨导师欢心，考研未成。毕业后换了几份工作，在一份家装杂志落脚。至于妹妹，工作第一年就被派驻美国总公司，自然成了妈妈眼中的标杆，我连杆子最低的刻度都没达到。我当时的男友是中文系的师兄，在企业内刊当编辑。对他，我妈也是瞧不上的，只因他来自河南。不是说她对河南省有什么偏见，只要不是上海人，在她看来都不是理想的对象。和我妈的挑剔无关，那段感情无疾而终。听说他后来重新读了博，回到学校当老师。年月太久了，我想不起当初喜欢他什么。只记得，他是第一个对我的行为模式做出总结的人。

有一次，我先单独和我妈吃过饭，去了他的租屋。他见我面色不佳，问怎么了。我说，报了上译厂的配音班，和妈讲起来，被训了一顿。说我就不能学点有用的，哪怕学外语也好一些。我都这么大的人了，我学什么，难道不能按自己的兴趣吗？

他盯着我看了片刻，然后说，你也真是的，明知你妈什么脾气，偏往枪口上撞。

我只是想和她交流。

真的吗？我怎么觉得，你是明知她不喜欢什么，每次故意提起，刺激她。

哪有。

有的，你这种啊，叫作挑衅。还是你妹妹聪明，她只把好的一面展现给父母。

你怎么不说她经常在背后捅我呢？我没好气地说。

我知道他说的没错。随着日子深远，他的总结被反复验证。我还发现我对妹妹的评价不太公正。她也不是事事都做传声筒。我和阮涛离婚的消息，她帮我瞒了一年多。那时她隔三岔五就问我钱够不够，我说没事，我还有房租。指的是爸留给我的老房子。前几年重新装修过，虽然小，毕竟位置好，月租有四千多。折算成日元，抵掉我在大宫的房租，还能剩点。

坂之下咖啡馆位置隐蔽，靠导航兜来转去，茶色小楼终于出现在前面右手边。海应该就在近处，潮水的气味隐约袭来。进门后被告知满座，好在有间宽敞的等位客厅。

一圈长沙发围着方形茶几,角落里燃着煤油暖炉。披着寒气和雨水的湿气走了好久,接触到干燥温暖的空气,顿时不想动弹。最靠里的沙发上坐了两个日本姑娘,正在窃窃私语。我和妈坐了她们旁边的沙发,罗叔叔在我们对面落座。他摘掉帽子,拿出手帕擦拭锃亮的额头上的汗。

"外面那么冷,你居然走出汗了。"我妈像是震惊地说。我无聊地想道,在旁边那两个女孩的眼中,我们像什么呢?一家三口?为了制止自己想下去,我起身去角落摆着冷水瓶的桌边倒水。不急着端水回去,我先回复妹妹那句"怎么样"。

——我和妈讲了我的事。

妹妹年初的时候"抛夫弃子"来东京找我玩,见过信也。关于对方有家庭一事,我没瞒着她。她当然是反对的,不断地说,你怎么这么傻。她进一步想歪了,质问我是不是为信也离的婚。我说不是的,阮涛在外面有人了,不代表我就得有。离婚那会儿,信也对我来说还是佐野老师。

那你们打算怎么办呢?妹妹说,不,是你打算怎么办?你也不是二十多的小姑娘了,不能只讲感情啊。

我无言以对。人到了我这个年纪,要说一切都是出于感情,也不尽然。

刚离婚那段时间,我手里什么都没有,除了画笔。签证还有九个月,我用阮涛给的分手费搬了家,找了份超市货架整理的兼职。不用上班的时候，我在家画画和发呆。也许应该大哭几场。哭不出来的空虚更难熬。画累了，发呆把自己掏空了，我便看国内 B 站上的日本纪录片。不管是美食、旅游还是其他主题，日本的纪录片，尤其是 NHK 做的，绕来绕去总会绕到"努力活着"的核心。旁观别人的艰辛，我仿佛受到某种鼓舞，即便是微弱的鼓舞。

就是在那时看到了某个漫画家的故事。他其至不是片子的主人公，只是支线人物。曾经也是出过十几卷单行本的作者，名气衰微后没有连载的工作，靠积蓄度日。日本不比国内，定期利率接近零，如果没有进项，完全是坐吃山空。漫画家说，我以前一周去一次小酒馆，后来一个月去一次，现在彻底不去了。唉，真是难受啊。哪怕一个月能去一次，活着也有点滋味。

信也第一次来我的住处过夜时，我已经有相对稳定的插画收入，辞了超市的工作，算是比上不足比下有余。久违的身体摩擦让人头晕目眩，我的耳际恍恍惚惚地响起声音比面容苍老的漫画家的感慨，哪怕……也有点滋味。我在昏暗中咬着牙，手指牢牢攀住他的背脊。

迟迟没有空位，罗叔叔喝完一杯水，起身去洗手间。旁边两个女孩像是关西来的，口音明显，语速飞快。我努力捕捉也只听见几句什么叔叔什么阿姨，俩人大概是亲戚。

她们压着嗓音交谈，衬得我妈开口时格外响亮："中国人还是日本人啊？"

我一怔，片刻后才意识到，她的问题衔接的是我那句天降陨石般的宣告。我现在有个男朋友。

两个女孩静了一静。我压低嗓音说："日本人……你声音小点。"

"什么时候开始的？"

我有些气，"你这是审犯人吗？"心里说，我可没问你和罗叔叔什么时候开始的。

"你打算怎么办？"

这话倒是和妹妹一模一样，连声调也像。背后藏着暗示，你怎么这么傻。我不接暗示，只说："没想过。反正我没有要他离婚的意思。我自己一个人也待惯了。"

仿佛听见了发条拧紧的声音。我妈就要发起下一轮攻势的瞬间，罗叔叔回来了。我感激地看他一眼。老头的脸色泛红，像是热的。他刚坐下就说："要说干净，还是日本洗手间干净。国内现在也有进步，仍旧比不了。"

"在你眼里，日本的月亮都更圆是吗？中国现在发展快得很，你再过几年看看。"

我听出我妈意有所指，不接话。她平时只要和我联系，总会旁敲侧击劝我回国。每当我说，我在这边有工作啊，她就会讲什么最好在国内工作云云。另一个话题是养老金。

你在日本交社保又怎样呢，年限太短，不合算。再说他们的养老金根本不够花。国内的可以补，你回来补上缺的几年，不是挺好的吗？她的侃侃而谈背后估计有我妹作为智囊，否则一个退休的会计怎么会掌握日本的养老金状况。

罗叔叔遭了抢白也不生气，嘿嘿笑。脾气倒是和我爸两个路数。我妈尖酸，我爸火暴，恰如火柴遇上爆竹，一点一个着。不过脾气再好也是别人的丈夫和父亲，想到他远超小康的家境，我开始头疼。事关财产，那边家里还不知道怎么恨我妈呢。以我对妈的了解，她不至于眼馋不属于自己的金钱，但要让她找个穷伙伴，也是万万不能的。

不光我妈，我和妹妹也做不到。爸爸守在煎饼摊跟前的身影，是一辈子抹不去的烙印。爷爷奶奶走得早，爸爸没有兄弟姐妹，也很少朋友。他的葬礼来了原单位的领导和几个熟人。有个我忘了姓什么的叔叔说，你爸算是拉得下脸又做得动的，看，把你这个大学生供出来；我们同一年离厂，我就只能东一榔头西一棒子干点零活，到现在也没钞票啊。他的语气充满诚恳的羡慕，或许还有少许妒忌。我木然沉默。人都走了，过往的失败也好打熬也好，全化作灰。

空位终于有了，而且是接着来的。两个女孩和我们三人先后被领进去。到了里面一看，座位逼仄，等位的小客厅那么宽敞，简直浪费。我们这张桌子挨着落地窗，窗外是进门处的院子，另一边隔着走道坐了四个年轻男女，正在激动地讨论着什么。店里比预想的要吵，我放了心。要是环境安静，等我妈咄咄逼人地扯开嗓门，就太难看了。

我处于守势不肯开口，我妈像是不愿在外人跟前训我，话语权自动转给了罗叔叔。他先讲了某熟人在山东海边买房，又说，那边房价绝对涨不起来，无非是度个假，算下来不划算。接着开始谈论上海周边地区的房价走势。如果在这里的是李昱，一定会竖起耳朵听个仔细。她虽然整天嚷嚷说孩子就是碎钞机，还是有些余钱在理财，不像我，完全没积蓄，仅能维持目前的生活水准。我对未来并非毫无忧虑，唯一的底气是国内的房子在不得已的时候可以卖掉。有时会自我劝解地想，提早计划未来并无意义，像爸，刚踏入老年的分界线就走了。

中间我去了一次洗手间。妹妹少见地沉默，可能在开会。我经常忘记她现在手底下也有一二十号人。直到初中毕业，对于认识我们的师长来说，我是乖巧懂事的，而她是玩心重的。我和她的道路是在什么时候交错的呢？也许比父母将我们分开更早。

回座位时，我在房间入口停了停。下雨的关系，外面早早暗下来。我妈并未和罗叔叔交谈，偏转头望向窗外。她的脸被室内的灯光映在玻璃上。和爸离婚那年，她四十四岁，比现在的我长五岁。我不记得她从前什么样了，仿佛她一直就是个胖得两腮微垂的老女人。因为胖,皱纹不明显。玻璃上的倒影显得比她本人年轻一大截。

在异国的咖啡馆,对面坐着男朋友,她沉默地等着一直都不听话的女儿回到身旁。我看不出她在想什么。这一刻,她显得孤单。

我没陪着在镰仓吃晚饭,从咖啡馆出来便直接折返东京,理由是赶稿。回到大宫的家里,刚过七点半。我把便利店买的饭团和饮料往桌上一放,这才想起,早上洗的衣服还在洗衣机里。重新按下洗衣机的洗涤按钮,给手机充电,发了句"到家了"给我妈,然后关机。我怕她找我。挑衅只是一时爽。抛出我知道会刺到她的长矛,却害怕接踵而来的投石。我苦笑着想,这么多年,我一点长进也没有。

iPad上是早先的两幅画稿。为了贴合书名《返花》,一幅杜鹃,一幅梅树。杜鹃的粉色灼灼。梅树缀着白花,树下站着个女人,身子半侧,面目不清。后者简直像《聊斋》的场景。

佐野信也在白峰塾的第一堂课上对我们说,任何人都会画画,线条和颜色是人生而具有的表达方式。并没有所谓"画得好""画得不好",关键是,你要找到属于自己的表达。练习课上,他在我身旁驻足,低声问,你以前学过画画？我说，初中学过一年，很久以前了。他沉思着说，忘掉你学过的。

我始终没搞懂他那句教导的含义，一年的课程很快接近尾声。毕业作业是为某部书稿画封面。据说最后会选一份学生作业交给设计师，也就是说，被选上的作品将成为正式出版物。

像很多纯文学作品一样，我们拿到的长篇从头到尾没什么情节，寡淡得很。我经过反复思量，画了主人公的回忆场景。把初稿给佐野看时，他审视了足有一分钟。我以为将获得认可，正在暗喜，却听他说，你画的是情绪的最高峰。一个人，一段经历，总会有个高峰。不过，插画要表现的，应该是高峰之前，潮水起来的瞬间。

我似懂非懂。

书的封面最终选了另一个学员的画。佐野私下找到我，说有项工作给我做。他说，我发现你很善于画少女，这个应该适合你。

初中学画的时候，我唯一的模特是妹妹。他让我忘了从前学的，却还是旧时的影子为我带来了工作机会。不，也许只是我眼底的不甘心被他捕捉到了。

重新快速翻了一遍《返花》的校样，我起了第三幅画稿。运笔很快。画的是夜间在咖啡馆和男人对坐的女人。构图倾斜，只能看到男人的后脑勺和半边肩背，女人的脸映在玻璃上。书里没有的场景。与内容无关的一幕。我只想描绘她宛如永恒的孤绝。恰似开错季节的花。

一口气画到夜深，然后把画稿用电子邮件发出去。太疲倦，没洗漱就睡了。第二天早上起来，窗外是灿烂的秋日天空。想起洗衣机里洗过两回的衣物，忍不住苦笑。我打开洗衣机闻了下，没什么怪味，也懒得再洗，便着手晾晒。

打开手机，一连串的信息涌入。是我妹。我边做手冲咖啡边听语音，咖啡不慎做得寡淡。她的话都在预想之中。你怎么这么傻，还想着让你劝劝你妈，结果你倒好，先乱了阵脚。你知道的，我讲什么她从来不听的，也就只有你的话，她才听得进去……

拿饼干吃的手顿了顿。我干巴巴地想，是吗，我妈听我的话吗？我怎么不知道。

好不容易听完了妹妹毫无参考意义的长话，接下来就该点开来自我妈的新消息。是条语音，二十二秒。我对着手机看了片刻，悲壮地点了。

"说起来都是你爸没做好，他的房子应该留给你们一人一半。非要立什么遗嘱，傻吗？搞得我的房子好像只能留给你妹。等我回去跟昱昱商量一下，以后你们对半吧。就算这样，我还是觉得亏欠你。李纯，你自己照顾好自己。"

我有些呆。过了片刻才意识到自己哭了，木然擦了脸。在微信说话的是我妈，却不是我认识的她。出乎意料，昨天的挑衅换来的不是新一轮的战争。

我们最后的全家福是我和妹妹十二岁的生日照。当天俩人还打过一架，好像是为了一盒香珠。到了我们十三岁的生日，爸妈虽然还维持着婚姻，却没了照相的兴头。

十三岁的暑假，我和妹妹几乎每天下午都泡在离家两站路的区游泳馆。爸妈从年初吵到了夏天，我实在烦透了看他们的脸色。家里待着烦闷，在水里扑腾能让脑子彻底停息。妹妹是为了减肥，其实她一点也不胖。某个周末，妹妹歇在家里，我一个人去游泳。爸爸在家闲了几个月，刚开始做夜班保安，白天总在家补觉。妈照例去上电脑培训班。刚下水的时候，我的脑海中浮现只有爸爸和妹妹的家。遥远又平和。游了几圈，我就忘了他们，专注于呼吸和节奏。

游完冲了个澡，顶着湿头发出来，刚走到公交车站，就看见我妈守在那里。我有种不好的预感。

她带我去了必胜客。在那个时代，尤其在我们家，绝对是奢侈的举动。游泳容易饿，我狼吞虎咽吃比萨的时候，听见她用镇定的语气说，我和你爸要是分开了，你愿意跟我过吗？

我以为我会噎住，却只是打了个嗝。我抬眼看她。她又说，问你话，你听见没有？

你问过妹妹吗？

我在问你。你们两个，你最像我。

我不答话，垂眼望着手指。被水泡得发白的手指上沾着油脂。又听她说，你也不小了，应该懂的，跟着你爸，只会受苦。

忽然她又说，你妹今天怎么不游啊，你们天天跟连体人一样。

我舔了舔泛着奶酪味的嘴唇，慢慢地说，她来姨妈了。

我妈敏锐地盯着我。我和妹妹总是同时来例假。这阵子家里的事造成心理压力，我的生理期变得紊乱，例假迟迟不至。妹妹的周期倒是好好的。她从小爱哭，遇到大事反而显得没心没肺。

不等我回答，她忽然说，你和昱昱不是总是一起来朋友的吗？小小年纪可千万别做傻事啊，你有什么都要和妈妈讲。

心头有道火苗噌地燃起来，就像爸爸每次被撩拨时那样。妹妹在放假前和她心爱的男孩接过吻，而我从未有过和异性的触碰。妹妹那个擅长打篮球的男友，也正是我的暗恋对象。我想要的和妹妹想要的，总是撞到一起。但我的就是我的，妹妹的就是妹妹的。如果一定要在我和妹妹之间画一条线——

我哽着嗓子说，我跟我爸。

对面的脸上一片空白，像是受了伤害。我拼命忍着泪，无暇注意她又说了些什么。有个声音在心里叫喊，我才不像你。一点也不。永远不。

酒狂

周末的中午，戴浩到家附近的面馆吃了一碗辣肉面。所谓的"苍蝇馆子"，口味颇佳，不到十个平方的店堂坐满了人，过来打包的顾客络绎不绝。不少客人要两份招牌浇头，常听见老板娘冲一窗之隔的厨房喊："一碗汤面，大肠猪肝！""拌面，大排素浇！"

面馆是最能体现人类欲望一极的地方。大肠，猪肝。经过浓油赤酱炖煮的内脏隐含着腥膻味儿，顾客们连汤带肉汁液淋漓地咀嚼吞咽，恰如掠食的兽。不吃下水的戴浩总是点辣肉面。他慢慢吃完自己那份面条，不厌其烦地把黄豆大小的辣肉一粒粒夹起来吃干净，这才抹嘴出门。他有些心不在焉，不然就会听到老板娘对打浇头的师傅说，总算吃好了，他一个人吃人家三个人的时间！戴浩两耳不闻周边事，眼睛却没闲着，他瞥见面馆门口的塑料桶里满满地浸着雪里蕻咸菜，纠缠虬结，像女人的头发。他皱一下眉，到马路对面的菜场买酒。

卖酒的女人看见他，熟络地打招呼。戴浩常买的太雕只剩个坛底，需要新开一坛。女人穿拖鞋的脚踩着坛顶，弯腰用锤子敲打封口一侧，石灰封应声裂开。戴浩想，图方便也不能上脚啊。装酒的塑料瓶容量三斤。女人用漏勺灌满两瓶，扯了塑料袋，然后舔了舔手指，捻开袋口。戴浩紧锁眉头，付了钱，接过酒。也许是心理作用，总觉得塑料袋的拎手处有点湿。

到家先洗手。一转念，戴浩把装黄酒的塑料瓶外侧也洗了一遍，用抹布擦干。他拧开瓶盖，倒了满满一马克杯黄酒，回书房看小说。对他而言，读书和喝酒有着同样的隐秘乐趣。单位同事大多是标准的理工男，有人在食堂吃饭还拿着手机看修仙或穿越网文，夜晚和周末的时间都用来打游戏。如果他们知道戴浩最近耽读莫拉维亚的小说，首先会问，莫拉维亚是谁？他们当中无人知道，戴浩的周末被阅读和喝酒拉得绵长。从下午到夜晚，他慢慢喝掉三四斤黄酒，比一般人喝水的量还多。并非不会醉，他在七八点叫个外卖，吃饭解酒，再拿起书本接茬喝，脑子有点跟不上趟，文字像滑溜的鱼，在大脑皮层游弋。那种隔了一层的恍惚，与性的愉悦相似，却更宁静。有时，戴浩自己也分辨不清，究竟是用书下酒，还是以酒佐书？他要的是由醒到醉的过程，还是结果？

刚倒上第二杯，手机响了。来电的是凯文，戴浩在上海不多的朋友之一。"你现在有空？"凯文的声音给人娘娘腔的错觉，所谓时尚杂志编辑的腔调。

戴浩"嗯"了一声，那边说："帮我救个场，正要拍呢，有个嘉宾临时说不来了，现在就一个男的，场面撑不起来。"

戴浩的第一反应是拒绝。不等他开口，凯文补了句："我有你要的照片。"

"你小子够意思啊，现在才说，还拿照片要挟我。我不吃这一套。"

"又不是我们杂志的，没版权。正好今天的摄影师手里有，我还得说一箩筐好话，你以为容易吗？"

"今天要拍什么？"

"Party！从女主人到客人还有吃的喝的，我一手操办好了，你只要装装样子，不难的。"

"有喝的？"

"酒商赞助的，香槟和红酒。"

"没有中国酒？"

"你这只酒虫子！我回头送你总行了吧！要什么？"

"不用，你小子记得照片。"

在凯文看来，世界上的女人分为两类：能上他们杂志的，上不了他们杂志的。前者除了容貌，还得有一定的背景，某某名媛、企业高管。用时兴的说法就是白富美。凯文的通讯录里全是这一类女人，所以他至今单身。他曾经不无愤慨地对戴浩说，知道吗，某某找了个酒吧的调酒小弟。我算是看透了,她们要么爱钱,要么贪色。

戴浩漠然回道,男女平等嘛,哪个男的不爱钱不好色?

抵达拍摄借用的精品酒店套房,戴浩取了只酒杯,站在角落。凯文的杂志女郎们确实漂亮,经过化妆师的修缮,杏眼红唇像从一个模子倒出来的。红酒品质不错,戴浩像喝水似的喝着。

另一位男嘉宾比他能融入环境,正在女人堆里谈笑。那是个高身量的男人,国字脸,浓眉,亮粉色精棉衬衫,皮肤被衣服的颜色反衬得略黑。如今流行中性的精致,男人的英俊有些过时。

凯文来到跟前时,戴浩问:"那个男的也是你找来凑人数的?"

"人家是正牌企业家。"凯文匆忙答一句就走了。

粉衬衫男人过来和戴浩握手。"你好,今天到处是鲜花,就我们两片绿叶。"

戴浩感到尴尬,含糊点头。他注意到,对方的右手食指和中指泛着姜黄色,牙齿白得有点假,该是牙科医生的功劳。两人闲聊几句,他得知粉衬衫男人叫裘醒。那人补充说,裘皮的裘,清醒的醒。戴浩原以为,这种场合人人都用英文名,就像凯文。待他报了姓名,裘醒问,戴先生在哪里高就。戴浩说,我搞IT的。裘醒打个哈哈说,IT好啊,走在时代前端,钱来得容易,不像我们做小生意的,有太多事要操心。

没话题还得应付着,戴浩有些吃不消。正好凯文喊他:"戴浩,过来打点粉。"他面露不情愿,凯文又说:"看不出的,你别扭扭捏捏。不然拍出来一脸油。"他走过去,在摊满化妆品的茶几前落座,闭上眼,任粉扑在脸上啄了几下。

重新睁开眼,姓裘的不知去了哪里,摄影助理在布光,凯文和摄影师正讨论拍摄角度,等着拍照的女人们叽叽喳喳。喧嚣中,一个年轻女人在桌前忙碌,用鲜花装饰桌子,又把菜品和甜点的位置换来换去。是个手指灵巧的女人,一绺黑发垂下来,挡住了她的脸。长下摆的墨绿色上衣宽松如孕妇装,衣领开得低,显出细细的脖子和锁骨。

戴浩凑近人群外的凯文,用下巴示意绿衣女孩,"那是你同事?"

"你说小宁?那可是专业的花艺师,香港人。她很贵的。"

不多久,戴浩发现一个奇妙的事实。在场的十几个人,唯独他和小宁是隐形人。自称"做小生意"的裘醒重新出现,在女人们中间微笑颔首,有几分陶醉的样子。那群女人和戴浩保持着距离,多半因为凯文半开玩笑地说他是"张江男",况且他摆出只认酒杯不认人的架势。至于小宁,她在拍照的间隙不断调整桌面的细节,掐几朵康乃馨摆在杯子里,便成一枚小景。不做花艺的时候,她和戴浩一样手不离杯,做道具的酒不断被他俩消耗掉。每当凯文和她说什么，她只是点点头，戴浩猜她不会讲普通话。因此，当她走过来搭话，他有些诧异。

"你很能喝嘛。"她的普通话毫无瑕疵。

"还好吧。你的酒量也不错。"他并非恭维，仅是陈述事实。

"等拍完了，我们去裘醒家喝酒，要不要一起？"

她说得自然，戴浩一怔。裘醒和小宁都是凯文的熟人，他们彼此认识也不奇怪。只是，这两个多小时里，不见小宁和裘醒有过只言片语。听见摄影师说要拍下一组，戴浩回到强光灯下的虚假宴会，和身旁的女伴做亲密交谈状。对方是某公司副总，他忘了她先生是法国人还是比利时人，没话找话地问："人为什么会想结婚呢？"

女人对着镜头微笑道："你喝多了。"

"我是说真的。人都更习惯自己待着，不是吗？如果只是为了方便上床，同居就行了嘛。"

女人的笑容变得像凝固的塑胶。和他们隔开半张桌子，同样在镜头注视下，裘醒和三个女人聊着天，其中一个女人发出毫不含蓄的笑声。

戴浩说："我猜，人结婚是想得到什么，是什么呢？"

摄影师在那头喊："好了！各位辛苦了！"

戴浩身旁的女人逃也似的离开了。一只杯子伸过来和戴浩相碰，他抬头，正对上裘醒的笑脸。那边说："你留点量吧,待会儿就指望着你陪小宁喝呢。我可喝不过她。"

那天在裴醒家吃火锅的有九个人,其中一个半大男孩没吃几口就挪到客厅沙发玩PSP,八个大人留在桌边。除了戴浩他们四个,在场的有宁姐,她是小宁的姐姐。宁姐个头纤小,乳房却蔚为壮观。一个姓金的男人是PSP男孩的爸爸,笑起来满脸褶子。老金的老婆以及另一个男人,只在戴浩的记忆中留下两道人形阴影。他还记得,凯文跑到阳台接了一个很长的电话,两瓶汾酒喝完,他和小宁下楼到小区超市买酒。小宁似乎怎么喝都不上头,他自己有七分酒意,说话时拖长声腔,一字一句努力咬准了。

他们带着西凤酒和花生米回到裴醒家,来开门的是凯文。屋子变得空旷。饭桌上,关掉的电火锅像一条搁浅的鲸鱼,汤面上漂浮的辣椒正如附在鲸鱼身上的贝壳和藻类。

"人——呢?"戴浩问。

小宁将视线投向紧闭的卧室门,抿紧嘴唇。凯文指一下卧室门,讪笑着说:"散了。走的走,办事的办事。"

戴浩懂了,走掉的是金家三口和另一个男人,在卧室的是宁姐和主人裴醒。他从鼻子里笑了一声。裴醒起码三十过半了吧,怎么猴急成这样,简直像高中男生把一帮同学叫到家里,趁机和小女朋友做坏事。

或者像偷情的人。

第二个念头让戴浩的酒醒了几分。他拽住准备离开的凯文,"你别走啊,咱们接着喝!"

凯文看向小宁。她淡淡地说:"喝吧,反正我要等我姐。"餐桌狼藉,他们不约而同地往客厅去。小宁拿了三只干净杯子。西凤酒喝起来有种尖锐的香气,戴浩更中意汾酒的清冽。他听见自己问:"你和你姐,是姓宁,还是名字里都带个'宁'字?"

"比较接近了。你再猜一下。"

"猜不到。"戴浩又喝一口酒。凯文说:"倒一倒。"

戴浩以为他指酒杯,一仰脖,喝干了二指高的酒,倒转酒杯说:"看到了?该你了,倒一倒……"

凯文说:"高了吧,你?"

"才没有。"戴浩睨着他,"照片!照片还没给我呢。"

"急什么,不是说了回头帮你要吗?"

"什么照片?"小宁插嘴道。

戴浩的第一反应是"没什么",他慢了半拍,凯文快嘴答道:"他的前女友是演员。我认识的摄影师前不久给她拍过一组。哦你别想多了,就是采访照。"

"是个美女吧?"小宁眼波一转,"看不出,你挺长情。"

戴浩苦笑道:"还以为你会说我变态。也不是什么美女,比较上相而已。戏演得很烂。这辈子也就是个二三线演员,古装剧有几句台词的丫鬟,都市剧女主角的闺蜜。"

小宁说:"该说你客观还是恶毒呢。"

"你就当我吃不到葡萄说葡萄酸好了。你还没回答,你和你姐的名字——"

"刚才凯文说了呀,倒一倒。"

"啊?"

"我叫宁张,我姐叫张宁。"

什么样的父母会给两个女儿取这样的名字?感觉跟照镜子似的。想必她们的爸妈分别姓张和宁。不过也太草率了。张宁和宁张。

戴浩被奇妙的名字搅得晕晕乎乎,他不再说话,又喝了两杯。凯文伸手盖住杯口。"喝够了没?咱们走吧。再坐下去,你就要出洋相了。"

"我没喝多。我自己有数。是你不行了吧?来。"戴浩不由分说地拉开凯文的手,把两只酒杯满上。小宁笑吟吟地在旁边看着,自斟自饮,喝得一点也不少。主卧的门依然紧闭。戴浩陡然升起怒气。姓裴的哪里是做主人的样子,客人还在呢,这像什么话!他一饮而尽,撂下杯子就往主卧走。主卧的门边有个马赛克贴面的壁龛,再过去是客用洗手间,凯文和小宁以为他奔厕所去呢,并不阻拦。戴浩开始拍卧室门,他们这才吃了一惊。戴浩的巴掌重重地落在深棕色木门上,啪,咚咚。

"出来!出来,你给我出来!"

凯文过来抓住他的胳膊,把他往后拖。戴浩叫道:"周筱琦!我知道你在里面!你给我出来!"他喊的是前女友的名字。凯文的动作一滞,戴浩又像撞门槌一样往前扑。

一双臂膀抱住他的另一侧。他狂乱的视线捕捉到小宁冷静的脸,她的眼里有某种东西,他心头一凛,停止了挣扎。他以为她会说你喝多了吧,或骂他撒酒疯,但她只是扶着他轻声说:"你心里难受,对吗?没事,我陪你接着喝。"

那是戴浩对当天的最后一点记忆。

新的一周过得波澜不惊。戴浩的工作是用软件建模,试演机械部件的运作,记录摩擦损耗和其他参数。他很难对别人解释自己上班做什么,一般就说是"IT"。

周五下班前,老九打来电话。那头说:"我在上海出差,晚上一起喝酒?"

听见久违的浑厚嗓音,戴浩如同隔着电波看到老九胡茬泛青的笑脸。他们曾经混迹的文学论坛换了一拨又一拨活跃ID,和他仍有联系的只剩下凯文,他几乎忘了老九这个前任版主。人们在忙碌间一点点杀死过去,抹除记忆,就像他不断用新数据在程序内试跑。

戴浩答应下来,转手打给凯文。凯文的态度很奇怪,先用不确定的口吻说晚上有安排了,接着问:"你真的要去?"戴浩说当然,难得老九过来。凯文叹了口气,幽幽地说:"你到时候别冲动啊,上次是我不好。"戴浩起了一身鸡皮疙瘩。什么和什么嘛。

他起身穿过同事旁边的走道,到饮水机前倒水,还没走回座位就听见手机响。来电显示是老妈。戴浩没接,把手机调成静音。他忙着改数据,临下班才想起再看手机,老妈打过两次,还有一个陌生的号码。他把手机塞进单肩包,转念又拿出来,拨回去。

电话那头是个女声。戴浩说:"刚谁打我电话?"

"我是小宁。晚上有空吗?"

"今晚?不好意思,我约了朋友一起吃饭。"

"你要是不介意,加我一个。"

戴浩迟疑片刻,答应了。他以前不是没遇到过主动示好的女同事。冷门专业让他有稳定的职位,优裕的家境给他罩上不自觉的从容。年近三十的男人大都有种急吼吼的进取心,想方设法谋求看得见看不见的利益。戴浩一副云淡风轻的样子,在有些女人的眼里,他的散淡有其魅力。不过,只要稍微接触就会发现,他的嘴巴不饶人,对方不多的好感几句话间就被碾得粉碎。

等他到了餐厅包厢,里面已坐了两男三女。他只认识老九。小宁还没到,他在老九旁边坐了,很快搞清另外四人的身份。一句话,都是老九的网友。许多年过去了,老九仍在靠网络的虚名认识新人，就像某些年复一年泡年轻姑娘的老男人。戴浩暗自咂舌，难道就没有疲的时候吗？

就连老九对他的介绍也和从前一样。"无心，我的老朋友，搞IT的。"听见久违的网名，戴浩觉得像是被迫穿上不合身的旧西装。老九也不是真名，源自ID"九月酒"。九月酒名下的论坛旧帖至今仍挂在精华区，嬉笑怒骂的好文章。有人问老九怎么不出书，老九哈哈笑道，这年头写字分两种，来钱的和不来钱的，坛子里的是我随手写了玩的，用来换钱就俗了。

听的人羡其洒脱。戴浩从凯文那里听说，老九是想出书的，谈了几家出版社都没成。

门开了。戴浩的第一反应是小宁来了，结果是服务员上菜。江西餐馆照例先上瓦罐汤，老九示意服务员等一下再分，戴浩说不用了，咱们先吃。刚喝一勺排骨藕汤，听见门响，他连忙抬头，只见服务员端着冷盘进来。老九注意到了，打趣道："你那朋友是女的吧，你肯定对人有意思。"

戴浩有些窘，老九接着说："也是，都这么些年了，你别老惦着周筱琦了。树挪死，人挪活，你这感情也该挪一挪。"戴浩一听就开始拧巴。他最恨人劝，你劝他往东，他偏往西。所以等小宁进包厢的时候，他已经放弃对门口的关注，忙着和老九用啤酒干杯，直到小宁在身旁坐下，他才滞后地回过神。还是老九摆出主人的架势，问小宁喝啤酒还是饮料，又让戴浩给她盛汤。坐老九另一侧的长发女孩笑道，九哥一看就是妹子杀手。老九打个哈哈道，哪里，我是妇女之友。一群人重新彼此介绍，碰杯，夹菜，包厢内陡然热闹起来。

一波敬酒的浪潮过去，戴浩感觉到小宁的视线。他没话找话地说："你这几天见过凯文没有？"

她的唇边漾起一抹蒙娜丽莎的笑。"没。你呢？"

"我忙，他更忙。"

她不置可否地扬眉，"能点别的酒吗？啤酒胀肚，我不爱喝。"

老九隔着戴浩听见了，喊服务员。喊完没动静，靠近门边的瘦高男子起身出去叫人。看情形是他女友的圆脸女孩趁空当对老九说："九哥，回头给我们写个剧本吧。"那姑娘自称在影视公司工作，明显是老九的粉丝，戴浩有点同情那位被拖来的男友。老九一口答应："等我写完手头这个。"小宁问："你一边上班一边写剧本？我听说你是记者。"老九瞟一眼戴浩，"记者早就辞了，我现在专职写本子。"小宁左手边戴眼镜的女孩立即报出几部连续剧的名字，说是老九的手笔。戴浩听了心头一震。他平时不看连续剧，周筱琦演的除外。原来她三年前参演的某剧是老九的本子。那部都市言情剧的内容看过就忘，只记得周筱琦演一个广告公司的文案。她当时二十七岁，扮作大学刚毕业的新人，怎么看都有装嫩的嫌疑。

小宁点了半斤装的四特酒，问了一桌人，只有戴浩喝，便要了两只白酒杯。几杯酒下肚，戴浩心情松快，连老九的女粉丝们也不那么碍眼了。他向桌对面的瘦子招招手，"你是担心你女朋友才跟来的吧？其实没必要。你别看他这样——"他一指老九，"看着花，他很老实的。人家夫妻恩爱，两个女儿。"

圆脸女孩的神色混合了诧异和失落。"是吗，都没听九哥说起过。两个呀，难道超生？"

老九答道："我老婆是台湾人。应该说前妻。"

这回轮到戴浩诧异了。"你离婚了？什么时候的事？"他的视线不受控制地飘向老九身旁的长发女孩。且不管老九是妹子杀手还是妇女之友，那一位显然是猎物。不，这年头，谁猎谁还不知道呢。

老九回避地举杯，"说这些干吗，喝酒！"戴浩还没做出反应，一只端着酒杯的手伸了过来，墨蓝色七分袖底下，细细的手腕戴着式样简洁的腕表。是小宁。她对老九说："还没和你干过杯呢。"老九举起啤酒杯，她又说："我喝白的，你这样不太好吧。"老九讪讪地，"我干杯，你随意，这总行了吧。"她摇头，"不行。"那样子竟不是敬酒而是挑衅。瘦子见状立即开门出去，转眼带回一只白酒杯，接着不顾女友的眼神，把酒杯放在转台上转过来。戴浩替老九接了，斟满。按理他和老九是那么老的朋友，逼酒显得不仗义，但戴浩觉得，小宁的架势痛快极了，让他心头一爽。

席间刚才还有种说不清的暧昧氛围，这会儿其他人的视线凝聚在老九和小宁的身上。小宁接连敬了老九好几杯，旁边长发女孩柔声说"别喝了""缓一缓吧"，没人理会。老九的脸色不见红，越喝越白里泛青。奇怪的是他不再推却，酒到杯干。圆桌的另一侧，眼镜女孩和那对情侣低声说着什么，戴浩没仔细听，问小宁："还喝啊？你也不吃点菜。"

小宁的眼睛盯着老九。"待会儿。"

戴浩从她身上感觉到明确无误的杀气。她和老九是第一次见面，没道理啊。他不想让小宁单挑，举杯对老九说："咱俩喝一杯，然后暂停吧。打比赛还有中场休息呢。"

小宁夺过他的酒杯放回桌上。"你是真傻还是装傻？他不配和你喝酒。"

戴浩茫然。空白的脑海中有什么隐隐浮现。就像有人用水在白纸上写满了字。他看看小宁，又看看老九。老九的额上附着一层油汗，抬头纹使他显得比四十出头的年纪更老，眼镜片背后的眼睛狼狈地眨动。

无形的字迹在记忆的沟壑中跳舞。戴浩努力分辨它们的身形。老九不配和我喝酒？凯文在电话里的声音遥遥响起：你到时候别冲动啊。

对了。那天在裘醒家喝酒，我打了凯文。

因为他说——他说——

脑袋变得炙热。戴浩急急拾起酒杯，一饮而尽，又倒了一杯，再度喝干。一桌人没人说话。过了片刻，老九伸手给他倒酒。"我陪你喝。"

"不用。"戴浩觉得包厢气闷难受，起身想走。他的胳膊被拽住了，低头一看，小宁的眼睛关切地望过来。戴浩对老九一笑，"再喝下去我就要打人了。不信你问她。"他顺势拉住小宁的手，带着她出了饭店。

夜色初起，写字楼亮灯的窗口闪烁如钻，高架桥横过天际，如同巨兽的脊骨。视野清晰，那么他没醉。可这种喝醉般的眩晕又是怎么回事？如果不去想，如果不曾想起，如果从未发生，该多好。戴浩在路边蹲下，他的心跳得厉害，感觉心脏会直接从胸腔跳出来。自己竟然喝多了就忘了，那天凯文说的话。老九在圈里炫耀他和周筱琦好过，还把周讲得十分不堪。

凯文说，你何必这么认真？那个女人从来就不是什么良家妇女。我把你当朋友才劝你一句，忘了她吧。

单身男人不该带女人回家喝酒。

第二天早上，戴浩醒来的时候，脑海中首先浮现的就是这句话。喝酒本是兴之所至的行为,但人既然是社会动物,总有些规矩在那里。戴浩自认为是个中规中矩的人,所以当他的脑袋深处一刺一刺地隐痛,胃袋空虚抽搐,以及更重要的,当他发现自己光溜溜地躺在客厅的布艺沙发上,衣裤散落一地,他感觉相当不妙。

接着他意识到,屋里有人。隔着落地门,厨房那边漾出热气和声响。他在厨房的活动仅限于烧水煮面条或速冻水饺,周筱琦在这里留宿时也不曾下厨。此刻从门缝飘来氤氲米香,让他有时空错乱的恍惚。一时间,他以为自己不是在上海,而是在绍兴老家。

"早饭好了哦。起来吧。"远远传来的是小宁的声音。

戴浩应了一声,手忙脚乱套上衣裤。

家里给他买的两室两厅老公房有着古怪的格局。进门便是饭厅,右手边是开放式厨房和浴室,左手边隔着落地门是客厅,饭厅尽头伸出去一条走道,两侧是书房和卧室。他很想从客厅逃进卧室,但那样势必要落入待在厨房的小宁的视野。

他终于走出去洗漱。洗完脸回到饭厅,桌上摆好了碗筷和三个小菜。切丝炒的青椒榨菜茭白、盐水河虾、拌黄瓜。熬得黏稠的白粥表面泛着光。

戴浩在桌边坐了,愈发混乱。这是我家,他想。昨晚我是第二次见到小宁。可为什么我好像在她的家?又像是我已经和她共同生活了很久?

胃泛起灼烧感,他强迫自己喝了点粥。小宁穿的也是昨天的衣服,七分袖深蓝麻衫配仔裤。她胃口很好地吃菜喝粥,不像宿醉的样子。

戴浩忍不住问:"我们喝了多少,昨晚?"

"不算饭店的,回来先喝了你冰箱里的黄酒,三斤不到点吧。后来你打电话让楼下超市送了两瓶二锅头……"

她答得伶俐,戴浩呻吟一声,又听她说:"一瓶没喝完你就倒了。"

混酒容易醉,怪不得这么难受。酒后我做了什么?不,应该说我们做了什么?戴浩想问却没有勇气,只好夹了一筷子炒素放在嘴里。这时小宁说:"你不记得你做了什么?"

他猛咳起来,小宁拍他的背。他低着头说:"对不起。我现在确实想不起来,我,我会努力回忆的。"

她抿嘴一笑,"你喝多了就失忆?就像你上回忘了凯文说过什么?早知道他也不用心急慌忙地让我去找你。"

"是凯文让你找我?"他心头闪过隐约的失望。看小宁自若的态度,他猜昨晚没发生出格的事。

吃完饭已经过午,小宁顺理成章地洗了碗。戴浩又生出异样的惶然。如果自己昨晚真的没做什么,她一个姑娘家为什么在刚认识的男人家里做这做那?他正犯嘀咕,小宁说:"你下午有事吗?要是没事,陪我去趟花市。今天有个订单，原本早上就要去的。"

戴浩的周末向来是喝酒看书打发掉。他宿醉未消，今天不想再喝，也没心思看书，便说好。

花卉批发市场建在一座仓库里，如果不是小宁带他来，戴浩从不知道本市有这么个地方。采光黯淡的仓库如同巨大的洞窟，能容一辆车的通道错综交织，偶尔有摩托车助动车驶过，两侧的花店大白天也亮着灯，空气中浮动着森森的味道。小宁说那是植物死亡的气味。她还说，花市最繁荣的时刻是一大早，因为材料刚到比较新鲜，花店和花艺师都赶在早上来采购。

她沿着通道七拐八绕，不时在一家店铺停下，询价杀价。戴浩负责提着她买下的花。初夏的绣球开得正好，小宁买了一种绿色绣球，又买了长长的白色马蹄莲和其他几种戴浩叫不出名字的花。他们在高屋顶下的简易房之间兜兜转转，来到一家像是专卖玫瑰的商铺。一地的塑料桶里浸着不同颜色的玫瑰，粉红深红水红胭脂红。门口支了张桌子，四个人雀战正酣。小宁和其中一名中年男子打过招呼，径自走进店里。她指挥戴浩把花材搁地上，又让他帮忙从后仓抬出一只直径超过一米的玻璃缸。戴浩暗自纳罕，如果自己不来，小宁打算一个人做这些体力活吗？

他看着她把绿色海绵塞进玻璃缸，专注地剪花插花。

相识一周,他见过她工作的模样,还有她喝酒时眯起眼的心满意足神色。说是香港人却不带口音,那么是内地过去的移民吧。从她打理花卉和做饭洗碗的麻利劲儿看,是个习惯操劳的人。姓宁名张的女孩。她那个名字倒装的姐姐比她美,不过戴浩早已过了只被外貌吸引的年纪。她看过他酒后的荒唐,也知道周筱琦的存在。她会让他看到更多的自己吗?

他想看到。

戴浩陪小宁从出租车下来,合力把她的作品抬进一家宾馆的宴会厅。白色和绿色为主调的大型插花往大理石台面上一摆,厅内增色不少。这么沉的玩意儿,如果没有他帮忙,小宁一个人怎么运呢?她像是看出他的疑惑,"平时花市的高老板会帮忙,就是我借地方做花那家,我每个月付他点钱。"

戴浩从前常在花店买花给周筱琦,送到学校,后来送到剧组。他以为鲜花赠美人,必能博她的喜悦,但爱情不长久,正如鲜花不保鲜。他还以为花店女主人是闲适的角色,如今才知道,花艺师是份重体力活。小宁的发角生得密,两鬓被汗打湿了,幽深的青黑,让他想起鸟的羽毛。

"你到处接活,为什么不开店?"

她淡淡地说:"你以为我不想?没钱。开店要很多本钱的。"

"哦，我请你喝东西好不好？你也辛苦大半天了，坐下歇会儿。"说话间，他们从电梯下到一楼大堂，现场演奏的钢琴声悠悠传来。小宁看戴浩一眼。他想，拜托，我没有泡她的意思，可我为什么这么心虚？

小宁说："我还有事。"仍是淡然的语气。

那么是说再见的时候了。不等他听话地告别，她又说："陪我去医院看个人。"

戴浩讨厌医院，来苏水的气味会激发他固有的洁癖，总觉得周围的空气都带了细菌。他即便生病也很少去医院，这时却一口答应了。

小宁带他去的是一家市级医院的住院部。原来医院不再是他认知中的白色世界，墙被漆成乳黄色，护士制服是淡粉色，不变的是稀薄的疾病氛围。经过走道，从敞开的门瞥见一张张床上的患者，有个大男孩正在玩手机，一名妇人坐在大概是她丈夫的男人的床边，伸手拧开保温煲的盖子。百合在床头柜上的花瓶里无声地绽放，将小宁所说的植物死亡气味散播到房间乃至过道。

小宁没带花，戴浩提着她在医院附近买的柚子，跟着走进一间四人病房。两张床空着，角落的床垂着帘子，离门口最近的床上坐着个老头。老人的视线笔直向前，对着空气中虚无的一点。小宁在他旁边的凳子坐了，喊了声

"爸",老人吃惊回头,看向小宁,一言不发。小宁把水果店杀好的柚子撕掉薄衣,递到她父亲手里。戴浩拖过凳子坐下,挤出一丝笑,算是打招呼。小宁手上不停,嘴也没闲着,她絮絮地说起和戴浩相识的经过,那架势竟是把戴浩当男友介绍给父亲。

"他这人看着稳重,实际可急躁了。我们第一次见面,有朋友说他从前的女朋友人品不好,他气急败坏,打了人家……"

老人的神色不见变化。戴浩有些脸热,偷偷打量老人皱纹纵横的脸。小宁的鼻子有点像他,但仍然很难想象,素净的女人和干瘪老者有着共同的遗传基因。

他们坐了大半个小时,老人没说半个字。戴浩想,难不成他是个哑巴?等小宁准备走,老人作势要下床,这是他第一次表现出对女儿的关切。小宁想拦他,没拦住,他拖着步伐把他们一直送到电梯厅。老人有条腿不太灵便。戴浩作为旁观者的心态陡然失了平静,他看看小宁又看看她爸,喉咙像堵了团东西,连一声客套的"再见"也说不出。

"对了,你爸的腿……"

奔波最能吞噬时间,很快已是傍晚,和小宁并肩坐在他常去的日式烤串店的吧台前,戴浩隔着喧嚣问道。

"小儿麻痹落下的残疾。因为我爸腿不好,我小时候没少挨欺负。"小宁喝一大口清酒,"我还以为你会问我,他是不是哑巴。"

"本来想问的。"

"那你为什么不问?凯文说你这个人最毒舌的,讲话没遮没拦。"

"你觉得我像他说的那样?"

她没回答,转而说:"我爸不是哑巴,他原本就不多话,自从我妈走后,他就彻底不讲话了。"

"挺长情。"戴浩把柠檬汁挤在烤鱼上,"你姓宁,是随你母亲?"

"是啊,我应该跟我爸姓张才对。我姐不是我爸的女儿。"

"你俩长得确实不像。改嫁还是外遇?"

她扭头看他,像被噎了一下。戴浩若无其事地继续道:"你做的花很漂亮,在哪儿学的花艺?"

"在香港。我姐夫的店里。"

"你姐夫?"戴浩想,裘醒惹上的原来是有夫之妇。

"我姐的前夫。我给他当了三年小工,每天早上五点不到就去批发市场买花材,白天看店,从早忙到晚。那人可猥琐了,让我住他家客厅,我不肯,晚上在花店打地铺。"

"你姐也在花店帮忙?"

小宁哼了一声,"她得在家干活。香港人有个半瘫的老妈。他这个婚结得好，保姆和小工一起白得了，还不用开工资。我那时等于是白干，一个月就拿点零花钱，连香港小学生都不如。苦挨苦撑，到头来，对方说我姐生不出孩子，要求离婚。"

就着烤串和啤酒，小宁一点点说起她家的过往。靠爸妈摆馄饨摊维持的四口之家，童年与丰裕无关。姐姐继承了妈妈的容貌，从小就引人注目，当妈的明显偏心漂亮的大女儿，每天为她梳当时流行的法式辫，在辫梢拴上和衣服颜色相配的丝带。小女儿剪了个童花头，只有在旁边干看着的份。

她吁一口气，"我长这么大没有心理扭曲，很不容易的，你懂吗？"

那是因为你父母双全。戴浩在心里想着，嘴上说："裘醒和你姐还顺利？我感觉他这人挺花的，未必当真。"

"他俩以前就是一对。我们是同乡。"小宁边剥银杏边说，"我姐上高中那会儿，裘醒是个小混混，没事就在校门外堵她。"

"小混混如今倒是混出来了。"戴浩想起裘家地段优越的三室两厅。

"他很早就出去闯荡，跟人跑单帮，倒腾药材什么的。两三年不见人影，我上高二那年有一天放学，刚走到校门口，就看见他站在那儿，人黑了瘦了，像个大人。"

戴浩静静地说:"小姑娘动心了。"

小宁不理会他。"他看见我很高兴,走过来摸我的头,好像我还是个小丫头。他问我,你姐跑广州打工怎么也不和我说一声?她的手机号给我。"

"你给他了?"

"嗯,我还告诉他,我姐有新男朋友了,是她工作那家酒店的大堂领班。"

"小姑娘够狠的。裘醒什么反应?"

小宁不答,戴浩转头看她。她刚给自己斟完酒,右手的清酒壶尚未放下,左手的酒杯已到唇边。

虽然只和裘醒相处过半天,他大致猜得到接下来的情形。裘醒去了广州,成功追回了初恋情人。后来宁姐带着妹妹远嫁香港,想必其间又有各种波折。死灰复燃总是烧得更旺,怪不得那天裘醒和宁姐不顾有客人在场就钻进卧室。

他忍不住想到周筱琦,当对方先转身离去,他不是那种会追上去的人。五年了。周筱琦拍了几部新戏,他收集的杂志、视频以及照片显示,她的鼻子和下巴做过整容。她和某导演传过绯闻,现在的男友据说是一家高档家具公司的老总。戴浩旁观者清,知道周筱琦这样一个二三线女演员已经过了出嫁的最佳年龄,她继续演下去只会愈加尴尬。他一直在遥遥关注她,说白了就是窥视。当这种行为变成习惯，他分不清其中有多少出于不甘心，又有多少源自落寞。

被抛下的同时，人就像被施了一道魔咒。至少戴浩是这样的。

那天夜里小宁喝醉了。

以她前几次的酒量，按理不该这么快醉。在烤串店喝到第四合清酒，她变得有些多话。面前的烤秋刀鱼和鱿鱼吃完了，戴浩加了几串烤鸡胗。小宁摆手说不要。

"你不吃内脏？"

"不是，我不吃鸡。"

小宁说，爸爸格外偏爱她这个小女儿，会把自己不多的烟钱省下来，给她买小零食。她念小学三年级的一天，爸爸带她逛街。她看见一个卖小鸡仔的，黄茸茸的小鸡在笼子里躁动，像一堆叽喳叫的球。她凑在摊前不肯走，爸爸有些为难，最后还是给她买了一只。她高兴得跟什么似的，回到家就给妈妈看。妈妈撇嘴说，养不活的，费这个钱做什么。

小宁不信养不活，她精心地照料小鸡，让小鸡从手心啄米，晚上把它搁在鞋盒里过夜。小鸡日长夜长，很快由拳头大小长到小西瓜那么大，毛色也从嫩黄变成棕白相间。妈妈说，哟，你倒是厉害，这只鸡再大一些就能下蛋了。

听说鸡吃虫子长得快，小宁放学后去河边抓蚂蚱，带回家喂她的小母鸡。鸡被她养得好似宠物，每天放学回家，它会走到门口迎她。

有一天进门，不见那个小身影，她心里有点空。走到厨房，只见地上有个东西，正是她的小母鸡。鸡死了。小宁蹲下来，摸了摸羽毛覆盖的身子，还是暖的。

"后来呢？"

"我坐在地上大哭，我姐跑去找来了我妈，妈妈说多半得了鸡瘟，肉不能吃了。后来我爸回来了，他一看就知道，鸡吃了老鼠药。我家因为怕鸡误食，已经很久没给老鼠下药了，而且那只鸡胆小，从来不会跑到门外。"

"所以——？"

"肯定是我姐干的。"小宁的语气笃定。比她大三岁的姐姐念初一，中学离家近所以到家早，当时家里就姐姐一个人。

戴浩苦笑道："她为什么要那么做？"

"为了让我难受。我爸只疼我，她不服气。可我妈还只疼她呢。"

"所以你从此不吃鸡了？"

"嗯。"

"你不会为这件事恨你姐吧？"

她摇头，"小时候真的恨过她，有半年不和她讲话⋯⋯

后来到了香港,她处处护着我,不让她那个色鬼老公占我便宜。所以说血浓于水嘛。只是,她也挺犟,到现在都不承认她给鸡下了药。"

话题从小宁的过去延伸开去,她问他,平时都在做什么。他说自己的生活乏善可陈,无非上班下班、看书喝酒。她说,讲一下你觉得有意思的书吧,我不爱看书,爱听人讲。他便谈起叫作《时震》的小说。二〇〇一年的某一天,宇宙弹回到十年前,然后再次顺时针运行。故事中的人们并没有因为时光倒流获得新的选择机会,只能把自己做过的事原封不动地做一遍,从恋爱到死亡,而且是在拥有"未来"记忆的前提下。

"听起来够惨的。"小宁说。

"因为每个人只能是他自己。就好比如果再来一次,你的小鸡还是会死,你姐还是会嫁给那个香港人,你还是会坐在这里,和我喝酒闲扯。"

她笑了。"所以你的重点是最后一句。"

戴浩没接话。白天见到小宁瘸腿病弱的爸爸,让他想起久远的往事。如果有机会再来一遍,事情会有怎样的不同呢?如果冯内古特是对的,重来也只会一样糟糕。

喝到第五合,小宁的沉默变长,显得心事重重。他问:"怎么了?"

"我在想你刚才讲的故事。要是明知一切都会毫不走样地重复一遍,有没有哪个时间点,是你愿意回去的?"

"没有。你呢?"

"我刚对你说过吧……高二那年,裘醒来找我。"

"他是找你姐,不是找你。"

"你说话果然讨厌!"她斜睨着他,"我一直记得,当他听到我姐有男朋友的时候,他整个人像是碎掉了。"

戴浩诧异道:"你想回到那个时刻?你喜欢看他难过?"

"那一刻,我比他更难过。真的。我当时觉得自己快要死掉了,我想哭,想大叫,想给他一耳光。可我什么也没做,只是站在那儿看着他。他转身慢慢走了。我当时以为,那会是我这辈子最后一次看到他。他的背影。我哪里想得到,只过了两个星期,他就把我姐从广州带回来了。"

果然如此。戴浩无动于衷地想着,又问:"既然难过,为什么想重来一次?"

"你呀,你什么都不懂。"话音刚落,小宁往吧台一趴,睡了过去。

戴浩没有宁姐的联系方式。问凯文最直接,但上次那一架梗在心上。他半扶半拖地把小宁带回了家。她在进门处甩掉鞋子,像认窝的小狗般径直朝卧室走去,倒在床上。戴浩的脸上泛起一丝笑意。他洗漱出来,酒意仍在,又往玻璃杯倒了两指高的二锅头,是昨晚和小宁喝剩的。他带着《刀锋》上床,靠着枕头坐在小宁旁边,看了几页书,他决定帮脸朝下的她翻个身，主要是怕她流口水。好不容易把人挪到枕头上，他就着阅读灯打量她的脸。她说想回到高二那年，想回到伤害裘醒并更深地伤害自己的那个时刻。女人真是难懂的生物。他感觉到模糊的欲望，更多的是困惑。我们昨晚真的没做什么吗？他在心里无声地问。她的睡脸无辜又脆弱。

他强迫自己继续读书，正好看到伊莎贝尔设计让苏菲和拉里的婚事泡汤。人都有自私和冲动的时刻。他喝干杯中剩下的酒，想想又去厨房端了杯水，放在小宁那边的床头柜上，留了盏夜灯，躺倒睡觉。

戴浩在周日上午醒来，小宁已经走了。没有字条，她睡过的一侧床留下轻微的凹痕。如果不是有只水杯洗干净了扣在滤水篮里，戴浩会以为昨晚带她回家是做了场梦。他叼着牙刷在屋里走了一圈，拿起手机，发现没电了。刚插上电开机，进来一溜未接来电。是老妈。他对着屏幕出神片刻，终于想起——该说是终于强迫自己想起——今天是老妈结婚的日子。

据说不大办，只摆几桌，客人多是生意场上的熟人。伯父和三叔会去吗？戴浩不确定。他关掉手机，洗澡，吃面包当早餐，打扫卫生。全部弄完临近下午一点，他挪到电脑跟前。电脑桌面上周筱琦的剧照是他看惯了的，此刻忽然显得毫无意义。都已经分手五年了,我这是在做什么?他对着那张脸怔怔发呆。她的笑朝着镜头绽开,如一朵花,花并不在意凝视,即便目光来自变相跟踪狂的前男友。

戴浩做了他一直以为绝不会做的事。他把手机重新开机,找到周筱琦的号码,拨了过去。那头很快接起来,低柔的一声"喂"。他强忍住心悸和挂电话的冲动。"是我,戴浩。"

"哦,好久不见。"周筱琦说。

我可是常常看见你。戴浩把条件反射的回应压下去。"你最近怎么样?"

"还不是老样子。"她的语气有种不想多谈的氛围,戴浩想,也许她身旁有男人。

"我妈今天结婚。"

直到和周筱琦分手几个月后,他才听说老妈设下的那场饭局。在座的只有老妈和周筱琦两个人,地点是镇上最大的一家饭店的包厢。外号"蝈蝈"的老同学许无过把这事告诉他,还加了一句评价:单亲家庭的媳妇难做,你妈这么能干,不仅管家还管一个厂,你家的媳妇会更难做。

没人知道两个女人在包厢里谈了些什么,呈现的结果是周筱琦的离开。她甚至没有解释,只用一句"我们不合适",就把两年多的恋爱一笔勾销。分手后这些年,戴浩做过各种各样的假设,说不定老妈砸出一笔钱让周筱琦走,或是表现得像个极难相处的恶婆婆……当时周筱琦随剧组到戴浩老家的古镇拍戏，待了两个多月。他一到周末就回老家，从蝈蝈家的小饭馆打包一堆好吃的，溜过去探班。时值梅雨季，剧组的旅馆被子泛着潮气，他想出钱让周筱琦住进条件更好的酒店，她不肯，说自己一个女配角，那么显摆不大好。他干脆买了整套床品送去。她不用上场的午后，两个人坐在蝈蝈家饭店一楼临河的桌前，他温黄酒，她温剧本，几个小时恍然如一瞬。他拈杯看河，又看看对面低头读剧本的女友，心情如黄酒般暖甜。

而这些不过是爱情终止前的幻觉。

此刻，他感到自己五年来持续的注视也是一场自以为是的幻觉。他刚才那句话讲完，周筱琦一言不发。他强迫自己把话接下去——

"有件事，我一直没和你说过。你，你愿意听吗？"

"你说。"

"你知道，我爸在我小学二年级的时候走了。"

大伯在县里任公职，三叔做过其他生意不成功，回来帮二哥也就是戴浩的爸爸打理黄酒厂。在当地，相近规模的小厂不下三十家，生产的酒没有牌子，原坛销到江浙一带，供店家零沽出售。即便是小厂，也要请老师傅把关，据说厉害的酿酒师傅只要闻一闻听一听，就能知道大缸里的酒发酵到什么程度。戴家的酿酒师傅与别处不同，是女的，戴家老二的媳妇黄素娟。黄家世代是酿酒好手，经她指点酿成的太雕比别家厚重，有琥珀的光泽、蜜的质地，入口甜，后劲大。戴爸爸在世的时候常笑着说，外面的黄酒我能喝三四斤，如果是我家的，就得打对折。

戴浩八岁那年，有个揣着支票和野心的温州人跑来镇子，想找合作方。那人倒也识货，把无牌小厂的酒喝过一圈，找上了戴家。戴爸爸在家设宴招待温州来客，戴家老三作陪。酒过几巡，温州人说，想见见酿酒师傅。黄素娟从厨房出来，温州人举杯长笑道，嫂子酒酿得好、菜做得妙，真是酒中仙！

戴浩当时在旁边，毕竟是孩子，草草吃了几口就饱了，下桌玩耍。他对温州人的印象只有这句怪怪的话。其后的几天，当他放学回家，大人们似乎在忙什么重要的事，空气中涌动着陌生的氛围。

爸爸就在那时突然离世。死因是急性酒精中毒。他一个人在古镇南头的酒馆里喝了好几瓶白酒，当时是蝈蝈的父亲经营的店。据说戴家老二走出店门的时候还是好端端的，第二天早上被人发现躺在河边的窄巷里，身体已经凉了。

戴浩虽然年幼，也很快意识到爸爸永远不再回来的事实。那些日子，妈妈的眼圈红得像兔子。大伯和三叔在家里进进出出，同样经常出现的还有温州人。后者让戴浩有古怪的不安，有一天他放学回家，撞见温州人搂着妈妈，第一反应是悄悄跑开。男孩的心头堵了块硬物，除了丧父的惶然，还有对未来的恐惧。他闷闷地离开家所在的新城，进了古镇。

旅游的风潮还没起来，古镇的圆石路尚未修葺，走起来高高低低，有几处石头破裂成硌脚的锐角。鞋带散了，他绊了一跤，膝盖和手肘火辣辣地疼。天很快黑了，隔很远才有一盏路灯，路面和檐角隐在昏暗中，路灯下闪过蝙蝠的黑影。他带着身上的破皮和瘀青转了几个弯，来到蝈蝈家的店门口。他没有进店，仰头对着二楼的窗户吹口哨。那是他和蝈蝈之间的暗号。窗户没开，他从旁边的窄巷走到河边，绕到房子的背面。屋檐下有道仅能容一人过的石板路，底下就是夜晚的河。为了纳凉，饭店一楼的一扇扇木窗朝河水支起，仿佛房子伸出若干翅膀，随时会飞走。他踮起脚，从其中一扇翅膀往里看。他以为蝈蝈正在一楼，边看电视边写作业，然而黄黄的电灯光下，映入眼帘的却是大伯和三叔，他们脸色阴沉地坐在桌前——他登时吃了一惊。

"于是我走进店里，和戴家的大人们坐在一起，喝了一碗黄酒。以前爸爸偶尔也让我抿一口，从来没喝过那么多。"

周筱琦没有问"后来呢"。电话那头一片岑寂。她的沉默带来某种启发,他谨慎地说:"接下来的事,你是不是听我妈讲过?"

"嗯。"

"所以你知道我是个卑鄙的人。我把我看到的对大伯和三叔讲了,他们带着一帮人找到温州人,把他狠狠修理了一顿。他离开的时候,变成了瘸子。"

"这也不能说是卑鄙。小孩子都怕妈妈被人抢走。"

"不是怕。是恨。"

电话那头再次沉默。戴浩继续说:"我最恨别人把我扔下。我知道这样不对,可我就是会钻牛角尖,然后明知不可以还是做出一些事。这不是卑鄙是什么?"

"你不要这样说自己。"她像背台词般说道。

"有件事我一直没有问过你。你当时,为什么要走?"

"现在还纠缠这些有意思吗?"

"有意思。"

"我知道你今天不开心……"

"我没有不开心。"

"就算要讨论从前的事,也等你回头冷静下来。我挂了。"

她真的说挂就挂。电话发出短促的忙音。戴浩捏着温热的手机发呆,以他对周筱琦的了解,再拨过去也是无益。他忽然很想打给小宁,但是说什么呢?他出门吃了碗面，又买了黄酒回家。和过去的许多个周日相同，然而长久以来的平静不再。他的内心被尖锐的硬物顶着，一如八岁那年充满绝望的背叛之夜。这天直到晚上，老妈没再打来电话，看起来，她放弃了与儿子和解，彻底沉浸于她的新生活。

"你当时蛮好打电话给我的。"小宁说。

他们在一间坐满人的川菜馆，围着一大盆水煮鱼。他们，是戴浩、小宁、宁姐和裘醒。吃辣少不了酒。宁姐和裘醒喝啤酒，戴浩陪小宁喝贵州的老掌柜，二两装的酱香型白酒，刚打开第二瓶。

上班到一周过半，老妈那边无声无息，让戴浩感到窒闷。这些年来，戴家的酒厂在老妈的经营下换了一番面貌，出品不再是粗陶坛装的便宜黄酒，而是装瓶贴繁体字商标，销到台湾地区和日本。大伯退休了，三叔虽在酒厂挂职，不问实事。当老妈宣布她要和管营销的老李结婚，再没人跳出来打断谁的腿。

戴浩不反对她再婚，毕竟他早已不是八岁，只是仍不免想起自己"出卖"温州人的那个夜晚。在蝈蝈家的酒馆，平生第一碗黄酒又甜又冲，滑下他的嗓子眼，激起一阵热辣的快意。温州人拖着瘸腿消失，戴浩没见老妈为此表露过任何情绪。他没就此多想，直到若干年后周筱琦突然从他的生命剥离，他这才后知后觉地意识到，老妈说不定恨自己，女友的离开，是老妈的报复。

此刻，吃着水煮鱼喝着老掌柜，戴浩说自己上个星期天过得超级无聊。又说，我本想找小宁喝酒来着。小宁刚才那句话是对他的回应。

裘醒大声接话："戴浩啊，不是我说你，做男人就该主动些。像你这样黏黏糊糊，我在旁边看着都着急。"

宁姐掉转筷子，敲一下裘醒的胳膊。"你以为人人都像你，厚脸厚皮。"她的眼睛深而媚，面孔因此显得生气四溢，不像小宁那么淡如水。此时吃得酣热，她的脸上浮起一层油光和脂粉颗粒。戴浩的目光扫过旁边的小宁。对姐姐和裘醒的亲昵，她垂眼抿酒，像是无动于衷。

戴浩捞起垫底的豆芽，咀嚼咽下，然后喝一口酒。辣椒和白酒混合成刺激的合奏。他同情小宁，何苦凑在姐姐和暗恋的男人跟前。他也佩服裘醒，初恋情人嫁人又离婚，姓裘的仍这样云淡风轻。

如果换了周筱琦坐在身旁，自己能像裘醒这么淡定吗？

他有片刻失神，没留意话题的转换。宁姐说起一档生意，不断提到"老金"和"杨总"。"酒厂"二字钻进耳朵，戴浩想起老金就是上次在裘醒家吃饭的那伙人之一，PSP男孩的父亲。他随口问："老金要开酒厂？"

宁姐撇嘴道："他哪有那个本事。杨总你也见过的，和老金两口子一起,还记得吧?"

戴浩对那人没印象,含糊点头。

裘醒解释:"杨总手里的不是酒厂,是酒类的包装厂,从瓶子到盒子,你要什么,他就能给你做什么。"

戴浩立即问:"做假酒?"

餐馆里一片喧嚣,他的声音也不高,宁姐却急了,举起食指竖在嘴边。"你说什么呀!是拿正经酒装瓶,只是贴个牌,涨点身价。这年头,不花心思哪能赚到钱。"

戴浩又问:"正经酒?"

宁姐说:"拿山东、河北的红酒,弄个外国的牌。江浙一带小厂的白酒,换个大厂牌。有些酒本身不坏,就是没名气,靠这法子打开销路。杨总那边出来的酒,小宁喝过的,是吧?"

小宁闲闲地说:"还是喝得出差别的,只能蒙不懂的人。当然也不至于喝坏身子。"

"你以为人人都像你那么懂啊。"做姐姐的一笑,"再说了,十个人里只要有三个人像你,什么样的酒都不愁销路。"她的眼风飘到裘醒身上。他拍拍她的胳膊说:"也不是没风险,我要再琢磨一下。"

饭后,小宁说要和戴浩喝第二摊,在店门口和另外两人散了。他们打车到酒吧林立的衡山路,她带着他从一头晃到另一头,又折回来,像是无法决定该进哪家店。几片早早凋零的悬铃木叶被晚夏的风吹落在他们的脚边。酒吧门口揽客的女孩最大幅度地露着大腿，脸上带笑，浓黑的假睫毛遮住了神情。衣着时尚的男女从停靠的出租车上下来，在经过时掀起强烈的香水味。戴浩扭头看小宁，驻足问："你在想什么？"

"没什么。"小宁虚弱地一笑。戴浩揽过她的肩，低头吻她。简短的一吻带着不确定，对自己，也对她。移开双唇的时候，他从她身上闻到熟悉的黯淡香气。那是花朵死亡的味道。

下半周如常过去。周五下班前，正当戴浩对着电脑上瘫成一堆的三维造型皱眉，小宁来了电话。

"能帮我个忙吗？"

他心头闪过若干选项：给客户送花，去医院，陪她喝酒。结果她说："你找裴醒喝酒吧。"

你为什么不自己陪他？你是顾忌你姐呢还是怕裴醒不搭理你？一连串的诘问到了嘴边，化作一个字："哦。"

"就上次说的杨总那档生意，他在犹豫。"

"你想让我帮忙说服他？"

"不，你要劝他别插手。我姐想帮他，可我不想。"

"帮裴醒？什么意思？"

"你见到他就知道了。"

他给裘醒打了电话,下班后直接过去。裘醒一开门,戴浩便是一惊。门内的裘醒留着两三天分量的络腮胡茬,平日扎眼的男人味儿变得衰颓,像是一下子老了十岁。更显眼的是用白纱布吊在胸前的左臂。

戴浩问:"你的手怎么了?"

"摔了一下。"裘醒说话时有股微酸的酒气。戴浩随着他进了屋,发现里面乱糟糟的。屋子和人一样,颓起来是很快的。刚认识小宁那天,一群人来这里喝酒,不过两周前,感觉已是久远的往事。

客厅茶几上有一包鸭脖子和两只啤酒瓶,一瓶快喝完了。上次买的西凤酒应该还有一些。戴浩见裘醒的手不方便,主动到厨房看了一圈,没见西凤酒,找到两瓶没开封的汾酒。于是他知道小宁来过。他拎着汾酒出来,坐在沙发上喝了第一口,奇痒爬上心头。他忍不住想象小宁和裘醒对酌的样子。或许不是那两个人单独喝,宁姐也在。

裘醒说了句什么,他没听清。那边重复:"小宁喊你来的吧?"

戴浩撒谎道:"不是,我就是想找个人喝酒,可又不想找小宁。"

"呵!"裘醒笑了,"罕见。为什么不想找她?"

"要是再找她,我感觉……会失去一个酒友。酒友难得啊。"这次至少有一半是实话。

"你小子，动心了？"

戴浩不置可否，喝了一大口酒。汾酒的味道中正，既非酱香，也不像西凤酒香得近妖。淡泊又凛冽，这酒像极了小宁。难怪她喜欢。

还没吃晚饭，酒意来得格外迅猛。戴浩感到一阵水汽弥漫在眼前，裘醒的脸就像隔了一块毛玻璃，扁平又不真切。他听见裘醒絮絮叨叨地讲述生平。

裘家老爷子是改革开始试水的第一拨人，倒腾服装赚了些钱，有了钱就学人办厂，赔得厉害。家里背了几万元的债，在当时算得上巨额数字。初中毕业的裘醒在家晃了两年，由亲戚介绍，跟着几个做山货的去了云贵一带，收购三七、松茸等药材卖给药厂。头几年，他是个没本钱的学徒，拿一份少得可怜的薪水，只收获了一口似是而非的云南口音。他精明地发现，当地的流行比江浙迟缓。男生的萝卜裤、女生的蝙蝠衫，在老家这边严重过时，到了高原却是年轻人眼中的新潮打扮。他发狠借了高利贷，以极低的价格收了一批库存服装，拉到西南。

当裘醒赚了钱赶回家，只见家门口聚着一堆讨债的凶神恶煞。"我当时年轻啊，穿件沉得要命的黑皮夹克，还学郭富城梳个中分，看上去完全是个混混。我腰上的皮带是特制的，钱卷成细细的一条一条，塞在夹层里。"

所以这就是小宁高中时代的裘醒。郭富城头，皮夹克，腰缠现金返江南。裘醒兀自说着他割开皮带甩出钞票还债的豪气场面，戴浩想到的却是那个残酷的少女。她对裘醒说，我姐跟别人好了。

戴浩一向不劝人酒，这时却来了句："我喝白的你喝啤的，首先节奏就不对。"

裘醒有三分酒意，瞪着泛红的眼睛。"好小子，挑衅是吧？别以为只有小宁喝得过你。"他把大半杯啤酒一饮而尽，倒上汾酒，又从茶几底层拽出一包笋干青豆。戴浩一怔。这是他老家的吃食。向游客兜售青豆的摊子日复一日守在旧镇的河边，唯有守摊的女人们一年年变老。两个人就着青豆各自喝下一杯，裘醒打了个嗝，眼底泛起泪光。

"瞧见我的胳膊了？看！"裘醒把纱布吊着的膀子向前一伸，让人担心他的伤势就此加重。"好朋友不说假话，我不是摔的。是被人砍的。"

"怎么回事？"

"遇到上门讨债的混子。"

没等戴浩发问，裘醒换了话题："你觉得张宁，怎么样？"

眼睛大，胸大。还有，她害死过妹妹的小鸡。这些感想不适合发表，戴浩说："挺漂亮的。"

裘醒用力一挥没受伤的右手。"我不是问这个……漂亮女人我见多了，也玩多了。"

戴浩和裘醒碰杯。酒喝到这个程度，爽辣的液体滑过咽喉，激起甘甜的错觉。他近来开始喜欢白酒上头的过程，比黄酒来得汹涌，不拖泥带水。

裘醒又说："要在从前，我根本不会多想。管她是真心还是假意，我砸钱就是。现在不同了，凡事都要多想个几遍。我眼下就是个空壳子，手里只剩这间房子，我不能再错啊。"

"你想多了吧？你们不是老情人吗，还需要考虑她是不是真心？"

"你听小宁说的？她倒是什么都对你讲。"

"能喝到一起，就能说到一起。"

从裘醒家出来的时候，戴浩自认为还比较清醒。如果把酒后由微醺到失忆的状态分作十级，那他现在最多到第五级。血液在血管里的流速比平时快了些，有点头重脚轻。他穿过路灯下树影斑驳的小区，打了辆车。夜风从车窗溜进来。他捏着手机解锁屏幕，又锁上，反反复复。一亮一暗的屏幕背光如同夜行动物的眼。

手机屏幕上是小宁在半个小时前发来的短信：还没散场？我想见你。

车行至半程，他说："师傅，麻烦靠边停一下。"他拨通了小宁的手机。

小宁一接起就问："没喝高吧？"

"我还好。某人倒下了。他酒品不错,睡着了而已。"

"你在哪里?"

"出租车上。咱们在哪儿见?"

"找个安静的地方,或者你家。"

她把最后两个字说得极轻。戴浩知道,此前她连续两夜留宿都安然度过,但今晚和她独处一室的话,无论如何不会没事。他知道她也知道。

他沉默片刻才说:"我还没吃饭呢。我知道一个不错的地方,吃烤串。"

烤串摊在戏剧学院附近的街头,临近夜半,仍有好几桌人,全是年轻男女,围着铺了一次性台布的折叠桌吃喝聊天。空气中泛着油烟和香辛料气味,还掺杂着古怪的烟味,戴浩分辨不出那是手卷烟草还是其他什么。小宁先到了,坐在远离烧烤架的桌前,啤酒瓶在桌上反射着微光。

"今天怎么喝啤酒啊?"戴浩坐下说。

"等你的时候先喝两口,这家烤串太辣。"小宁面前是烤好的牛板筋、刀豆、香菇之类。戴浩一口气点了羊肉、鸡翅和馒头片。他问小宁要喝什么,他去便利店买。她说:"双沟大曲。"

站在便利店明亮如昼的白炽灯下,视线滑过架上陈列的白酒,戴浩的心头有只柔软的手拂过。西凤酒,二锅头,老掌柜,清酒。架上的瓶子唤起记忆。没看见四特酒和汾酒。他和她喝过那么多场酒。时间的跨度被酒精浸泡得模糊，他像是认识她许多年。他听过她的童年和少女时代，知道她经过怎样漫长的路程才走到这里。

他没买七块钱的双沟大曲，让店员拿了柜台里的盒装五粮液。捧着酒回到路边，一排羊肉串正在铁盘里滴着油冒着热气。小宁见了酒，眉毛一挑，"干吗买这么贵的酒？"

"就是想喝了。"

"你一个小白领，还是省省吧。对我也用不着这一套。"

"凯文没和你说过？"戴浩边开盖子边说，"我家里有钱，用流行的话说，我就是个土豪。"

"白天上班、晚上喝酒看书的土豪？"她笑出了声。

"人有各种活法。"他给小宁倒酒，"有的人一心要出人头地，或者赚更多的钱。我又不想得到什么。"

她叹了口气。"有时我挺羡慕你这样。大多数人都想得到什么，一辈子就在得不到的煎熬里度过了。"

他把一次性塑料杯递到她手里，用自己那杯轻轻一碰。滑下食道的液体在体内激起猝不及防的浪涛，他这才想起，自己在裴醒家喝掉差不多一整瓶汾酒。

等第一口酒带来的热意散掉些，他说："我搞不懂你。你到底想要什么？"

"可多了。我想要钱，给爸爸治病，自己开个小花店。我还想要有人爱我。"

"不是有人,是有个人。"

"有个人不是从前那样了。再下去他只能卖房,还他的那些债。"

"或者参股杨总的买卖,贴牌。"戴浩用指尖摩挲着五粮液的标签。便利店应该有正规的进货渠道吧。要是这瓶酒也是贴牌货,自己就成了冤大头。

小宁摇头。"赚钱哪有那么容易?总是有风险的。"

五粮液喝完了,小宁又去便利店买了双沟大曲回来。便宜酒接续贵酒,奇怪的是没感到落差。戴浩被酒精浸泡的舌头不受控制,开始说起八岁那年的往事,父亲的过世,母亲的外遇。

小宁越喝眼睛越亮,听戴浩讲到他母亲的情人被打断腿赶出县城,她的喉头发出轻微的声响。"怪不得我爸在医院下床走的时候,你的表情怪怪的。你后来见过那个人吗?"

"没。我妈最硬气的,她和那个人应该是彻底分了。我直到念初中才知道,那就是个拆白党。我爸还在世的时候,他已经从我们家捞了不少钱。三叔说,要不然也用不着对他那么狠。"

"你妈妈她,后来怎么样了?"

"她又结婚啦,就在上个周末……人老了,总要找个信得过的伴。反正我这个儿子她是不信的。我也不信她。"

"什么意思?"

他说起周筱琦。情人相处本来是两个人的事,即便有龃龉有背叛,也像慢刀子割绳索,总要磨到断才是个头。但老妈和周筱琦的会面如同快刀斩乱麻,没等戴浩回过神,分手已成定局。

"所以你一直在收集她的消息?凯文说过,往好听讲,你是长情,说得不好听……"

戴浩注意到,小宁的语速变慢了。他替她说完:"就是变态。"

铁盘里的羊肉凉了,泛起膻味。戴浩嚼着刷满麻辣调料的馒头片,问小宁:"你让我拦住裴醒,到底是为什么?是怕他有风险,还是不想让他有机会翻身?"

"你觉得呢?"

"大致情况我都知道了。他去年信了别人的话搞投机,想要鸡生蛋蛋生鸡,结果很惨。正在低谷呢,一个多月前,消失多年的旧情人忽然找上门,再续前缘,还介绍了一笔能让他起死回生的买卖,感觉像是天上掉馅饼。"

小宁没吭声。

他接着说:"天上掉馅饼的事也不是没有,只不过这次,馅饼瞄准的,不是裴醒。"

小宁放下杯子看他,遥远的街灯给她的脸染上一层不确定的朦胧色彩。

他一口气说道:"那天吃水煮鱼的时候我就知道了,你和你姐的心思放在什么地方。只是我没搞清楚自己的角色。我以为你们设了一个局给裘醒,直到你让我去劝他,我才回过神,原来你们想钓的人是我。"

"钓你?你一个小白领,凭什么?"她的表情像在讪笑,又像是一本正经。

"凯文在牌桌上输给你姐不少钱——别问我怎么会知道的。我推测,你们早就从凯文那里打听清楚了,我有多少家底。如果把人往坏里想,说不定我们第一次见面,那次拍摄,也是你和你姐让凯文事先安排的。"

"说来说去,你的意思是,我们想让你加入杨总的贴牌生意。这样做,我们有什么好处?"

"我妈说过,人要么为情,要么为钱。"

"这话精辟。"

"我妈精辟的时候多了。"戴浩举杯抿酒,动作流畅极了,他和杯中酒之间像有道看不见的连线。"凯文对你们说过吧,我家有厂。尽管不大,毕竟是个厂。他有没有说是什么厂?"

小宁没接话。

"我猜他没讲细节,因为他不知道。我家开的是黄酒厂,没想到吧?而且做的就是贴牌外销的生意。当地酒厂不少,走外销渠道的只有我家。今年年初,另一家酒厂眼红难耐，自己找了渠道，想借别人的品牌卖自家的酒，多赚一点。结果整件事是个骗局。他们收到前三分之一的货款，老老实实把十公斤的坛子发了两车皮过去，下家把这些酒变成瓷瓶礼盒，照理说起码翻了十倍的价。问题是下家自此不认账了。他们说，跟酒厂谈生意签字的人根本不是他们厂的，查无此人。对酒厂来说，下家卖的酒根本看不出自家酒的影子，瓶子盒子标签，样样都是别人的。这事在我们老家闹得很大，连小孩都知道。那天吃水煮鱼，我一听你和你姐说起贴牌生意，就想起来了。要真和杨总合伙，恐怕投进去的钱只会打水漂。没有酒标的酒就像被拐走又被整容的小孩，连亲娘老子都要不回来。钱这东西就更加无凭无据。到时候我投钱给杨总，回头他就人间蒸发，这种事，电视上演得多了。"

小宁把一次性塑料杯里剩的酒咕嘟几口喝下去，抹了抹嘴角说："那你为什么还来见我？"

"我想见你。刚说过吧？人要么为情，要么为钱。"

他把她扶上出租车的时候，她显然醉了。要么是第二瓶酒的效果，要么因为他的那番话。车子行进的过程中，她一直软软地靠着他的肩，闭着的眼皮不时微颤，像在做梦。司机是个微秃的胖子，一双眼阴郁地映在车内后视镜中。戴浩不理会反射过来的目光，伸手抚摸小宁的脸。

对他刚才那番话,她没有反驳,等于是默认。她也没问他,整个局是如何坍塌被他识破的。

要怪只能怪裘醒酒品不好。半瓶汾酒下去,此人就成了敞开的话匣子——凯文输钱的事,以及,张宁和宁张两姐妹开美容院失败欠了债,现在愿意帮她们的只有自己……

戴浩打断他道,你刚说你错不起,杨总的生意你有心无胆,现在又说要为了老情人卖房折现,入杨总的股。你到底要怎样?

裘醒有点窘,说,我这不是在纠结嘛。

后来又说起裘醒和张宁之间被打掉的孩子。两姐妹的母亲是当地县城的"馄饨西施",嫁了个木讷的瘸腿丈夫,围绕那一家的流言经年不散。两姐妹从小不相像,很多人说她们当中有一个是私生女,也有人说两个孩子都不是馄饨摊主的。裘醒从广州把张宁带回县城,租房同居,自家爸妈知道了,裘醒妈上门来闹,说老裘家绝不能娶一个来路不正的媳妇。二十来岁的裘醒郁闷坏了,他辛苦还清父辈的债务,却连谈恋爱的自由都没有。一对小情人当时有坐吃山空的态势,为了解闷也为了赚钱,裘醒再度离家。

他不知道张宁怀孕的事。他前脚刚走,张宁就去做了人流。

时隔多年,裘醒仍无法对此释怀。他打着酒嗝对戴浩说，女人啊，你永远弄不懂她们在想些什么。

戴浩先点头表示赞同，又问，然后张宁嫁到香港去了？就因为你这个孝顺儿子不敢娶她？

裘醒愣了一愣才说，是啊。

戴浩有轻微的兴奋，不是因为酒。面对电脑做模拟的时候，只有当数据和模型天衣无缝，程序才能顺利地跑出结果。为此，有时需要反复调试好几个礼拜。临近终点的时候，会有朦胧的预感，仿佛有电流穿透肌肉骨骼和血液，直抵心房。那是"对"的感觉。坐在裘醒身旁的他接收到一丝微弱的"对"，尽管终点仍模糊不清。

他知道张宁和宁张这对姐妹根本没去过香港。裘醒要么在说谎，要么就是被她们骗得团团转。

上个星期天，和周筱琦通过电话，他像往常一样出门吃面，买了黄酒回家。他试图喝酒看书，总觉得心神不定，黄酒喝到嘴里有股沉沉的菜味儿。他揣着手机出门，完全是无意识地到了小宁带他去过的花鸟市场。建筑内部仍是阴暗潮湿的迷宫样貌，虽是白天，照明全靠店铺的灯光。他不记得路，只好胡乱走。走来走去都是相似的店铺，最多的是玫瑰和百合，还有做衬底用的不知名绿叶。和小宁相熟的那家店长什么样？依稀记得有几十只浸着玫瑰的塑料桶，白的粉的肉色的深红的花朵们大肆散发着死亡的香气。就在他近乎绝望的时候，麻将桌映入眼帘。围城犹在，其中一个赌徒不见了,大概是去厕所。三个男的坐在桌旁各自抽烟。

左右无事,店主起身招呼站在那儿看花的戴浩。看起来对方不记得他来过。戴浩问多少钱一枝,店主用不拿烟的手点来点去介绍道,这个三块,那个两块,还有那个淡绿的别家都没有,七块。戴浩说要一打淡绿玫瑰,店主说,我们店做花的小姑娘不在,你要包装吗?要的话,我拿到隔壁帮你包。戴浩说不用,蹲在那里一枝枝拣选,听得牌桌旁一人问店主,小宁这几天都没来啊。店主说,人家有大买卖,哪里还有心思做花!反正我也不给她底薪,做多少算多少。另一人干笑两声说,她还在装香港人?第一个人帮腔道,那两姐妹路子不正,也就是老高心肠好,看在老乡的分儿上帮她们一把。她们之前多少落魄!姓高的店主把烟蒂一扔,踩灭了,慢悠悠地说,要说路子,她比她姐正。她姐骚得很,我看是做这个的。他摆了个猥亵的手势,牌桌那头传出粗粝的笑声。戴浩继续低头挑花,胃袋里尚未消化的面条像化石一样硬。

接下来的工作日,戴浩的心思不在跟前的电脑屏幕上,一直在回顾关于小宁的细节。小鸡的故事。和姐姐的恩怨。小宁看裴醒的眼神。她从不凝眸注视,总是飞快地扫一眼裴醒就垂下眼帘。酒桌上宁姐轻轻倚向裴醒,乳房不经意地抵在男人的肘边。小宁住院的爸爸。她做花时抿紧的唇。

谎言有很多种。有些是为了掩盖什么，有些是为了得到什么。到了周三，宁姐在吃火锅时抛出的"商机"犹如一个谜面，他感到自己离谜底只有一步，却难以提腿迈步。

等到裘醒说出两姐妹负债的消息，有什么隐隐撩拨戴浩的心弦。宁姐和小宁的心思是硬币的正反面。必须有个人掺一脚杨总的生意，那个人会是裘醒还是他？如果以谎言作为路标，它所指向的大道必然会有塌方、泥石流或其他障碍。聪明人就该及时掉头。

然而等他接到小宁的电话，他还是二话不说约她烤串。他对自己说，待会儿喝酒走人，别多话。决心没能撑到最后，也许因为他想看到她丧失冷静的样子。

小宁是被他扶进电梯的，她仍有意识，进门后直扑洗手间。过了将近十分钟，她回到客厅，洗过的脸湿漉漉的。戴浩面前的茶几上是马克杯装的黄酒，给小宁倒的是温水。她在沙发坐了，探头看一眼他的杯子，鼻子皱起来，就好像杯中的液体是什么不祥的事物。

"喝不动了？"戴浩问。

"你长进了嘛。看起来今天你比我能喝多了。"

"越想醉越难醉。"戴浩抿一口黄酒，腥甜的滋味让他暗自一惊。难道是早先的白酒影响了味觉？他犹疑地再喝一口，酒里有股土味儿。第三口，熟悉的甜味涌到口腔的角落和喉咙深处，他松了口气。黄酒还是黄酒，刚才只是味觉出了点状况。

小宁静静地看他喝，过了一阵才说："你不怕吗？"

"怕什么？"

"就像你刚说的，你是鱼，我们是钓鱼的人。"

"鱼可以选择上钩还是游开。"

"你猜错了一半。"

"什么？"

"裴醒也是鱼。我姐想让他上钩。"

"所以你让我去劝他？"戴浩灌下一口酒，"你姐口口声声说要帮他，是把他往坑里带。你嘴上说不想帮他，实际想救他。这个世界的逻辑还真复杂。"

"男人都没记性。他也不想想，我姐没理由到今天还对他千好万好。"

"他记得。只不过人都会篡改记忆，按照他的版本，他只不过出个远门，你姐就把孩子打掉了。我猜，你们应该有不一样的版本吧？"

"我有点晕，让我躺一会儿。"她往他这边斜倚过来，他挪了下坐姿，让她在自己的腿上躺得更舒服些。她的耳朵压在他的左腿内侧，后颈和他的两腿之间保持着微妙的距离。这样他只能看到她的脖子和右耳，还有透过T恤的内衣肩带的形状。他左手举杯，右手一时间没处搁，最后谨慎地落在她的腰上，隔着衣服感觉到她的柔软。她一动也不动。

自己这样算坐怀不乱吗？无稽的念头刚跳出来，戴浩听见她幽幽的声音。

"我姐被裘家的人硬送到医院，说她是为了裘醒的钱跟他好的。太欺负人了。她从医院回来，整个人像用纸做的，在家躺了一个星期。我妈本来最疼她，那时候态度完全变了，天天数落她。换了我是我姐，肯定也受不了。

"我那时正在念高三，睡得比爸妈晚。一天夜里，我正在看书，我姐忽然从床上起来了。我看她穿得整整齐齐，就知道她要去云南找裘醒。果然她一开口就问，你有钱吗？我有存起来的压岁钱，可我不想给她。我就要看她没钱怎么走。我说我没有，她呆呆地看着我，好像听不懂我的话。然后我看到眼泪从她两只眼睛里流下来，跟电影慢镜头似的。她说，小宁，你要照顾好爸妈，听他们的话。这话说得像遗言，我听了有点慌，强撑着说，照顾爸妈也有你一份，快睡吧。

"到了第二天，我姐不见了。接着发现家里的存折被她带走了。我妈赶到银行去问，人家说我姐取了三千块。那是我家一大半的积蓄啊，我妈气坏了，把存折挂失，说她没这个女儿。我继续念我的书，成绩不好，没考上大学。裘醒一直没回来。很多次我走着走着就走到校门口，以为能看见他,像从前一样来问我姐的消息。我想了好多个答案,说她死了,说她嫁人了,说她到外国打工去了。没有一个答案提到他们有过的那个孩子。后来我才想明白,他家人肯定编排了我姐的坏话,他不会来了。"

戴浩静静地问:"你姐没嫁过什么香港人,对吧?"她背对他躺着的身体僵硬了片刻:"她去了深圳,后来我也去了。"她没说深圳的故事,沉默悬在空气中。戴浩稍微挪了下腿,她发出一声轻哼。戴浩忙说抱歉。看来她晕得厉害。她的发髻松开少许,他帮她把碎发理到耳后。她的耳朵冰凉,或是他自己的手太烫。悲伤猝不及防地涌来,他又喝了点酒,把情绪压下去。两个年轻姑娘在深圳能靠什么过活呢?她们又是怎样摇身一变成了所谓的香港人,穿梭在酒局之间,精心设下蛛丝的罗网?想问的问题太多,最后他说:"你不想让裘醒上钩,至于我怎么样,你无所谓,对不对?"

她没有答话。他用手指感觉她耳郭的形状。就像一粒精巧的海螺,每道曲折都在诉说时间本身。无意识的摩挲让两腿间升起熟悉又陌生的压力,他只好停住手,分心想点别的。在这样的深夜,无论是老妈还是周筱琦都睡了,老妈身边是她的新婚丈夫,周筱琦也有新男友。当年老妈到底对周筱琦说了什么呢?

放在茶几上的手机突然传来振动。戴浩怕惊醒小宁,赶紧探身抓起手机。小宁睡得比预想的沉。看到来电显示，他心头一跳。是周筱琦。五年来第一次由她主动打来电话。

"睡了吗？"那头问。

"没。"

"在做什么？"

"在喝酒。"他把后半截话咽下去。我腿上睡着个姑娘。

周筱琦轻叹一声说："我有时候挺羡慕你。不管发生什么，你至少能喝酒。有酒你就挺开心的。"

不是这样的。何以解忧，唯有杜康，那是不喝酒的人编造的幻觉。戴浩看着腿上的小宁，在心里说，酒不过是穿过肠道和血管激起大脑反应的液体。光有酒是不够的。人都有想一起喝酒的人。可以在那个人面前醉的人。对着那个人，不介意暴露自己的失态和黑暗。对我来说，那个人曾经是你。更早以前，在我还不懂得酒的小时候，那个人是妈妈。我全心依赖的存在。可惜你们都走了，都离我而去。

他忽然想哭。大概是酒闹的。今天实在喝太多了。他搞不清一共喝了多少，只知道黄酒泛着浊气在他的喉头盘旋向下，白酒沉沉的清气从胃袋深处涌起。黄龙和白龙。我的身体里有两条龙。他闭上眼抵挡双龙的冲力带来的晕眩，耳畔是从遥远某处传来的前女友的声音："你那天问我的问题，我想了很久，觉得还是告诉你比较好。"

什么问题？我问过什么问题？我想问的无非是你们为什么离开。先是妈妈，然后是你，现在又是妈妈。小宁也将离开。亮出最后一张底牌并被揭穿的老千没理由继续留在牌桌旁。

"我当时，和剧组的副导演走得很近。在那么个小地方拍戏，吃饭住宿都避不开人眼。直到你来看我，我才发现常吃饭的那家餐馆，老板竟然是你从小玩到大的朋友。我猜是那个人对你妈说了我和副导演的事。后来你妈来找我，对我说，谈朋友要讲真心，不好骗人。我并没有骗你的意思。我对你是真的，虽然错的人是我。只是，被长辈说到这个份上，我也不好厚着脸皮留在你身边……"

意识飘远了，他有一会儿没听清。要很努力才能维持注意力。真奇怪，听着她的解释，他有的只是麻木。直到一个月前他还是个恋恋不舍的跟踪狂，原来人心真的说变就变。

她的声音变得更加细弱："……你也并没有挽留我。"

"你要我怎么留你？"

"一般人不都会挽留的吗？男女朋友分手总要翻来覆去好几遍的。可你呢？你就那么一声不吭地认了，好像你本来就想分手，只等我说出口……"

戴浩沉默。挽留是件多么可怕的事，他在八岁就知道了。同时他意识到，今天的周筱琦不同以往。说不定她正处于失意期，为工作或感情。

不凑巧，他还有更要紧的事要面对。

他该怎样挽留眼前熟睡的人呢？发现自己仍举着马克杯，他一抬手，把剩下的三分之一杯黄酒送进嘴里。黄龙和白龙掀起新的酒雨醺风。

"你还在吗？"周筱琦在那头说。

戴浩挂了电话。

屋里忽然多了些亮光。他进屋后只开了一盏沙发边上的阅读灯，这会儿整个房间笼罩着电视机的荧光。他诧异地看着自动开启的电视，上面映出的是小宁。她套着一件明显过大的红马甲，呆板地盯视屏幕，嘴巴嗫嚅着。那是案件纪录片里犯人的着装。电视像是在静音状态，听不到她的声音。戴浩条件反射地想找遥控器，一低头就看到小宁横躺的身躯发生了变化。她的衣服变成了连绵的葡萄酒酒标，那上面陌生的法文单词是金色的，在标签的白底上如蛇蜿蜒。不，不是蛇。他看到黄龙和白龙一圈圈绕着小宁的身体，心头大惧，这样下去她会窒息而死。他急忙伸手去扯龙，触手却不是龙鳞，而是男人毛发旺盛的手臂。眼前一花，小宁被裘醒一把抢了过去。裘醒抱着仍在熟睡的小宁，冷冷地说，砸锅卖铁，我也会替她们还钱。两姐妹都是我的！你要是不服，问她自己，愿意跟谁！小宁蜷在裘醒怀里，微微睁开眼。她说了一句什么，声音细如蚊蚋。戴浩急出了一身汗,脚下的地板啪地裂开,他向无尽的深渊跌下去,耳畔只有自己的叫声回荡。

第二天醒来,戴浩发现自己躺在沙发上。小宁不见踪影。喉咙干得像沙漠,脑袋里如同塞了块炙热的铁。他支撑着坐起来,捞起掉进沙发缝里的手机,看到昨晚有好几个未接来电。时间是十点多,老妈打来的。没有和周筱琦的通话记录。难道那仅仅是自己的幻觉?他回拨过去,老妈很快接起:"我还以为你不认我这个妈了。"

"怎么会……我最近比较忙。"

"你哪天回来?你要是不想见老李,我让他走开就是了。"老妈说的是她的丈夫,酒厂的营销主管。

"妈,你有没有怪过我?"

"你说什么呀。"

"以前的事。我八岁那年。"

"那么老早以前的事,你提它做什么。再说了,后来不是发现了嘛,那人是个骗子。"

"哦……因为是骗子才不怪我吗?"

"你说什么傻话!我问你哪天回来!"

"这周真不行。下周末,我一定回。"

戴浩挂了电话,握着手机发呆。他想打电话给小宁,对她说,我把房子卖了,帮你们姐妹还债。他有些不确定,自己是否真有这么做的勇气。更要命的是，他不确定自己能否把这么大的事瞒着老妈。老妈是最恨骗子的，而他只恨别离。他独坐在沙发上，觉得自己的血全部变成了浓浓的酒。一腔的酒意。一身的疲倦不舍。

洗手间那头传来冲水的声音，将戴浩从没有头绪的沉思中惊醒。小宁走进客厅，看见他坐着，彼此吃了一惊。他们隔着几米的距离对望，她先开口说："我看你一直没醒，就没熬粥。"

"是因为已经没必要哄我了吧。"

说完，戴浩恨不得给自己一个耳光。他看见小宁的脸瞬间变得黯淡，她一定以为，他会像前几回那样酒后失忆。她在赌。她心存侥幸。太可惜了，这一次他记得所有的细节。再长的醉都有醒的时候，他早就知道。企图永远醉下去，是他可笑的妄念。现在他的酒全醒了。随着酒醒同来的，是他熟到入骨的孤独。

暗香

初三那年的初夏到上海时,他对此地的第一印象,是一种气味。刚到的半个月,无论他走到哪里,那气味如影随形,萦绕鼻端。并不难闻。少许湿气,夹杂化学味儿。在他的想象里,每天清晨,无数清洁工行走街头,把透明的药剂洒向城市的各个角落。他以为,那是一种清洁的气味,文明之味。

随着他开始适应外婆家的寄居生活,嗅觉冲击日渐消失。继而他发现,城市生活也有不美好的嗅觉体验。地铁巷道、挤满人的公交车、高温天傍晚垃圾桶蓄积腐败的街道,大量的人口营造出粗暴庞杂的气体分子,迥异于他待了十六年的云南小镇的亚热带气息。他意识到,自己不记得故乡闻起来是怎样的。气味的记忆不牢靠,一旦脱离其附生的环境,便烟消云散。

他在给妈妈的信上写道:"外婆家一直有种红烧气味。红烧鱼、红烧肉,有时候肉里面放了小八爪鱼,或者鸡蛋。我不喜欢吃八爪鱼,长得太丑了。"

外婆在饭桌边说,你来了,你阿婆天天忙进忙出,做的菜比以前考究多了。我跟她讲,自家人,不需要搞这么多鱼啊肉啊的,她不理,说男小孩要长身体。

阿婆说,还讲我,这碗肉小辉吃的都没你多。你这个年纪,吃肉要节制。

他不像外婆嗜好有着透明夹层的五花肉,夹了一块全瘦的进自己碗里,闷头吃肉扒饭。

父亲那边的长辈早逝,他没有爷爷奶奶,却有两个外婆,分别姓邹和周,上海话念起来是一个发音。妈妈叫她们"妈"和"姆妈"。对他来说,姓邹的是外婆,姓周的是阿婆。两位老人据说是医院的同事,从工作时就同住,退休后仍彼此做伴。妈妈是养女,就像他也是父母的养子。

父母有过一个女儿,因心脏病早夭。妈妈给她看过那个小女孩从一岁到三岁的照片,说,要是姐姐活着,就没有你了。那句话让他过早地确认了自己的位置。替补。填空。

云南的家是单位分的单间,中间摆了橱柜作为隔断,父母的大床在内,他的小床在外。妈妈说,你小时候很好带,经常是我早上起来到外间,你不知什么时候醒了,坐在小床边的空地上玩积木,一声不响。

听到这一幕,他眼前浮现的不是寂静微暗的房间里年幼的自己,而是那个照片上的小女孩。继而,是另一个面目模糊的小女孩,坐在陌生房间的地板上。那是妈妈小时候。他猜,妈妈从前必定和他一样,独自玩耍,不惊动大人。

十六岁到上海,并不是他和这个城市以及两位外婆的初次邂逅。小学升初中的暑假,妈妈带着他来这边过了一个多月。记忆中最深的,是在街上吃到的甜筒冰激凌。他不知道膨化外壳可以吃,费劲地把内容舔干净了,扔了筒,随后看到一个比他小的男孩咔哧咔哧连啃带舔,将冰激凌连同外壳塞进肚子。他呆了片刻,感到自己亏了。那一年,二老尚未到七十岁,他对她们的印象只有阿婆的花围裙和外婆看书时戴起的金丝边老花镜,以及,柜子里有一套据说是英国进口的水晶玻璃杯,被他失手打碎了一只。两位老人没发火,至少没当着他的面动怒。妈妈打了他一顿。

很多事是过后才知道的。例如,那套杯子的年纪比妈妈还大,原本阿婆说要给她作为嫁妆寄到云南。妈妈回信说,杯子我们有,可能的话,希望给点粮票。外婆对此嗤之以鼻,说,勤勤这个性格,到底像谁。勤勤是妈妈的小名。外婆和阿婆总把养女邹勤身上不满意的部分说成是对方的教育失败。就他的记忆所及,至少他的父母不曾为他有过此类争执。或者,他们只是没有当着他相互指责。

又如,他回上海落户,原本是不受欢迎的。并不是因为"养女的养子"这层尴尬身份,纯粹只因他是个年轻的雄性。用外婆的话说,我这辈子除了工作,没照顾过男人。

更久以后,他终于明白,外婆和阿婆不是他一直以为的好姐妹,而是一对伴侣。诸般事情便有了解释。两位老人与妈妈之间那种既亲密又疏离的关系，父母讨论是否让他回上海时的顾虑。

离中考还有两个月，妈妈陪他前来，住了一周。妈妈临走的夜晚，饭桌上，外婆用柜子里取出的水晶杯，给她自己和妈妈倒了酒，又给他和阿婆倒了可乐，举杯说，勤勤啊，我们养你，并不是为了有个人将来送终。没想到你去了那么远，又脑子发热结了婚，现在回也回不来。这就叫人各有命。你呢，也不要想着小辉以后对你如何尽孝，让他自便吧。

自便，是接纳的意思。彼时云南没有可乐这种事物，他忙着吞咽带气泡的甜饮料，对话语中的微妙一无所知。他就此住下了。医院早年分的房子位于五层楼的一楼，院里有间违章搭建的石棉瓦顶小平房，曾是外婆的书房，归了他。

他考上一所非重点高中，自觉地扮演寄居者的角色。除了吃饭，他很少跨过三步宽的院子到对面。他在小屋里学习、看闲书、听收音机、玩手掌机、给父母写信。妈妈回信频密，爸写信字斟句酌，一年仅三四封。他以为距离会让父母愿意谈谈他的身世，却没有，最后是外婆在吃饭时闲话道出。父母的第一个孩子去世后，妈妈经过一次失败的怀孕，决心收养。他不像自己原先设想的来自福利院，而是熟人托熟人辗转得来。他有两个哥哥。他的生父母想要个女孩，第三胎仍是男孩，想到将来娶媳妇太花钱，便把他送了人。云南家里每年收到糯米荞麦，说是寄自朋友，其实来自那边。

阿婆评论说，乡下人重男轻女，像这样一心想要个女孩的，少见呢。

外婆说，所以说人各有命嘛。小辉跟了勤勤两口子，来到上海，就是他的命。不然就在云南乡下待一辈子，将来也是个农民。

她们从不惮于当面评论他。甚至连他对避孕套的初步知识，也来自外婆。他将满十八周岁，她送了他一盒作为礼物，不理会他的窘迫，严肃地说，千万别把要好的小姑娘搞大肚子，你一时开心，人家要吃苦头的。

他确实正在谈恋爱。高中同班有个和他一样父母是知青的女生，寄住在奶奶家。他去过女孩的住处，旧法租界新式里弄小楼的二楼，女孩的家人不在，他们接了吻，他仓促地隔着内衣摸了她的胸。窗户上阻挡暑气的竹帘透进来丝丝缕缕的阳光，她的脸在半明半暗间显得陌生。他的进一步探索被拒绝了，避孕套在裤兜里揣得发烫。那天离家前，他曾在小屋里一个人尝试装备。同样的笨拙，要等他大学毕业后学系领带，才再次体会到。

那时，外婆和妈妈都希望他学医。阿婆对他倒是没有任何期许。外婆的全名是邹瑾瑜，阿婆常在不大的家里兜兜转转地叫着"阿瑾啊",上海话念来如同"阿近啊",他刚来时暗自觉得好笑。渐渐地,阿婆的口头禅又多了一句"辉啊",他便有种安稳感,仿佛自己从小长在这个家里。

医院新村的居民多是同事及其家属,外婆和阿婆常在小区甬道上和人聊天,却很少请谁来家里坐。他以为那是因为阿婆近乎洁癖的习性。高二还是高三的时候,他有一天夜里从同学家回来,刚进小区,听到两个邻居阿姨讲是非。她们自以为压低了嗓音,方圆几米听得清楚不过。一个说,我们楼都是医生嘛,老 zou 从前是护士长。另一个问,护士长怎么了?前者说,按理她家那边已经分了一套房子,不该有第二套,还不是老院长偏心她。

女人们细碎的议论含着嫉恨,他并未把什么第一套第二套当回事,只想到,原来外婆从前是护士长,她那种派头,确实像个小领导。

最终他念了热门的计算机专业,选择住校,初衷是减轻二老的负担。他再也没能回到那间小屋。大三那年,阿婆因心梗离世。妈妈从云南赶来,帮着操办葬礼。阿婆的儿子在这时冒出来,主张对房子的所有权。

他一直不知道自己有个舅舅。家长们让晚辈们看到的,只是他们愿意呈现的部分。外婆和阿婆之间,也有不足为外人道的暗影。早在他回上海前,阿婆和她多年不来往的儿子有过白纸黑字的协议,内容是,她的养女邹勤的小孩赵辉即将按知青子女政策回沪，户口落进家里。允许赵辉独立前在此居住，但不拥有继承权。更早的一份协议显示，周笑芳在世时，邹瑾瑜拥有房屋的居住权。他恍然想起几年前听到的闲话。上海话"邹""周"不分，他以为邻居们说的护士长是外婆，没想到是阿婆周笑芳。至于她们口中隐晦的"那边""这边"，指的是阿婆的两个家。妈妈在手续上由周笑芳领养，随邹瑾瑜姓。从前，邹瑾瑜是个普通护士，是周笑芳的下属。后者离异的丈夫是同院的医生。两人之间有个孩子，跟父亲过——他的妈妈喊那人"哥"，他被叮嘱，要叫"舅舅"。

他算是体会到了什么叫大厦倾覆。支撑整个家的并非大家长模样的外婆，而是只关注小菜价钱连续剧情节家人健康的阿婆。从前他嫌她琐碎，其洁癖有时让人难以招架。当她离去，外婆失去了伴侣，妈失去了"姆妈"，他失去了可回的家。

老单位的现任领导们上门劝解，对那个舅舅说，邹瑾瑜也是为医院服务多年的老人了，你一个做儿子的不能把长辈赶走。她和你母亲是那么好的朋友。

上海话的"朋友"发音为"傍友"，这个词反复出现。他听来如梗在耳孔的异物。

外婆是多么硬气的人，当然不屑于靠同情获得容身之所。她很快去了近郊的养老院。那时她本人、他的妈妈以及他都想不到，叫作邹瑾瑜的女人，会在之后因阿尔茨海默病变成另一个人。她曾在周笑芳的儿子上门闹事时厉声说，我这辈子没想过要靠谁，是你妈妈不要留在你们家，愿意在这里跟我一起。

他缺乏外婆的硬气。转眼到了大四，同学们纷纷参加公务员考试，或换上正装去公司面试。他感到自己尚未准备好被抛进社会。还剩下一条路，考研。继续念书，至少有学校作为容身之地。

他考了研。考上后收到妈妈的来信，言辞让他意外。你本该回来找工作的，等研究生读完，回云南反而不好找。他想起外婆在多年前说的"人各有命"。也许早在那个时候，外婆就已看到，他终将和父母渐行渐远。

研究生毕业，他进了一家位于淮海路中心地段的中日合资软件公司。在那里，他遇到了一个叫宋明明的年轻女人，职务是总经理秘书。有些邂逅会随着时间消散，有些则不断加重分量，他和宋明明之间，对他来说是后一种情形。

宋明明比他晚进公司半年，据说她本科毕业先去了一家全日资，过了试用期又跳槽过来。不满一年就换工作的新人，总给人不牢靠感。她顶着蓬卷的棕色短发，打扮偏日系，化妆细致。有同事评价说，新来的女秘书好像日本人哦,从长相到待人接物。那意思是她和人有距离,客气却疏冷。

从宋明明的身上,他识别出竹一样的神韵。那种糅合了锐利与温柔的气息,让他想起外婆。

五斗橱上有外婆和阿婆年轻时候的单位合影,一排人头模糊不清。还有个小相框,黑色卡纸托底,带狗牙花边的黑白大头照。女人梳着齐耳短发,仿军服外套的领口露出一厘米白衬衫,脸庞微侧,半个酒窝隐现。因其妩媚,他以为是年轻时的阿婆,问了才知道,是外婆,而且那是六几年,"勤勤都上小学了"。外婆该过了四十岁。显年轻不仅是黑白照的缘故。外婆老了也不像阿婆那样发胖,肩背挺拔。她真正开始衰老是在进养老院后。阿尔茨海默病对一个人的摧残,不仅是日渐风化的大脑。他去看过外婆几回,间距越来越长。累积负疚的同时,他想,可是,她也认不出我是谁。

毕业时拿到了业内更知名的企业的聘书,他舍大取小来这家公司,是因为提供宿舍。宿舍零散租在上海南站附近,从一室到三室一厅不等,每室两人,条件只比大学宿舍强少许。他和比他资深一年、人称"大乔"的乔必伟合住一室户。入住没多久,大乔被分到东南亚的项目组任组长,出长差,他等于是独居。

周一到周五的早上,公司的小巴在几个小区外绕一圈,睡眠不足的员工们陆续钻进车里，趁三十分钟的路途打个盹。软件公司沿袭了计算机系的阳盛阴衰，小巴里只有三名女性。女同事当中，他相熟的是叫李娟的人事，另外两个编程的分属其他组，同车小半年，他尚未把脸和名字对上。让他感到遗憾的是，宋明明是上海人，和父母同住，不坐班车。

一天，李娟上车时没有空位，在他旁边拉开加座。他戴着耳塞听 MD 里的莫文蔚，她说了句什么，他拉下耳塞，表示没听清。

你是上海人吧，为什么不住家里？她第二次说道。

简单又复杂的问题。他不觉愣住了。

在因坐满不修边幅的年轻男子而气味欠佳的班车内被问到"你为什么不住家里"，让他想起上次去看外婆，她呈现的易怒和不近情理。他有时甚至生出残忍的想法，觉得她不如那个时候和阿婆一道走了才好。如今世上再也没有人追着喊她"阿瑾啊"，而且按眼下的趋势，终将有一天，她会忘了那个声音、那个存在。

关于外婆的一闪念过后，他说，我是领养的。

她没有如他预想般表示诧异，只说，哦，有亲生父母也不一定强多少。

那天的交谈并未深入，他真正注意到李娟是在后来。

公司占了写字楼的半层，两个大通间，程序员在一间，管理和事务人员在另一间。日系办公风格，桌边不设隔板，一览无余。程序员连固定的座位都没有，轮到跟哪个项目，就在哪个组随便坐。管理层的单间是茶色玻璃房，比员工们多点隐私。宋明明的头衔是总经理秘书，工作内容是日方副总的翻译，整天待在副总办公室的玻璃后。他和她见面的机会有限，打卡处、茶水间和公司附近的餐厅。见到了也只是点点头，无从开口。

一天，他去另一边的办公室找财务报销，看见宋明明站在李娟的办公桌旁，两人在低声谈笑。

他停步说，聊什么这么开心？

宋明明说，在讲我去见网友。

怎么，见光死吗？

他说完自觉唐突，两个女孩对望一眼，嗤笑出声。她们之间奇怪的默契让他有种似曾相识感。他没再试图接话，逃去了财务那边。

那是聊天室方兴未艾的年代。博客引领潮流，人们聚集在各类BBS，写文、出声附和、"潜水"。和社交平台同样原始的是他的工作内容。公司的主要项目是网页版的进销存系统，他和同事们根据客户的需求，对系加加减减，施以补丁。多年后回想，简直为那个系统的粗陋感到愕然，但客户们都以为自己在用潮流第一线的ERP，慷慨付款。

他们一直在加班。系统本身一堆问题，且人手紧张。

在马来西亚的大乔用邮件发来吊床和啤酒的照片。他回复道，这么开心？我都快秃了。那边回，你已经秃了好不好。受到大乔的刺激，他上厕所时多花了些时间站在镜前，审视发际线。大乔的人身攻击毫无根据。他下个月满二十七岁，现在谢顶未免太早。有时他觉得自己仍是那个初来大城市的十六岁少年，上海话只会听不会讲，外婆和阿婆在饭桌上闲聊，他不插话，吃一块阿婆擅长的红烧肉，捞一筷子上海人叫作"蓊菜"的空心菜。她们谈论他将来会长多高，小屋的铁架床是否需要更换，接着话题一转，"勤勤像你这么大的时候已经去了云南"。作为重庆知青的爸很少出现在谈话中，因其一直没能得到二老的认可，原因单纯，她们嫌他矮和黑。用很久以后的流行语汇说，外婆和阿婆是"颜控"。

他回上海是爸的主意。妈妈忧心地说，我怕妈和姆妈不习惯，她们两个人待得好好的，凭空多出来这么大一个小孩。爸说，这是个机会，既然有机会，就该给孩子，不然他将来长大了会怨我们的。

那些话背后的隐藏含义，他将在后来的岁月中逐渐嚼透。妈妈其实是怨着外婆和阿婆的。在妈妈还是个少女的二十世纪六七十年代之交，按理她能留在城里，等街道分配工作。她匆匆离家加入知青的洪流，正如多年后，作为外孙的他一离开高中就住校，是为了给那两个人留出独属于她们的空间。她们彼此依赖的气场几乎没有缝隙，容不下另一个接近成年的少年少女。外婆是多么玲珑的一个人，所以才会有那番碰杯的言辞。人各有命。多少冰释前嫌的言语，尽在不言中。

记得就是在宋明明提到"我去见网友"之后不久，他黑进了她的电脑。"网友"两个字像扔进杯子里的泡腾片，初时不起波澜，很快扑簌簌迸发气泡，让他想要一探究竟。不，真正的驱动是他不知该怎么和她交谈。他甚至羡慕站在她身旁与她相视而笑的李娟。

同在内网，想要看另一台电脑在做什么甚至不需要写代码，下载个小插件就行。他面前的一排窗口多了一个，是她的电脑桌面。每隔半个或一个小时，他放下手头的工作，切换窗口，窥视她的日常。她的电脑桌面上总是并存着几个窗口，翻译、表格、文件夹用的背板贴条、副总的各种指示邮件，看起来很琐碎。她不懂得用快捷键切换窗口，每次不厌其烦地移动鼠标，将一个窗口最小化，再点开另一个。观望这么低效的举动，他不得不努力忍耐，才没有主动从分机打电话教她。

一天，在他的注视下，文档翻译的窗口被缩小，浏览器被打开。她输入一行网址，进了聊天室。

电脑时钟刚过下午四点，他心想，秘书真是个闲职啊。

在那个聊天室，她的网名叫作"只是惘然"。

或许因为时间关系，粉色背景的聊天室仅有二三十人。公聊画面不时闪出一行字。有人对新来者送花、飞吻。有人问，有广州的吗？有人在讨论一部美剧。围绕剧中人的对话在他看来云里雾里。"只是惘然"和几个熟人打了招呼，转入私聊。聊天室在线的注册用户和游客分别以紫色和蓝色显示，在右侧排成一列，有些ID后面挂着字母，某某T、某某P。他瞪着那些网名心想，不会吧，难道是……这时，一名蓝字游客问紫字的"只是惘然"，T or P？她答，一上来就问这个？你找别人聊吧。

他不觉心跳加快。大学期间，他逛过网上的女同志论坛，所以知道那两个字母代表的含义，分别是偏男性和女性的角色。也有人拒绝这种分类。他不认为家中二老适用于那么非此即彼的定义，那两个人经常让人迷惑，起初以为是强硬的一方，其实孩子气和依赖人；看上去是柔弱的一方，却有其内在的坚韧。阿婆走后，他对该类论坛的张望便停了。

所以这是个特殊的聊天室。宋明明让他有特别的感觉，是源自这个，而非普通的对异性的憧憬吗？他对着粉色的背景久久出神。

后来的几天，每当她进聊天室，他就在自己的电脑上点进同一个网址。他没有注册，进去后改名为"zz"，邹和周的缩写。游客身份的他和宋明明聊过几回,对方显得不热络,有时只回个"呵呵"。他想,一定是因为我不善言辞。莫名想起大学时代流行的冷笑话,在网上,没有人知道你是一条狗。

他在碟摊买了聊天室频频有人提到的美剧DVD,老板在收钱时抛给他带笑的眼神。他差点接受了碟摊老板的暗示——自己是当作小电影买的。

那部剧的尺度超过他的想象边际,不光是肉体横陈。第一季充斥着恋爱和出轨,造成一系列看似不可能的分分合合,剧中某个角色将朋友们画成社交网状图,那上面,占据核心位置的名字延伸出错综的性爱图谱。"你和另一个人的关系不超过六个人。"按该剧的逻辑,在洛杉矶,关系就是身体关系。你有可能与任何人相连,与你的性取向无关。像是为了验证这见鬼的逻辑,高中游泳教练刚从乡下小镇来到洛杉矶的未婚妻,在超市打工的同时耽于白日梦和写作的文艺女青年,从一眼看得到将来的日常游离出去,成了她们中的一员。教练发现女友和其他女人出轨,带她去拉斯维加斯举行婚礼,第二天扔下婚戒,开车离开。男人的报复并非不带着悲伤。屏幕外,他用周末一口气刷完十几集,滞后地发现,自己不知何时处于长久的勃起状态。

用手发泄出来的时候,他庆幸大乔要出差到下个月。大乔有个大学同班的女友,在戴尔做售后。共享宿舍的第一个月，大乔的女友来这边过周末，三个人在附近吃烧烤，傍晚，大乔送她去地铁站。他对大乔有些歉然，赶紧发了短信过去。如果需要，我可以回避。回到宿舍的大乔笑着说，你不用在意，我们谈很久了。

公司里单身汉比例高，大乔是众人羡慕的对象。他听大乔谈论地段和房价，以及为了未来的小孩要考虑学区云云，觉得那是恍如月球表面的生活，离他无限远。在东南亚的大乔最近开始戒烟，说是起码戒烟一年后才能要小孩。看来结婚一事上了日程。

他知道，大乔是人类男性的普通范本，而他自己，大概是一个有 bug 的版本。作为程序员，他深知不是所有的 bug 都能被修复。他们的工作有时无非是拆东墙补西墙。

大乔发来邮件说归期在即，半开玩笑说，你小子也不趁我不在谈个女朋友，浪费了大好的环境。他苦笑着想，我倒是在和人网聊呢，只不过肯定会见光死。

那时他已经放弃了从内网窥视宋明明。主要原因是，他的电脑被远程操控消耗了大量内存，速度变慢，影响工作。就像戒烟的大乔迷上了薄荷糖，他用网聊填补停止偷窥留下的空白。加完班回到宿舍，用笔记本电脑登录粉色背景的聊天室，成了习惯。

人的时间花在哪里，总会呈现效果。聊天室泡久了，他有了几个熟人。根据他的虚构，zz 二十七岁天蝎座（和他本人相同），在戴尔做售后工程师（大乔未婚妻的职业），喜欢看《灌篮高手》《头文字D》一类的热血漫画（大乔的属性），以及，父母离异。最后一项有些莫名其妙。看过外婆和阿婆有时像小孩一样因为管制和反管制、唠叨和反唠叨而陷入数小时的冷战——最后总是阿婆先软了态度认错，无论错的究竟是谁——并目睹她们先后离去，物理意义或心灵意义上的，他从此陷入了偏见，认为那才称得上爱情。与之相比，世上的婚姻不过是现实的结盟，连他的父母也不例外。

爸妈有过吵个不休的阶段。他当时念小学四五年级。十岁出头的年纪，足够理解一些事。他知道，爸有了情人。爸在知青时期成了当地的小学老师，靠运气加自身努力，进入教育局工作。妈妈因为安家放弃了回城的机会，只能继续当农场职工。两人的环境既不同，渐渐地也就产生了精神面貌的差异，新认识的人很容易在罅隙中插一脚。他不止一次目睹妈妈突然歇斯底里地将做好的饭菜倒掉，回房间抹眼泪。他默默地去农场食堂打饭菜回家，等妈妈哭完了一起吃。他从此养成习惯，吃饭快，而且吃饭过程中不说一句话。作为养子，他徘徊在讨好和戒备之间，怕父母的怒火转移到自己身上。到了上海他才知道，妈妈事无巨细都写信告诉了外婆和阿婆，那两位不止一次表示，支持她离婚回沪。将她捆在原地的，一半是户口，一半是他。

他相信了两位老人的说法，多少为此感到歉疚。直到成年后，他终于心生质疑：妈妈如果不想和爸过下去，为什么不在送我来上海的时候直接留下？

入冬，大乔回了上海。他发现，重新拥有室友的生活比预想的容易适应。一方面是最近加班频密，回到宿舍只是睡个觉。临睡前他照例去聊天室逛一圈，撑着困意聊十几二十分钟。大乔在旁边的单人床上捧着电脑，从不张望他在做什么。

zz第一次收到网友约见。对方叫"笑忘游"，比他大四岁。据说是装修设计师。当然了，网上的话不一定能信。她约在星期五的晚上，给他的酒吧地址意外地离他公司不远，走路过去只要二十分钟。她说，每周五是女士专场。他对同志酒吧的所有印象来自那部美剧，要说没有浮想联翩，是假的。

问题是，他只要现身，就意味着穿帮。

他感冒好几天了，白天支着混沌的脑袋继续工作，杯里是热水泡柠檬片。曾担任医务工作者的外婆和阿婆对感冒的态度惊人地一致，"吃不吃药都会好的"，他习惯了热水维C疗法。感冒、写代码，加上琢磨邀约，他的头更晕了，心想，明晚到底要不要应约去酒吧。不对，今天是周五，那么就是今晚。

这个念头让他清醒了几分。随即,眼角余光看到了宋明明。他近来总是占据靠走道的位置,是因为她会从这里去洗手间。一天里有这么几次,他和她的距离短暂接近又拉开。

大乔坐在隔着走道的那边,吹了声口哨。他听到了却未留意。几分钟后,大乔转了邮件给他。前序邮件里,大乔写了句没头没尾的英文:How strong smell! 宋明明回:抱歉我感冒了,香水可能有点多。大乔问:吃药了吗?她答:我感冒从不吃药。

昨天大乔刚唠叨过他不吃感冒药的事。他从企业QQ打字给大乔:你看吧,不吃药的人很多的,不止我一个。你是怕我传染给你吗?

大乔写道:谁管你啊,我是让你买药给她,懂不懂?

他有种心事被人窥破的紧张,没再回复。

加班到八点半,其间吃了汉堡作为晚餐。大乔的位子空了。东南亚组的大乔比他幸运,不用面对神经质的日本客户——他们会因为显示字体的些许瑕疵就写邮件过来要求修正,他的大量加班是无用功。

准备走的时候看手机,一个多小时前有条来自大乔的短信:知道你感冒难受,不过你能晚点回吗?我这边有点事。

他暗道,小别胜新婚是吧。本想反问"晚点是几点",

转念作罢。出门走了一段路才回过神，自己正在往那间酒吧的方向走。

酒吧的门脸不大，要不是有人站在门口卖票，卖票的人又那么显眼，他大约会错过。卖票的短发女孩像个没发育的少年，刘海用摩丝梳得竖起来，清秀的面庞和皮夹克形成反差。他想起老电影里的古惑仔，冒出个念头：要是我女儿打扮成这样，得先拖回家打一顿。随即他为内心的暴戾一惊。他走近前，不抱希望地打着腹稿。你好，我买一张票。他张开口却只是爆发出一阵咳嗽。女孩嫌弃地说，今天是女士专场。

勇气瞬间坍塌，他正要走开，一个声音说——

他和我一起的。没问题吧？

他的表情随着脑细胞一同冻结。旁边说话的，是宋明明。

她显然回过家，身上不是白天办公室里的格子呢裙，白羽绒服和破洞牛仔裤让她像个大学生。她掏钱买了两张票，冲他扬起一边的眉毛。分辨不清那表情是挑衅还是邀约。他暂且认定是后者。

酒吧位于地下。十几级楼梯下去，转个弯，推开门，内里呈现。要说他没有失望，是假的。更多的男孩气的女孩，很多看起来像是未成年。也有几个男人。他猜不透后者的来路。中间有片舞池，几组女孩在那里跳慢舞，两两搂着腰。靠墙的沙发座纱帘垂掩,算是包厢。他吃不准自己该跟着宋明明还是找个角落独坐,被感冒搅得滞重的头脑闪过疑虑,她为什么在这里看到自己毫不吃惊,难道她认识笑忘游,而那个邀约原本就是针对他个人的圈套?以及,笑忘游来了吗?周围没有一个人像他在网上聊了几十个小时的网友。

他恍恍惚惚跟着她进了纱帘背后的沙发座。一边足够坐三个人。宋明明在他对面,轻快地卸掉羽绒服,黑色紧身短袖T恤勾勒出小巧的胸。过来点单的服务生是个高挑梳马尾的女孩,投向他的视线不带好奇心,对宋明明说了声"嗨"。

宋明明没看菜单,要了威士忌加苏打水。他踌躇片刻,选了小支百威。

盯着她看显得失礼,且反而让他有种压力。他扭头眺望舞池。紫色的纱帘从这边看去形同无物,跳舞的她们,聊天喝酒的她们。人人压着说话声。无论是暧昧的亲密氛围,还是在舞池里紧贴着移动的身体,都让他感到困惑。外婆和阿婆年轻的时候也会那样吗?他不记得她们有任何情人般的肢体接触。当然了,父母在他面前也一样。

他提防着宋明明的发问——你怎么会知道这里,为什么来。仓促间,他拟了一套腹稿。我来见网友。纯属偶然去了某个聊天室,在那儿认识了一个人。遇到你真巧。

腹稿没用上。她说，你不像是会泡吧的人啊。

他只好说，凡事都有第一次。片刻后又说，我没想到这里这么热。

空调的温度高得异常。他刚脱了夹棉外套，穿着棉毛衫和毛衣，这会儿热得吃不消。羊毛和羊驼毛混纺的粗毛衣让他有种错觉，自己像个披着毛毡的野蛮人。刚才点单的服务生也是短袖，羽绒服底下是夏装的宋明明一看就是常客。

她笑了。感冒让她的笑声比平时低沉，像是含着气泡，尾音在空气中破裂的同时，某种魅惑的气息洒向四周。他的鼻子不通，闻不到大乔用"strong"形容的香水味。等她笑完，他费劲地挤出问句。

你常来？

她反问，你觉得呢？

他想确认笑忘游来了吗，然而不敢看手机。她的目光仿佛洞悉一切。另一个服务生把酒端过来，他举瓶掩饰窘态。啤酒不够冰，无法消解燥热。忽然有人掀开帘子，喊了声"惘然"。那是个长发女孩，有几分像周慧敏，紧身牛仔裤、黑背心，露着锁骨。女孩瞥了他一眼，大喇喇地问，你朋友？宋明明说，我同事。对方嗤笑道，行啊你，带同事来。宋明明说，男朋友备选，你看怎么样？那边耸耸肩说，别问我。

不确定"男朋友备选"是什么意思，他一阵脸热。不速之客走后，他期期艾艾地说，你不用陪我……你在这里朋友很多是吧，找她们玩吧。

她轻笑道，你怕什么？这里既不会有人吃了你，也不会有人赶你走。女士专场还是有gay来的呀。

他将错就错地说，你有认识的男生吗？她回道，怎么，要我给你介绍对象？我不认识谁。

两人又闲聊几句，她起身走开，应该是去洗手间。他慌忙摸出手机。来自笑忘游的短信说，今天临时有事去不了，抱歉，你去了吗？另一条短信是大乔的：刚才真不好意思，回来陪我喝酒吧。哥今天要一醉解千愁。

如同溺水的人抓到一根绳索，他立即出了酒吧，边爬楼梯边拨大乔的电话，那头一直忙音。门口卖票的女孩不见了。他打车回到住处，大乔坐在共用的书桌边喝着啤酒，看起来尚未喝醉。桌上竖着一排酒瓶，半数是空的。他拿过一支啤酒在手，往自己床上一坐，问，怎么了？白天用英文邮件逗宋明明的男人失去了平时不着调的冷幽默，翻来覆去地说，女人心海底针哪。

老公房的空调是房东配的，有年头了，开到最大也只让房间不算冷而已。他连外套也没脱，陪大乔喝着常温啤酒聊天。更多时候是大乔说，他听。

大乔刚回来不久便从共同的熟人那里听说了，女友有了新的恋人。大乔只装作不知道,以为这事会过去。就在刚才,女友单方面宣告分手,理由是大乔出差太多,形同异地恋爱,她受够了。

很快瓶子全空了。他起身出门买酒,戒烟半年的大乔说,捎一包中南海。到了外面,他给宋明明发了条短信。他早就从公司通讯录查到她的手机号存在手机里。

不好意思,没打招呼就走了。大乔刚和女友分手,我回来陪他喝几杯。

他拎着咣当作响的啤酒从小区门口往回走的时候,她的回复来了。

我说怎么找不到你。有个熟人来了,你猜是谁?我和她说 zz 来了,她还不信。

上班一年多,他没换成公司几乎人手一只的彩屏手机,仍旧在用研究生时代兼职收入买的诺基亚 8810。黑白屏往下翻了几行才看全短信的内容。当两个字母的网名出现在手机屏幕,他的第一反应是想要否认。不是我。接着想质问,你怎么知道我是谁?

被啤酒泡得疲软的理智告诉他,这时说什么都是错。大乔的声音在耳边回响,女人心海底针哪。

后来回想,他向李娟第一次搭话的契机,很难说不是因为宋明明。那晚从酒吧回到住处,两个男人对坐喝闷酒,继而在宋明明的短信中看到 zz 二字，惊吓让他选择做鸵鸟，不予回复。没有新的消息进来。周末他难得没加班，隔了两天再进公司，感冒已近尾声，想到要面对她，他又有种恍若低烧的不适感。

他坐在电脑跟前，在几个窗口间做无意义的切换，神经集中在旁边的甬道上。那是宋明明去洗手间的必经之路。不过两天前，她的香水味曾被大乔调侃。调侃者此刻戴着耳机敲击键盘，看不出刚经历分手。上午即将耗尽，他的整个胃变成了石头，嘴里泛起苦味。不想再等下去，他起身走向一墙之隔的办公区。隔着人事、营销和市场部连绵的办公桌，远远看到日方副总的玻璃间昏暗无人，他停下脚步，在李娟的桌旁问，宋明明今天休息？

李娟工作时戴眼镜，显得比平时严肃。眼镜女孩看着电脑说，病假。她感冒了。

他随口说，坂总不会也病了吧？

李娟答，去东京出差了。坂总如果在，请假可难了。上回宋明明感冒，坂总居然说，你买个口罩戴上，别传染给大家。他要是怕被传染，直接让人回家休息不就好了？

难得听李娟一口气说这么多话。他和副总坂本打交道不多，印象里，那是个轻微谢顶的瘦子，其态度颇有些颐指气使。坂总来中国好多年了，汉语只会三板斧，你好谢谢多少钱。程序员们私下议论，不学语言，是傲慢的表现。

127

他混在讨论者当中，未曾想到，自己多年后也和坂本一样，至少，在他刚去日本的头些年，同样缺乏融入的动力。

当下他说，日本人嘛，你看电视上，他们戴口罩的人特别多，也许感冒的人都戴？

那是花粉症。她的语气笃定，接着说，你找宋明明有事？

没什么事……他觉得再多说就要暴露什么，随口问，中午要不要一起吃饭？

食堂吗？

出去吃吧。附近我不熟，你有什么推荐？

李娟在减肥，中午只吃香蕉和酸奶，他当然无从得知。午休时分，她带他过了两条马路，抵达一家老字号生煎店。排了十来分钟。她落座前用纸巾擦凳子，其洁癖让他想起阿婆，莫名有种亲切感。他咬生煎的动作不够谨慎，汁水喷溅到前襟，她迅速给他递了湿巾。她这时摘了眼镜。他心想，还是戴眼镜好看。怕说出来显得轻浮，没讲。

生煎和牛肉汤下肚，并肩往回走的路上，冬日微温的阳光洒下来，像茸茸的猫尾巴抚在肩上。

她在旁边说，你本来是想约宋明明吃饭吧。

他大声说，当然不是。你为什么这么想？

她很漂亮。

她有点怪的，你不觉得吗？

哪里怪了？

被她一问，他一时语塞。总不能讲，宋明明喜欢女人。

隔了片刻，她说，我觉得你也很怪的。好像除了工作没有别的爱好。

是啊，我很乏味的。每个月看到工资单都没有消费的动力。将来也只能挣钱给老婆孩子花。

他嘴里开着玩笑，心头浮现不安。只要宋明明不出现，他便如同等待判决的囚徒。第二天宋明明仍然没出现。他继续约李娟吃饭。第三天，没等他约，李娟在QQ问他，要不要走远点去吃东南亚菜。吃完回来遇到大乔，电梯里只有他们三个人，大乔给他一个"你可以嘛"的眼神。大乔今天的座位离他有半个办公室远，稍后从QQ打字道，有个前同事也追过李娟，没成。你加油。比起宋明明，还是她更适合做老婆。

你别老编排我和宋明明啊，我对她没那个意思——他写完这行字，删掉，重新输入：你没事了？

大乔答：怎么会没事，但班还得上，人还得活。兄弟啊，你别学我，以后如果谈了恋爱，千万别出长差，懂？

周四，坂总重新出现在办公室，宋明明也来了。他靠着过去几天积累的信心，对经过身旁的她说，中午要不要和我们一起吃饭？我和李娟。

她扬眉道，你们什么时候成了饭搭子啊？不对，李娟什么时候开始吃午饭了？

没人提起 zz。当然也没人主动提酒吧的邂逅。他知道，事情翻篇了。

他和李娟交往两年后结婚。

早在他们结婚前一年，宋明明跳槽去了一家与 IT 行业无关的日企。写喜帖的时候，他有个印象是妻写了宋明明的名字，不过没在婚宴现场见到人。他说不出是松了口气还是隐隐失望。

他一脚踏入未曾设想的生活模式，意外地发现有种水到渠成之感。两人的积蓄合在一起付了房子的首期，新家离公司四十分钟的地铁。他起初想买在外婆阿婆家一带，或者公司宿舍附近。人总是无意识地想留在熟悉的环境。妻有个大学同学的新居在杨浦，她去玩过，说那边是个新小区，设施齐备。最终的决定是她下的。他将在婚后的几年间发现，人与人的相处自有其模式，两个人当中总有个做决定的人，那个人不是他。

从前和父母生活的日子已模糊不清，外婆和阿婆之后，他再一次和别人共享一个家。新房尚未住热乎，公司派他驻扎新加坡，为期一年或更久，他想起大乔的叮嘱，开始上网找工作。运气不错，很快找到一家客户主要是国内企事业单位的公司，出差都在国内，至多三五天。新公司在浦东，他和妻每天一起上班的日子就此结束。

妻对厨艺缺乏兴趣，像阿婆一样爱打扫。如今加班比从前少，他在周末拥有了睡到中午的自由，躺在床上，外间传来窸窸窣窣的动静，知道她在收拾家里，有种奇异的安心。

他甚至没有向自己承认的是，他喜欢白天的妻，胜过夜晚的她。总的来说，婚前他们的性事比婚后好，也可能是那时她比较迁就他。他们的第一次，他不清楚自己究竟算笨拙还是顺利。后来到第四次或第五次才真正有了感觉。和他预想的不同，爱的欢快过后，淹没他的是一种虚无的毁灭感。当时还是女友的她翻身睡着了，他用手指在她背上画着无意义的图案，心想，外婆和阿婆年轻时也是情人吗，还是她们仅仅是生活伴侣？这样想有些不敬，可他无法控制自己的思绪。另一个念头是关于宋明明的，如同泡沫般从内心的深渊浮起，他赶紧压下去。

关于要不要小孩，他们有过讨论。妻主张做丁克，说自己从父母那里没有得到多少温暖，没信心做个好妈妈。他说妻想多了，又说，我父母虽然待我没说的，可我们一家人客客气气的，总像是少了什么——我一直想要个自己的孩子。妻注视他，叹了口气说，你们男人啊，总是张嘴就来，实际生和养的是我们女人好不好。妻的话在两人之间画了一条看不见的线，他差点脱口而出，别以为我不懂女人，我来到上海，是被两个女人养大的。

即便说了，妻也不会懂。一直以来，他对自家的复杂情况做了简化：我爸妈是知青，从高中起，我和外婆还有她妹妹一起生活。

在酒吧遇上宋明明那次，他有种冲动，想要坦白家庭的隐秘，觉得她会懂。当时没机会开口。随后被她道破他的网名，再无进一步交流的可能。

至于那个从未谋面的网友，他不再去聊天室，不回短信，删除和屏蔽了号码，将对方从自己的世界抹掉。

妻的怀孕是意外。彼时结婚刚满一年。他宽慰地说，你如果不想要，就拿掉吧。妻又用那种"你们男人"的眼神看向他。他有少许委屈。

很快他就发现，妻随着孕期的进展变成了另一个人。她对物价和将来的忧心演变成浩大的碎碎念，背后的潜台词是，你要养家，不能这么不求上进。可最初，他是为了避免分居两地才换了份不上不下的工作。他是最怕家里气氛恶劣的，略加思量便将简历挂在网上，开始新一轮求职，也私下问了几个熟人。上一家公司有个技压众人的项目组长，姓陈，前不久刚去了业内大牌企业。他和陈工打交道不多，厚着脸皮往对方的电子邮箱写了信。当天就收到回信，说，约在我公司楼下喝个咖啡吧，工作日你方便出来吗？

陈工是个热衷于健身的高个子，在IT男中间显得卓尔不群。以前公司那栋楼有家收费颇昂的健身房，陈工常在午休时去跑步或举铁，快速冲个澡吃个沙拉回到办公室，一脸经过重启的爽利，衬出同事们面如土色。有些人从看待事物的方式到处理问题的手法都天生和其他人不同，陈工就是这种人。

他几乎已经忘了在陈工面前必定萌生的劣势感，直到看到那个宽肩长腿的男人推开咖啡馆的玻璃门走来，才又一次想起。

打完招呼，陈工折回吧台去买咖啡。他捧着变凉的马克杯酝酿腹稿。等陈工回来，他发现用不着主动开口，对方不断抛出话题，他需要做的仅仅是和玩俄罗斯方块一样，将合适的句子嵌入缺口。

你和李娟怎么样？有孩子了吗？是吗，那么明年就有得忙了……应该还好吧，你现在单位比起原来清闲多了……那边流动大，好像我们认识的都走得差不多了……哦对，你家李娟还在，人事岗位毕竟稳定。

社交告一段落，咖啡桌上堆起细沙般的沉默。他想，该开口了。很简单，就问问你们公司现在招不招人，有没有内部推荐流程。然而有什么阻碍了第一个字振动声带。

——你后来和宋明明还有联系吗？

陈工的问句激起暗涌。他稳住表情，摇头说，没啊，我和她不熟。

那边笑笑说,不熟吗?我记得你以前很关注她。

他尽可能平淡地说,哪有。

陈工整个人往椅背一靠,微笑起来。宛如捕猎者的笑容。

你知道吗,她有一次来找我,说电脑最近特别慢,让我帮她看看。我说不是有网管吗,她说,网管看了,硬件没问题。我一开始以为她是找机会和我说话,就像公司其他女同事。后来发现,是我想多了,她的电脑的确有问题。我很快就帮她抓到了,钻进她电脑里的那只虫子……

他陷入了某种幻觉。随着陈工说出的每个字,时间被压扁,继而拉长,变成嚼了太久的泡泡糖般的物质,而他如同微小的飞虫黏附其上,竭力挣扎也无法脱身。

事情的经过不复杂。宋明明发现电脑有时抽风,开个浏览器窗口要一分钟,便找了陈工。后者查出她的电脑被人监控,监控者就在局域网内。继而很快锁定了偷窥者。陈工对宋明明说,赵辉看着很老实一个人,真没想到啊。他要么是其他公司的内应,要么是针对你个人。陈工问要不要上报公司管理层,宋明明拒绝了,还提了个意外的要求——她想反过来看看对方在做些什么。

对陈工来说,从被监控变成反向监控,在技术上具有挑战性,他欣然应允。他在服务器上做了映射,宋明明只要访问那个位置的程序,就能查看偷窥者电脑的实时操作。不过为了避免她同时正被窥看——那样难免陷入多重镜像的僵局——又在她电脑上装了个傻瓜型插件,在她的CPU速度回到安全值时(也就是没有人连接她的电脑从而影响运算速度时),电脑状态栏会亮起绿灯标志。绿灯亮,她便可观察对方的一举一动。

至于宋明明究竟在多大程度上使用了那套程序,陈工后来没过问。一方面是他确实很忙,一方面是他不想和她有太多接触。

——你应该懂的,她虽然漂亮,但那种漂亮就像仙人掌的花一样。不是玫瑰,玫瑰有那么几根刺,不妨碍吸引人的本质。可她全身都是刺。

陈工最后总结道。

服务器映射?所以我的电脑才会越来越慢?不是因为经常访问她的电脑,而是因为反过来,她在看我的电脑?所以她知道我是zz?情绪在头脑中炸开,碎片纷纷扬扬。惊惧、懊悔、羞耻,以及更多无法命名的。他竭力稳住自己,说道,谢谢你告诉我这些,你不会和我老婆讲吧?陈工哈哈笑了,说,同一件事,男人的角度和女人不一样,我们之间讲讲就算了。

他几乎不记得自己又说了些什么来摆脱那种做梦般的窘迫,到最后也没提找工作的事。和陈工见面一周后,他接到猎头公司的电话。面试时才得知是驻东京的工作。他心头微动,说,我要和家里商量一下。

妻当时怀孕六个月。他讲了新工作,她先问了薪资待遇。他说,我不在的话,你一个人会很辛苦,但我也是为了这个家。加上补贴,比我现在的薪水高了不是一点半点。你说呢?

妻说,你可以吗?你又不会日语,人生地不熟的。

所以是放行的意思。他给了新公司那边肯定的答复。这会儿也顾不上大乔的教训了。他并不清楚,跑到一个言语不通的国家,究竟是为了逃离什么,还是为了把什么抛在身后。他从未出过国,第一次坐上国际航班,从舷窗观看底下的海,他想到的不是在市中心写字楼的大通间里上班的妻,而是宋明明。他想起酒吧的夜晚,她从短袖底下伸出的细白的胳膊。她那种洞察一切的清浅的笑。

都过去了。他在飞机上闭上双眼,对自己说。

生于1922年的外婆,终年八十七岁。他在儿子出生第二天从东京赶回上海,没几天,外婆走了。就像是在疗养院的她遥遥感应到孙辈回来可操办后事一般。这一次不再有哪个他不知道的直系亲属跳出来,葬礼照例来了单位领导，念了追悼词。

同一时期，远在云南的爸第一次脑梗发作，妈妈因此缺席了葬礼和新生儿的照料。家里充斥着奶味儿和其他陌生的气味，妻和月嫂忙着给到点就开始哭闹的儿子喂食，他答应半夜起来喂，不慎睡了过去，和妻发生了婚后第一次争吵。不，应该说是他婚后第一次被训斥。他保持着低姿态，试探地说，要不要喊你妈过来帮忙？妻说，不要，我自己带，等月嫂走了，再请个保姆。

后来爸又发过一次脑梗，不算严重。复发造成半身麻痹的后遗症，原本健谈的爸变得惜字如金。加上头发早白，见老得厉害。他只带着妻儿去过一次云南，是在爸的两次发作之间。妻悄悄对他说，我觉得你爸妈不喜欢我。他说，怎么会呢，你想多了。事实上，妈妈私下和他谈过，倒是不涉及对妻的评价，只说，你们小夫妻这样一直两地分居，时间久了要出问题的。爸唯独对没有血缘关系的孙子表现出强烈的兴趣，对他和妻恍如视而不见。妈妈说，你爸爸现在越来越古怪了。语气隐隐有种胜利者的满足。

那几天，他终于有机会和妈妈聊起外婆阿婆。此前阿婆离世引发房产纠纷的狼狈时期，母子俩都没有谈论故人的余力。

他说，我没想到阿婆居然是结过婚的，还有儿子。也没想到她是护士长，一点也看不出。

妈说，人有很多面的嘛。

他忍不住问，你喊她们"妈"和"姆妈"，那么对你来说，到底哪个是妈妈？

妈看他一眼，幽幽地说，谁还分那么多？

他感到话中有话，便闭了口。

妻不像他是独子，有个哥哥。据说那边的父母重男轻女，因此，妻和家里关系淡漠。他常年在日本，妻过年也从不回老家。算上婚礼，他只见过两回岳父母。儿子五岁那年，妻的哥哥来上海出差，他正好在家休年假，妻声称早就买了戏票不能错过，把接待权交给他。她从儿子一两岁时迷上越剧，他以为是一时的兴头，没想到持续经年。

两个男人去了家本帮菜馆，喝了两瓶黄酒，其中一瓶半是大舅子喝的。他趁上厕所抢先买单回来，看见大舅子把手机放在桌上，开成免提正在拨号，屏幕上显示"妹"。是妻。拨号音被饭店的嘈杂掩盖，那头一直没接。他想说，她看戏应该还没结束，转念又懒得解释。出了饭店，他叫了辆车，把声腔越拉越长显出醉意的大舅子塞进车里。他打了妻的手机，依旧没人接。临近午夜，妻来了电话，说儿子在出租车上睡着了，她把小家伙弄下车可是抱不动。他下楼接他们。她的语速比平时快，嗓音沙哑地说，今天许老师状态特别好。浩浩很乖，不哭不闹看到了最后。结束后我们去吃了火锅，然后跟杭州来的戏迷回她们落脚的宾馆，聊戏聊到现在。

许老师是妻最爱的女小生。徐派。阿婆以前喜欢一个王派的花旦，常在家里放磁带。他对越剧的了解仅限于几出老戏，《追鱼》《五女拜寿》。妻周身笼罩着兴奋的余温，一个字也没问及她的哥哥和爸妈。他想和她说大舅子的中年危机，无从开口。抱儿子进电梯的时候，他注意到，儿子头顶的发旋散发着从剧场和人群沾上的陌生气味。

妻迷的不是戏，是人。他花了些时间才确认这一事实。大概就像年轻女孩迷某个歌手或演员。他不清楚其他人怎么应对越剧迷老婆或女友，有时他难得回国，妻利用周末去外地追戏，他接过带娃的重任，如同自己从未离开。好在儿子挺省心的，带出去吃个比萨，在街上或公园溜达一圈，回到家看个动画片，就能混完一天。他有时忍不住想，儿子这么好带，是因为从两岁多就被妻带着出入全国各地的剧场，习惯了由其他阿姨姐姐照料，还是因为儿子本质上像自己，从小就知道收敛存在感？

不在家的时间一年年累积，他几乎忘了早先仓皇离开上海的理由。他还学会了在妻面前示弱。爸从前和妈妈寸步不让，从某个时候起，差不多就是在身体出状况后，向来倔强的老男人开始显出颓唐。"你说了算。"带妻回老家那次，他听见爸闷声向妈妈缴械，先是一惊，继而想，我们还真是父子。

和所有单身赴海外工作者一样,他每年回国见儿子只有两三次,加起来一年也就一个月。五六岁时让他以为"和我很像"的老实孩子,上小学后变得好动,精力过人,让他头疼。小学二年级,儿子迷上了足球,妻给报了周末班,他陪着去过。在操场边的家长群中眺望一头热汗追球的男孩们,他想起在公司附近小公园目睹的玩抛接棒球的日本父子。篮球场大小的公园显得寒碜。地铺黑沙,种了一圈树,有两条长椅,有饮水处和厕所。他偶尔下楼到公园的吸烟处抽烟,周末加班常遇见那对父子,男孩和他儿子年龄相仿,做父亲的比他年轻些。两人一来一往抛球,肖似的浓眉拧着,显得专注。

公园唯一算得上景色的是樱树。在春天带来几天的灿烂,复归平淡。只有在那个公园抽烟的时候,他得以从周遭景物和温度变化感觉到季节的更迭,也只有每次瞥见那对父子时,他获得提醒,自己与妻儿相隔遥远。

在那个公园,还发生过另一种邂逅。某年初冬的一天,他尚未走近便目睹盛况,近二十名男男女女站在树下垃圾桶旁,低头对牢手机,右手在屏幕上拨来滑去。那情景如同一群地缚灵。气温只有四度,他们身上是单薄的西装外套,和他一样是在工间溜出来的。他花了些时间才搞清,他们在玩《精灵宝可梦 GO》。有个特别的小精灵在这处公园上线。

妻严格限制儿子使用手机和平板电脑的时间，不过不妨碍小家伙知道所有流行的卡通形象，从欧美到日本的。儿子的信息来源大半是同学。小学生有他们的相互攀比，谁谁去了哪里、吃了什么、玩了什么。妻在微信上提起，语气不无忧心。他说，让浩浩不要看别人，下次我带你们玩一下。妻说，他被同学影响了，喊着要去澳洲。你不要理他。

儿子不是没出过国。有一年，他和妻把年假放在暑期，一家三口玩了九州，坐熊本熊火车，泡温泉。妻和儿子吃不惯温泉酒店的饭菜，他不得不在饭后带他们去附近加餐烤肉。他以为，儿子的味觉被比萨鸡翅什么的带坏了，但不好就此向妻提出抱怨。妻没有时间也没有兴趣做菜。儿子一年年长大，周末被各种补习班和兴趣班塞满，所有的班，妻得负责接送。

妻凡事有一套主张，无论是对他的上进程度，还是对儿子的教育。她本人也不懈怠。原本只有大专学历的她后来参加了专升本的自考。如果不是照顾儿子无暇分身，她本可以追寻更好的工作机会。从相识至今，她一直在同一家公司。大乔经常夸赞说，李娟这么定性的人，少。

她还一直催促他学日语。他以工作忙为由，不放在心上。驻外的同事有不少像他这样，反正行业通行语言是英语，开会时遇到复杂的问题，有翻译在场。

对他来说，比日语更重要和切近的，是新的计算机语言。大学时的 VB、VC 很快被 PHP、Python 等替代，每学会一门新语言，都有种新世界的大门在面前敞开的错觉。其实无非是多一重被支使的理由罢了。昔日的同窗们四散到各个行业，培训班老师企业网管投行经理，仍在写代码的就几个。他在日本说起来好听，实质上是产业链上的工人，更多用时间而非脑力换取报酬。

一直到赴日第六年，他终于在周末报了个班，开始学日语。并非出于迟来的上进心，只因寂寞。

在东京，诱惑太多。坐电车一个小时便是新宿，半空中挂满灯箱，代表着形形色色的消费方式：吃饭，喝酒，购物，打游戏。那里有无数条大道和小径通往异性，女仆咖啡馆、约会咖啡馆、喝花酒的俱乐部。若仅仅为了排遣欲望，还有更多的选项。家在北京的已婚同事常去所谓的"浴室"，私下对他说，干净的，熟客还有折扣。

所有这些排遣寂寞的方式他都回避了，把多余的精力宣泄在背单词和句型上。毕竟出门就要花钱。儿子如同碎钞机，钟点工、学费、课外班，累积的数字每月翻新。他自问能做的只有赚钱养家。他知道，就如他当时对李娟的判断，是个适合结婚的人，对方看他也同样。

花了差不多两年的时间，他的日语大有进步，和日本同事的关系也有了实质性的进展。在微信上和妻谈起时,她说,早就叫你学嘛。要是你一到日本就开始学,说不定都升职了。他对此不置可否。另一方面,他发现日子变得分裂。一天下来说的日语比中文多。和国内的联络主要是打字。

微信是在他出国后第二年出现的联络工具。不时地,会有从前的熟人跳出来加他。前年年底,又收到一个前同事的添加邀请。那人刚找了份为期两年的赴日工作,问大乔要了他的微信,一上来就询问赴日生活的诸多事宜。他耐心解答,能答的有限。他的公司为外籍员工提供单身宿舍,很多事无须操心。说是在东京上班,位置差不多等于上海的金山。宿舍离公司步行二十分钟,只要不下雨,他骑自行车上下班。仔细回想,从上海闵行区到东京板桥区,除了中间婚后将近一年的时光,他一直在公司宿舍两点一线的小世界里。枯燥,自成一体。像个简洁的程序。

和前同事在微信上一番问答下来,那边说,你我还在搬砖,还是大乔比较开心。

大乔后来念了MBA,早已跳出旧行当。早早对生活进行规划的男人,其生活走向并未遵循常理。结婚又离婚,带着个五岁的女儿,不妨碍大乔四处寻觅新对象,据说最近一个在谈的女友是"九零后"。大乔做恋爱汇报时,他学着对方的语气在微信调侃道,你可以啊。大乔说,"九零后"过两年也三十了好吗。又说,还是你和李娟好啊。

当同事说"还是大乔比较开心",他心想,人人都是这山看着那山高。打字答,各人有各人的烦恼。那边又说,对了,宋明明也在东京,她在哪个区?

是吗,我都不知道她在。

他庆幸微信不会泄露自己的表情,又问,她在这边工作?

具体我也不清楚。好像嫁人了,有个女儿。我还以为你跟她有联系,李娟和她以前很要好的呀。

他分不清哪句话让自己的震动更多,是宋明明结婚生子,还是在外人眼中,妻和宋明明如同闺蜜。以前那两个人的确常聊天,毕竟办公区域离得近。酒吧事件后,他与李娟迅速混熟,同时尽量避免和宋明明打交道,于是对他来说,李娟在此,宋明明在彼,无形中就在他心里将两人拉开了。等到宋明明辞职,他和她再无交集,理所当然地以为妻也同样。

但真的是这样吗?

疑念一旦产生,便像飞来的草籽生了根。他想在微信问妻,你和宋明明还有联系吗?

那么简单的一句话,他问不出口。

鬼使神差地,他在电脑输入了那个聊天室的网址。时隔多年,他居然还记得。网站不存在。他自嘲地一笑,片刻后,又在搜索引擎输入几个关键词。果然,新时代有新的交友方式，搜到好几个专门的手机社交软件。他用国内手机下载了其中一个绿色图标的。

和大多数社交平台相似，打开来先看到一堆用户的最新发布——所谓热门推送，不管你有没有关注对方。一幅幅自拍，一个个小视频。有些自拍经过美颜相机修饰，像个假人。他有种不合时宜之感，就像在小公园目睹那些沉迷精灵宝可梦的日本人。他总是在错误的场所，扮演错误的角色。

他注册ID时填了"惘然"，属性栏有T、P和H，他选了第三种。久远时代的旧知识仍然有用，他想起，自己从未有机会问宋明明，你是哪一种？记得她在聊天室被人问到时拒绝回答，大约她讨厌被贴标签。他对着年龄栏沉吟片刻，填了三十五岁。那是宋明明的年纪。

社交软件的交互方式多种多样。用户可以写日记、按属性搜索对象、关注和屏蔽某人、回帖、直接聊天。或是只看不发声，浏览时间线上的更新。软件自带定位功能，会优先推送地理位置近的友邻。他本着只是看看的原则，不承想很快有人来找他搭讪。都是在日本的，有东京的，也有更远的县市。受到惊吓的他查看对方的年龄，回道，抱歉，我不和小孩聊。他开始养成新的习惯，在睡前刷一遍时间线，一如从前在大乔旁边的单人床上登录聊天室。他不肯向自己承认，他在寻找宋明明的身影。

没有一个是她。

四月末是日本的黄金周,公司放假,他回了上海的家。

回国总是好的,吃火锅、见朋友、抱儿子。他总能迅速融入角色,就像踩进一双长久没穿的旧鞋,走几步就惯了。

到家的第二天还是第三天,他问妻,要不要带着儿子去日本生活,长期的。心知是个不合适的提议。单身宿舍不允许带家属,不住宿舍的话可以领房补。也有几个同事拖家带口,租个大一些的套间。据说那样很难存下钱。而且妻儿来了,且不说语言上需要适应,妻又能做什么工作呢?以后全靠他的工资吗?

他说不清自己为什么要胡乱提议。或许是在试探什么。又或许,是出于古怪的愧疚。

妻拒绝了。她说,你难道不知道,浩浩念的小学是多少人挤破脑袋想进的?没道理占了位子再放弃掉。

她讲话的权威感比从前重。看上去倒是比实际年龄小,依旧细致的白皮肤,丰满的小个子。她常说自己胖了,说归说,没再像单身时代那样不吃午餐。在他看来,她并未发胖,只是洁癖愈加严重。也许有一天,她会像阿婆那样,白天在家戴顶软帽,只为了少掉头发在地。

他看着妻,有一点点安心。大乔说得没错,李娟是个定性的人。

一天，他们在家吃的晚饭。熟菜店的咸鸡加上两菜一汤，草头、蘑菇肉片、番茄蛋汤。和很多婚后才进厨房的人一样，江西籍的妻做的是脱离了地域的家常菜。他有时怀念阿婆的本帮菜。妈妈做菜的路数和妻相近。

他和妻聊起儿子暑假的安排，说，要不要给浩浩报个夏令营，我今年的年假还没动，我请假回来陪他吧。

儿子白天被他带去商场玩了赛道上的遥控赛车，仍残留兴奋，插嘴道，暑假我们要和小姚阿姨去海南！

小姚的名字近一年出现得频繁，记得是妻的戏迷朋友之一。他想说，哦你们有安排了，怎么没跟我讲。尚未开口，妻扔给儿子制止的眼色，说道，你真是不懂，现在都五月了，哪里还报得上好的夏令营，早就排满了。

他立即退缩道，哦，也不一定要去夏令营，那我跟你们一起去海南好了。

妻说，我有朋友一道，不太方便吧。

他隐隐诧异，不明白这有什么不便的。习惯让他不做争辩。反正年假放在后面休也一样。妻洗碗的时候，他坐在沙发上玩平板。儿子凑过来，他把平板递了过去。难得回家，自然要扮演慈父的角色，让儿子随意玩游戏看视频，说白了就是用利益收买。

无事可做，他拿起客厅茶几上妻的手机。锁屏画面是儿子一岁时的照片，对他来说，那个婴儿和旁边看动画片的九岁男孩简直不是一个人。儿子低着头，专注得像被吸进了平板里面。他猜妻的密码是儿子的生日，猜对了。他对自己说，只是看看装了些什么软件。手机屏幕上分类井然。地图、购物、理财、教育。右下角有个"社交"。他点开，里面是微信、微博、QQ 和一个绿色图标。

他熟悉那个图标。那是他这小半年的白日梦的源泉、临睡前的倚靠。在那个图标背后的世界里，他是惘然，徒劳地寻找另一个用过同一个名字的女子。

头脑深处有种灼烧感。他点开图标，熟门熟路地查阅用户属性。妻的用户名是 Niko。属性，字母 P。关注和被关注的数字让他的眼睛一阵灼痛。瞥见未读消息的红圈数字，他迅速退出程序。脑海中忽然回荡起儿子的喊声：小姚阿姨！

他有短暂的冲动，想要冲出房间质问妻，问她在搞些什么，以及，姓姚的和她什么关系。就像当年，妈毫不掩饰地朝爸爆发。他想起那些夹在父母之间的岁月，如同走在随时会倾覆的墙头。想到儿子这几天的快活劲儿，透着知道自己被宠爱才有的肆意任性，他心软了。

他回东京的前一天，一家三口去家附近新开的购物城吃饭。人们扎堆在高楼层的餐饮区，叫号机传出僵硬又欢快的女声，零，九，七，号，顾客，某某某餐厅请您来用餐了！他惊异于国内餐饮业渲染出的消费热情，有看不见的光与热在升腾。他和那份热闹隔了一层，在一枚茧里，远离周围的躁动。

拿了号，发现还要等起码半个小时。妻抱怨道，我前面就说在家用手机排个号嘛。他说，我当时没听明白，手机能排号？妻说，你在日本待久了，跟不上国内的形势。他苦笑称是。

等位区坐满了，他们仨百无聊赖地站在靠近中庭的栏杆边，不远处是自动扶梯。他瞥见下行扶梯上站着个黑衣女人，忽然心思浮动，故意对妻说，你看那个人像不像宋明明？妻反问，你说谁？他诧异极了，妻不至于忘了那个人。他执拗地说，宋明明啊。以前我们一个公司的时候，她和你很要好的。妻摇头道，我当然记得。你怎么突然想到她了？一点也不像。

你们还有联系吗？

他终于说出了这句话，心怦怦跳。妻回头检视叫号机的显示屏——在他看来并无必要，那边机器一直在喊个不停——漠然地说，她离职以后就没联系了呀。

在浦东机场的候机厅，他点选绿色图标登录，用 Niko 作为关键词搜索。坐标上海，同名的用户有二十七个，看起来哪个都不像妻。她的头像什么样？他全无记忆。还有一种可能是她换了用户名。网络里，人们改名比翻书还快。

真可笑，继搜寻宋明明之后，他又在同一个世界开始了徒劳的对妻的寻找。他当时应该记住用户名后的数字ID，唯一不重复的标识，亏他还是做这行的。

几个月前得知宋明明结婚生子，他压下震惊对自己说，没什么好奇怪的，阿婆不也有丈夫和儿子吗？自我开解并未带来释然，他但凡在那个社交软件瞥见已婚女人写自身经历，总会点进去看。她们当中，有些人在婚前就清楚自己的取向，屈于社会或父母的压力而选择婚姻；有些人按部就班结了婚，没想到在婚后撞见对的人，难以割舍。那些个她出没于网络世界，怀着不同的目的，为倾诉，为征友，为了做摘下面具的自己。也有人写道，等孩子大了我就离婚。看不出语气背后是怨怼还是平静。

现在他成了那些个她背后的丈夫。

他感到不甘心。妻如果一开始就告诉他，他是会理解的。应该会。或许会。不，多半不会。

忘了是大二还是大三的某一天，他从学校回到家。家里只有阿婆一个人，照例戴着毛线软帽，面色比平日暗淡。他问，外婆出去了？阿婆望着他，像是一时间没认出他是谁，片刻后才说，人老了真是会变的，我叫她不要吃那么多甜的，怕她血糖高，她说我克扣她，竟然这样讲！这么多年，我做什么不是为她好？

类似的口角从前让他觉得可笑,那天听着却句句戳心。吵架的对象不在,阿婆显得格外单薄和孤单。他在沙发坐下,安慰地握住阿婆的手,说,外婆脾气急躁,她心里肯定不是那样想的。她是不是出去散步了?等她回来就好了。

结果到日落时分,外婆仍未到家。阿婆做好了外婆喜爱的带皮蹄髈汤和炒菜,催他去找。他在家附近走了几个来回,终于在已经关门的邮局门口看到茫然伫立的她。

他走上前,喊了声"外婆"。她慢慢转动眼睛看他,说,是你啊。今天学校没课?

今天是周末。他提醒道。

外婆说,日子过糊涂喽。她从身上斜背的挎包里取出一个信封,塞给他。不用打开就知道里面是钱,数量不少。他轻微地吃了一惊,不明白外婆为什么要私下给自己零花钱。很快,他知道自己想错了。外婆说,你帮我买一只红外灯。她如果知道是我买的,又要讲,你买她就不会讲。

那个"她"指的是阿婆。关于红外灯的争执,他最近听过不止一次。两位老人尽管都是医院出身,对电视购物的医疗器械却有完全不同的见解。外婆相信电视宣传的一切。他和阿婆一样,觉得那都是鬼扯,还卖那么贵!当下也不好反驳,只说,我买回来也会被阿婆讲的呀。

外婆忽然怒了,用力把信封扯回去,冲他嚷道,你们一个个都向着她!没人帮我!

要等到阿婆离世，他才会把那天两位老人从甜食到红外灯的龃龉，归结为外婆的心病。阿婆在法律上有她的儿子和养女，还有前夫。外婆则是孤身一人。连去养老院都是她一个人下的决定，甚至没和小辈们商量就办了手续。外婆带去养老院的行李当中，有只造型如普通台灯的红外灯。他一直没问过，那究竟是外婆在某一次争执中占了上风买的，还是阿婆让步为其购入的。事后想来，关于红外灯的迷信，是她的脑部病症的早期表现。

很多事都是后来才懂的。他活到近四十岁，保持着后知后觉的迟钝。对妻，也是同样。

他不知道该把这事对谁讲。对大乔？不，太尴尬。对爸妈？即便是妈妈，外婆和阿婆的女儿，恐怕也不能心平气和地接受。而且他并不确定自己想表达什么。比起被背叛的愤怒，他更多的是惶然。既然你是这样的，为什么要和我在一起？为什么是我？为什么既然在一起了，你还是你？

不由得重新想起老同事关于妻和宋明明的形容。很要好的。很，要，好，的。四个字反复咀嚼，嚼出了不一样的意味。回到东京的他心思浮动，在工位上待不住，下楼到小公园一坐就是十几二十分钟。暑热渐重，他流汗而不自知，盯视手机。眼前，是他早已熟稔如另一个家的程序界面。他的世界缩到极小，世界之外，摇曳着密集的光与影。从前是外婆与阿婆，后来是宋明明，现在，是一个个陌生或熟悉的网名，一张张面孔。

"惘然"一直没有头像，他放了一张儿子年幼时最爱的龙猫。上小学后，儿子开始喜欢变形金刚和蜘蛛侠，他买了正版猫巴士玩偶带回去，很快被儿子扔到一边。他把年龄改成真实的三十九岁，点按加号，写起了日记。和从前聊天室的扮演不同，这一次，他选择做自己，除却性别。他说自己是个在东京近郊的程序员，加班狗的生活殊无乐趣，留在上海的儿子虽是小小的安慰，但真的离家太久了，"像是别人家的孩子"。他拍了小公园里的乌鸦、加班后的煎饺、上班路上和果子店门口的时令点心。他还写下初到日本时在售票式拉面馆的遭遇。那家店的机器设计不合理，投入纸币，亮灯的是浇头和饮料，面条的灯一个都不亮。机器提示，要先选择面的分量（普通、中、大），才能进入下一步购买环节。他傻站在机器前，店员热心地出声加以指导，他听不懂，以为对方说售罄，取了钱转身就走。

多年的沉默爆发成话痨，更新频繁的日记让他有了几个友邻，大多在日本。有个叫"和音"的在日记底下留言，一来二去，从版聊转入私聊。和音是北外毕业，赴日比他早，在一家贸易公司工作。公司在新宿区，她住在埼玉县。如果以上信息属实，她肯定不是宋明明。她的头像是戴宽檐帽的逆光侧影，只能看出下巴线条纤细。他怕对方问自己要照片，好在她从未提过。他在网上与人聊天的经验有限，却也能看出，跟那些对爱情饥渴的年轻人不同，和音只是找个说话的伴。谈话渐深，她坦言，大学时代有过一个女友，后来也和异性谈过恋爱，总觉得缺了什么。

和音推荐了一部法国电影给他，《阿黛尔的生活》。他下载了，看了十几分钟就关掉。法国姑娘荷尔蒙涌动的画面让他忍不住想到妻，心生郁闷。自己又在错误的场所扮演着错误的角色。最应该做的难道不是回上海和妻开诚布公地谈一次吗？

暑假如期而至。妻发来儿子穿短袖短裤在海边玩沙子的照片，朋友圈贴了海景和啤酒。妻从不在朋友圈晒娃，也不发她自己的照片。以前他认为那是名为谨慎的美德，现在看来，她简直是谨慎的化身。

他试图想象陪着妻儿的姓姚的女人，浮现的却是宋明明的形象。

多年前他出入聊天室时流行的美剧拍了续集，在第六季完结。他试着从第一季重看。宛如旧梦在眼前铺开。游泳教练蒂姆被未婚妻杰妮背叛，两人仓促举行婚礼，蒂姆在凌晨抛下新婚妻子开车回家。他以为这一次，自己会在那个男人身上找到共鸣。诡异的是，他的目光离不开杰妮出轨的对象玛莉娜，褐发棕眸高挑身材的咖啡馆女主人。她唇边常带一抹若有所思的笑，像他记忆中的某人。

剧集的第二季，文学女青年杰妮的精神状态愈发不安定，她身边延伸出越来越复杂的社会关系。他看着屏幕想，所以是回不去的对吗？一旦你走入女人们的世界。他终于恍悟，自己之所以无法代入那个倒霉的游泳教练，是因为从最初，他的目光就投向了妻以外的女人，一个他明知道只爱同性的女人。

他在社区写了篇剧评，《如果蒂姆爱上了玛莉娜》。其后几天，他收到数量惊人的回帖和点赞，回复当中有客气的反驳，也有上来就骂人的。来自陌生人的私聊消息闪个不停。他没见过这种阵势，再一看，原来那篇文章被推上了首页热门。他心想，妻说不定也看到了，而她不会知道是我。

和音发来私聊消息说，你的评论真是角度清奇。他说，我只是提供了一种思路，又没说一定是这样。那么多人骂我，也太狭隘了。

两人的话题转到其他。和音有种不切实际的想象，认为惘然和丈夫之间是有感情的。她就此旁敲侧击。他避重就轻地答道，我来日本九年了，其间在国内的时间加起来还不到一年，你说呢？

和音的疑问也是他的。妻对自己从一开始就只是应付吗？他认为不是。最早他喜欢的就是她的独立、现实和冷静，让他不用多想。他们和寻常夫妻没什么两样，孩子便是证明。不过，上一次床事是什么时候呢？至少上次探亲没做过。他开始意识到，自己在某种意义上也不正常。换了别人，发现妻手机里的秘密，就算不当面拆穿，也会试着做爱以证明什么。而他什么也没做。

他与和音的打字聊天渐渐频密，他对她的了解要比刚认识那会儿多。她有过三个女友，而不是一开始说的只有大学时代的初恋。初恋女友毕业后选择"过正常生活"，也就是结婚生子。第二个女友好像有性格方面的问题，没持续多久。第三个是她赴日后在网络聊天室认识的，巧的是，也是他因为宋明明出入聊天室的时期。那段感情持续了三年多，毕竟是异地，东京和广州，加上对方已婚，两人的关系犹如程序的死循环，兜来转去没个出口，熬到后来，和音先放弃了。

我现在的宗旨是不碰已婚的。和音有一次对他说。

她从未透露过年龄，他按她的工作年限计算，觉得和自己差不多大。她有晚酌的习惯，不挑酒，清酒烧酒气泡酒威士忌，从超市随便买一堆放在家里。得知他只喝啤酒，她说，等你过了四十就知道了，远离啤酒才能守住体重。

这话又让他疑心她比自己大不少。

一天夜里，她发来消息。

——你当初结婚是为什么呢，是因为家里的压力吗？

他猜她有几分醉意，思忖后输入答案：我家没催婚。

那时觉得是合适的人。

现在呢，觉得不再合适了？

现在我发现，从前只是错觉。

喜欢也只是一种错觉。

看到屏幕上的句子，他很想打个电话给和音。他没有她的手机号。在他的想象中，她有着宋明明感冒时的微哑嗓音。和音对他若有任何想象，都搭建在重重谎言之上。刚认识的时候，他说自己的日本手机是老式的，没有装LINE。按理她肯定有微信，但两人都没提，一直在软件的私聊界面打字。像是彼此默认，给出微信会暴露太多的个人信息。

他忍着不做回复。她在一个小时后发来一句"在忙？"，他说还在加班，她便道了晚安。

后来回想，那段时间的工作明显不上心。年底，他在工作邮箱看到一封解聘信。为公司服务九年，以一封模板邮件被遣散，在业界并非新鲜事，向人哭诉都不会得到同情。

副组长坂田是个顶着日本名字和国籍的西安人，热衷于各种八卦，和他平时关系不错。坂田肯定一早知道解聘的消息，半点没透风声。他绕开坂田，直接去质问组长大谷。太突然了，为什么是我？

大谷在会议桌对面双手交握。他第一次注意到此人手指上浓重的汗毛。长期在室内工作的大谷肤色苍白,汗毛愈发显得黑和长。

赵桑,这是公司的决定,不是我的。大谷像是为难地说。

他的脑海中短暂掠过第六 TOA 大楼的影子。前几天在综艺节目中看过。著名的自杀大楼。在新宿歌舞伎町。想想而已,他不至于真的因为失业加上婚姻失败就去死。人生太他妈的无奈,可还得过。

离职的消息传得很快。有人对他表示同情,有人显出混杂了庆幸的不安。和他比较要好的同事说,唉,回去也不是坏事,总好过两地分居,等我下次回国,一起吃火锅。该同事家在徐汇区,去年离了婚,原因不详。

工作签证还剩半年。他有一个月用来交接、收拾行李。他懂日语,接下来可以在日本投简历,或回上海找新工作。以他的资历,工作总是会有的。

只是他忽然对一切感到了深重的疲倦。他想回家。不是回那个有妻儿居住的两室一厅。买房的时候,他觉得一室一厅足够了,妻主张要一步到位。后来等上海房价飙升,妻的决断显得无比英明。她一向是对的。如果她知道他即将失业回国,会说什么?不难想象她将有的一系列反应,诸如骂日本公司没人性,安慰他,对他说慢慢来。他在脑海中擦掉妻的形象，铺设出搭建在院子里的砖房小屋，昔日他和外婆阿婆的家。跨过院子便是她们的客厅兼卧室，布沙发靠背上搭着蕾丝垫，茶几表面覆着透明塑料软垫，连电话机也有罩布。防尘织物经过多次清洗，旧而软，犹如时光本身。

辉啊。阿婆绵长的嗓音犹在耳际。

发出一个邀约只需要三十秒。他登录问和音，你今晚有空吗？我下午在新宿那边办事，要不要一起晚饭？

去新宿是借口。在两个人甚至尚未通过话的情形下提出见面吃饭，而且约当天，他知道自己有多冒失。更何况，他们之间积累的那一点近乎暧昧的情感，根本就建立在谎言的基础上。

看到手机上闪出一个"好"，他的心跳飙升。很久以前某个时候也有过这样的瞬间。和音作为新宿地主，很快发了餐馆的链接过来，是家烤串店。那边说，他家没法订位，我下班先去排位子好了。你大概几点到？

约了七点。她留了手机号，他也留了自己的。巨大的进步，但对他来说，通话意味着穿帮。他祈祷她别打电话过来。他在五点多离开公司，周围一群人忙得面无人色，看起来没人留意他，或是注意到了但知道他的情况。他仍怀着被炒掉的怨气，走路带风。

和音选的店在歌舞伎町。他在一年前来过，陪一个国内来旅游的前同事转悠。所见所闻给那位留下一定的文化震撼。当目睹约会咖啡馆门口排长队的年轻人，前同事问，他们在排什么吃的吗？他解释，这是专门约会的店，女性免单。一般都是两个两个来。两个男的两个女的，随机坐，跟相亲差不多。前同事显得难以置信地说，为什么？日本人不会上网认识人吗？他答，他们觉得这样更快捷。

今天那家店也在排队。他有些羡慕排队的人。至少他们不用怀着他此刻的恐惧。和音见到自己的第一反应会是什么？生气、怒骂，还是直接走开？他像即将溺亡的人一把拽住浮萍般约了和音，这会儿冲动过去了，开始后悔。

他边走边看手机。和音说，我到了，居然有位子。

店的入口隐蔽。他走过了又折回来，还好有地图定位。从长台阶下到地下，让他想起和宋明明一道去的酒吧。刚把木板移门推向一侧，烤串店的烟气和人声如同有重量般砸在脸上。U形吧台里站着两个男的，齐声说"欢迎光临"，声势远超人数。他定了定神，环顾吧台边的一圈食客，看到了她。

她的长发不像妻那样披下来，扎了个马尾。面前是烤串的碟子和装了透明液体的杯子，看着像烧酒加冰。她长得平常，让人转瞬即忘的长相，乍看像日本人。在日本待久了的人都有这种气质，他也同样。

他在她旁边的高脚凳坐下。她条件反射地用日语说"抱歉",马上要解释这里有人。他说:"你好,我是惘然。"

在网上叫和音的女人睁大了眼睛看他。他差点以为她会拿起杯子泼他一脸。她笑了。

"怪不得啊。我一直觉得有点奇怪来着。"

他局促地说:"可以听我解释吗?"

和音很有风度,并未当场走掉。他点了吃的喝的,她又追加了些。一整杯啤酒下肚,他才开始叙述。酒精缓解了紧张。他先为自己骗了和音致歉,说不是存心的。他讲了妻,说她是自己的前同事,精明持家,越剧迷。和音中间只插了一次话,在他说到发现妻用那个软件的时候。

"两个月前?我和你认识比那早。你不是因为在她手机看到才去注册的?"

一个名字如鲠在喉。宋明明。他惊异地发现,他仍然无法说起那个人。作为替代,他讲了外婆和阿婆,又说,其实我早些年就去过聊天室。

"惯犯啊。"她说。他听不出语气里是否有谴责。

她起身去洗手间。他盯着没吃完的烤串的盘子。一小份煮牛肠彻底凉了,表面凝着油脂。他太紧张,到现在只吃了几枚带壳毛豆。店里冷气很足,他的胃充斥着啤酒的冰冷。等了几分钟,她没回来。整间店是一览无余的格局,男女合用的厕所在尽头,门口垂着半截布帘。他朝那边望过去,一个男的从里面出来了。他惊慌地意识到,她也许走了。她的包呢?他低头看吧台底下,自己的电脑包塞在夹层里。旁边是个女式皮包。他松了口气。

她从入口回来,把一包薄荷烟扔在桌上。这是家少见的不禁烟的店,吧台上每隔一个位子摆着个塑料烟灰缸。他把烟灰缸推过去,虚弱地说:"我以为你走了。"

"我倒是想走来着。我人好。"她说着点上烟。

她身上有种东西让他触动。像外婆,像宋明明。基于一种清醒、嘲讽又无奈地面对世界的方式,她,或者说她们,显得既强大,又脆弱。那脆弱是他即便想要呵护也永远遥不可及的。她们呈现给他的总是强大的那一面。

"我刚想通了一件事。"她说,"你是蒂姆对吧,按你那篇怎么看都有点意淫的影评。所以,玛莉娜是谁?"

呼吸为之一滞。他慌乱地说:"不,不是这样的。我老婆就算真的有女朋友,我也没见过那个人。"

说出来的瞬间,他想,啊,是的,妻一定和别人在一起了。我只是一直不肯对自己承认。

他短暂地想起妻高潮时的模样。不同于影视剧里的女人们,她的声音轻微又压抑。她的全身逐渐放松下来的时候,会无意识地捏着他的臂膀。她和别人在一起也是这样吗?她又是怎么对她亲密的那个人谈论他这个丈夫?想哭却哭不出来,他又要了一杯啤酒。奇怪的是怎么喝也没有尿意，而且平时如果喝这么多，至少得有七分醉，此刻他清醒得要命。他想起跳楼圣地第六 TOA 大楼，离此地不远。他还想起被公司炒掉的当天夜里，他跟这个女人在网上聊了很久，他没说自己失业的事，就只是闲聊。

和音曾是他唯一的安慰。他知道，自己把最后这点安慰也耗尽了。等出了烤串店，她肯定会随手把他拉黑。对异性，她们有时相当无情。他在网上看太多了。

她像是并不相信他的解释，乏味地抽着烟。旁边两个日本男人在聊登山的话题。在别人眼里，他和她渐渐无话可说的氛围，说不定像正在谈分手的夫妻。

"那你到底想怎样呢？要和你太太谈一下吗？"

"我不知道。"他觉得自己像个被留堂的学生。

她熄掉剩半截的烟。"我换个问题，如果从头再来，你还会走到今天这一步吗？"

从头？从哪里算头？他瞥一眼和音的侧影，又茫然地看向吧台里的两个男人。一个在麻利地翻动烤串，另一个在点单的间隙喝了口啤酒。墙上的一枚枚木牌写着菜名，对从前的自己来说宛如天书，现在他认识每个词。自己已走得太远。他想起某个早上，在班车上，李娟问他为什么不住家里。那并非他对她最早的印象。第一次注意到李娟，是宋明明来公司报到的那天。距今十三年了，他从未有一刻忘记。

公司所在的大楼有二十四层，电梯只有六台。每天早上电梯门口排长队，错过一班就会迟到。公司在十四楼，他为了避免迟到被扣钱，经常爬楼。有一天又没排上电梯，他疲惫地拾级而上，在他的前方半层，有个鞋跟很响的女人。嗒嗒嗒。嗒嗒。他看不见她，只闻到混合了香水和食物油脂的浓烈气息。那气味让没吃早饭的他饥肠辘辘，还有些反胃。终于到了，他喘着气推开防火门，来到大厅，正好电梯门开，呼啦啦出来一群人。他等着那群人过去，看见一个长发披肩粉色毛衣的姑娘站在靠近公司玻璃门的位置，正和一个陌生高挑的短卷发姑娘说着话。前者个子不高，毛衣贴身，胸很漂亮。他认出来，是隔壁的人事李娟，平时坐那儿被资料挡住了，没想到身材不错。卷发姑娘套了件米色大衣，手上有个油纸包。他在经过时辨认出她的气味，属于女性和食物的两股味道混为一体，气势汹汹地袭向鼻端，卷起困惑。他忍不住开口道，什么东西这么香？她说，生煎馒头，我为了排队买这个差点迟到了。说着向他举了下纸包，一脸得意。他打了卡进去，正好听见她问李娟，你要不要吃一个？

尾随者

意识到时，公交车上只有我一个人。

不，准确说来并非如此。售票员和司机仍在车上。

属于过去时代的两节式公交车，车厢连接处是如同手风琴风箱的橡胶褶皱，每当车辆转弯，便像手风琴演奏时一般折成扇形，发出的只有嘎吱声，没有音乐。

司机在左前端的驾驶座，售票员在右侧的中门旁边，我坐在"风箱"背靠背的四只座位之一，背对司机，斜对着售票员。随着车辆行进，我身下的座位不时大幅度地摆动。售票员的座椅高出一截，头顶亮着灯，她像是舞台上的演员，又像是审讯台后的犯人。她挂在胸前用来收钱找零的帆布包很旧了，看着像是老一辈传下来的，背带两侧张着毛絮。制服白衬衫是新的，闪着白光。

售票员垂着眼，像睡着了，又像是死了。

我忽然有些紧张，这趟深夜的公交车会不会在接下来的站牌不停，摇晃着把我带向深夜不可测的某地？以及，我身后的驾驶座，果真坐着司机吗？会不会车上根本只剩下我和闭目合眼的女售票员？

一旦开始放任想象，车厢中部微暗的空间变得难以忍受。我感觉到脉动加快,口腔干涩,泛起咸味。

等我讲完公交车的梦,江云水没有立即做出回应。和以往一样,我坐在她的办公桌对面,视线一转便能看到对着窗户的书架上的相框。框内的照片上,比现在年轻、笑容也比现在放得开的江云水蹲在一个四五岁模样的男孩身边,揽着男孩的肩。

我问过她,男孩是不是她的儿子,她说不是。所以那是某个患者,还是什么亲戚?我知道她不回答涉及其他患者的问题,便放弃追问。

"你最近仍然感到自己被人跟踪吗?"江云水问了个和我的梦无关的问题。

"昨天还遇到过。我在罗森买东西,有个人隔着货架,盯着我看。"

"后来呢?"

"后来我就去结账了。出门的时候往那边看了一眼,已经没人了。"

"那个人是男的还是女的?"

"没注意。戴棒球帽,很瘦。好像男女都有可能。"我停顿一下,"你是不是一直觉得是我的幻觉?被害妄想。"

江云水温和地说:"我们第一次见面是在咖啡馆,当时你说斜后方桌子坐的人是跟踪狂——那张桌子没人。我并不是说你遇到的情况都是你臆想出来的，不过，也许有些时候是。"

"也许有些时候，确实有人在跟踪我。"

"李茗，那你觉得是什么人在跟踪你？你的公众号粉丝吗？"

她总是连名带姓地叫我，让我想起教过我的一些老师。尽管我离开学校有十八年了。

我说我当然没有头绪，继而问她，有没有看过我上一条推送，关于带孩子走一小段四国遍路。

推送的本质是某品牌儿童跑鞋的广告，拿了三万推广费。客户提出让松果穿他们的跑鞋出镜，被我拒绝了。我的公众号向来是随笔加插画，从不放照片。

我对他们表示，孩子出镜后患无穷。对方说不拍脸，我坚决不松口。

最后达成的协议是用两幅插画承载品牌方的热望。一幅是我和儿子松果手牵手的背影，我戴着遍路者标志性的斗笠。另一幅是松果盘腿坐在树下休息、我站在他旁边俯瞰的视角，画面呈现的是他有两个旋的圆脑袋，一片樱花瓣沾在发旋旁。画笔的好处是不用摆拍，场景天成。不，应该说，可根据实际需求生成。

江云水还没和我聊过松果，她有她的步调。算上今天是第三次见面，除了讲述被跟踪的事，我也提到失眠的问题，指望她给我开点特效药。她说她没有处方权，她是心理治疗师，不是精神科医生。收钱不办事，指的就是她这种吧。

我忍不住提醒她，昨天那条推送也是十万加的阅读。

"江老师，你不太了解粉丝这个群体的生态。有的人看看文章就算了；有的人爱打赏，用行动表示支持；还有人热衷于抢沙发留言，后台私信那更是聊什么的都有，好在主要由助理帮我回复；然后就是渴望在现实中和公众号作者交流的……"

我忽然说不下去了，嗓子像被猫爪挠过。我端起杯子喝水，太着急，差点呛到。江云水看我的眼神带着冷漠的好奇，像一只没学过抓老鼠的猫面对啮齿类。

直到咨询时间用完，她都没给出任何建设性的意见，只在告别时对我说，如果再做记忆鲜明的梦，请及时从微信写给她或者语音。

离开江云水位于建国西路的工作室兼住家，我沿着梧桐毛絮飞舞的马路走了一段，为了躲避毛絮的攻击，躲进一家咖啡馆买了杯牛奶咖啡。不大的咖啡馆室内整体呈白色，牛奶咖啡装在比 iPhone SE 更迷你的玻璃杯里，二十五元。我想起和某位咖啡培训师聊天时听来的，花式咖啡的成本占比最大的不是咖啡而是牛奶。十七年前我打工的那家台湾人开的红茶馆，一杯柠檬红茶也是这个价。如果仅以此作为观察样本，感觉近二十年来物价没什么变化。这当然是错觉，看看房价就知道了。我认为培训师说错了，咖啡的成本，不管是花式还是黑咖啡，最多的部分在房租。

江云水是否知道她的居所是本城最昂贵的地段之一呢？如果她有一天厌倦了心理医生的工作，只需要卖掉房子，就能在随便哪个二三线城市度过不为稻粱谋的后半生。

作为高中毕业后来到这个城市试图闯出一片天地的人，我自问混得不算差，错就错在没及时买房。对比房价，不管是以前的工资还是后来的自由职业收入，我的所得简直像个玩笑。从去年夏天起，靠公众号一个月有小十万进账，这才看见些微的曙光。

照这个节奏，明年就能凑够首付。

喝完咖啡，九号线转八号线，花了一个多小时，回到我在同济大学斜对面的家。来上海这么些年，生活区域从浦东到浦西的西南角，再移到东北角，近几年总在大学周边打转。

我喜欢大学。出于缺什么补什么的心理。十九岁离开老家，一路下来，换工作像翻书，也算是在社会各个层面摸爬滚打过。本质上我是个社恐的人，尽管为了生计不得不和各色人等打交道。大学在我眼里是最好的地方，远离外面的营营役役。草坪上、走道上、食堂里，年轻男女们在闲聊或辩论，有些在温书，有些专注于手机，并用耳机将自己与他人隔绝。他们即便在群体中也维持着个人的形态，尚未被打磨。

以前杰森嘲笑过我对校园的看法，说我把自身内面的幻想投射到大学，再从大学汲取虚假的安慰。

他还说，就像粉丝对偶像，只不过你的目标不是个人。

人类学专业的人，就喜欢给事物贴标签、做总结。我没有反驳他，是因为我崇拜他。

至少在当时。

从地铁出来不想回家，我直接进了校园。离晚饭还早，随便晃晃也不错。

地铁上看到的一幕附着在大脑皮层，不肯掉落。

高中生模样的女孩坐着玩手机，双肩包反背在胸前。有一年很热的韩国牌子，人造革质地缀满金属钉，假充朋克，实则浮华。旁边的女人像是女孩的母亲，握着指甲钳耐心地在女孩肩膀附近剪啊剪，帮她修掉包带上的线头。女孩全程头也不抬。

江云水在上次面谈时说，如果你愿意，我们聊一聊你的父母。

我拒绝道，我离家早，我是自己长成现在这样的，不要和我谈原生家庭那一套。

校门口的甬道上伫立着毛泽东像，永远昂扬的神气。

老家的高中也有这么一尊，做工和尺寸逊色许多。我从雕像台座旁走过，摸出从去江云水那里就设成免打扰的手机。能够三个小时不碰手机，连我自己都感到惊讶。但逃离带来的放松总是短暂，只要重新看一眼屏幕就够让人焦虑的。密密麻麻的未读消息和未接来电，红色的圆点和数字。我先点开某个甲方，合作过一次的玩具公司，那边说，想让他们的火车模型在我近期的推送"出镜"。当然，是以插画的形式。

我说，松果喜欢火车！不过家里没地方放轨道啊，我要想一想。

未接来电有助理小夏打来的，三次。我回拨过去，她却没接。现在的小姑娘都不太靠谱。小夏是朋友介绍的，据说家里有个假发厂，所谓的"富二代"。毕业后她不想回老家，对正经上班也没兴趣，就来了我这边，刚过了三个月的磨合期。小夏负责接洽广告，开发新客户。另一个打理微信后台的助理青岚已经做了一年多，她排版干净，留言和评论管理也比较仔细，要说有什么缺点，那就是对我太知根知底。

玩具厂商的营销在微信打了一长串的字。茗姐，您家里还会没空间吗，收拾收拾就出来了。我们会派人上门安装调试，不用您费神。

我尚未想好怎么回，电话进来了，是小夏。

"茗姐，有个新的广告，我们报价对方也认可了。"

"是什么？"

她整个音阶比平时高出一截，显得兴高采烈，我决定先不苛责她不问我一声就报价的冒失举动。

"冷榨果汁。是个进口牌子。他们以前只走五星级酒店和餐厅，现在打算铺生鲜电商，需要做推广。正好我们七八月的广告还没定。"

"果汁？都有些什么？松果对芒果过敏。"

"好几十种呢。对方说约在他们那里，先试喝一下。"

我的公众号没接过食品广告。以前找上门的若干家打着健康食品的幌子，感觉就是圈钱的乡镇企业。进口品牌听着稍微有点意思。我试图在脑海中勾勒喝果汁的松果，跳出来的却是另一幅图景。

郑枞枕在他妈妈郑沐如的腿上睡着了。遍路第三天，爬山加日晒，还要背包，让六岁的男孩很快没了第一天上蹿下跳的劲儿。

他脖子上系着一条印有小黄人图案的三角巾，乍看像一只只黄色瓢虫。怕他睡觉影响到呼吸，郑沐如用一只手小心地解开他颈部的活结，顺手用三角巾擦去孩子鬓角的微汗。她的动作和地铁上帮女儿剪线头的女人的动作重叠在一起，我仿佛瞥见郑沐如围着成年后的儿子打转的未来，心头瑟缩起一阵像喜悦又像惆怅的抽搐。

回到家，我叫了西北菜的外卖，在电脑上浏览公众号留言。后台的私信如果太多天没看会被清空，上个月我在四国期间，助理青岚把她判断为重要的私信做了星标，便于我过后浏览。手机端有小程序，不过我还是习惯用电脑。和私信不同，留言没有时间限制，像不合季节的落叶，越积越多。有的留言长达数百字，简直把我当知心姐姐倾诉个人烦恼。有的是广告。也有的纯粹出于自我显示欲。眼熟的 ID 和新读者混作一堆。扫这些落叶的时候，我每每怀念尚未拿到第一个十万加的草创期，那时留言的人显得纯粹得多。

不过这年头又有谁真的纯粹呢。

两年前的夏天，我突然提出辞职，总监说，你找好下家了？我说没有，他显然不信，没再追问。我没撒谎。那时郑沐如病了，郑枞无人照料。郑沐如的妈妈邵女士正在谈一场新的恋爱，顾不上女儿和她一直嫌弃的拖油瓶外孙。我见过她数落郑沐如。把你养这么大，小时候还蛮像我的，怎么越长越像你爸，一脑子糨糊！离婚没问题，哪有空手拖着个小人回来的？在日本几年啥也没捞着，我讲出去人家都不信！

住院期间的郑沐如显得比平时憔悴，和邵女士多了几分相像。说不定，等她变成老阿姨，会像她母亲一样周旋于舞场，跟各式各样的半老头子打情骂俏。都说三岁看到老，虽然见过少女时期的她、二十来岁的她，乃至如今三十出头恢复单身带娃的她，我还是得说，郑沐如的走向谁也预料不到。

留言看了没几页，门铃响了。我拿了外卖，把调味汁拌进凉皮，在工作桌兼餐桌上铺了报纸，边吃边继续看。

一条留言吸引了我的注意。

——真巧，我有个朋友和你一样是单亲妈妈，最近也带她儿子走了一段四国遍路。可惜她不像你这样会表达。

这是粉还是黑？我停止咀嚼，盯着屏幕看了几秒钟，最后决定不予理会。对于那些有点价值的留言，我会宽宏大量地将其"上墙"，显示为可见。其中有部分能得到我的回复。有时候这项工作交给青岚，不过总体来说我更愿意亲力亲为，处理留言是最亲密的与粉丝互动的行为之一，值得花时间。

吃完凉皮，留言也处理得差不多了。我拿起手机给郑沐如发微信：周末做什么？

前年年底，出院后仅休整了一个月，郑沐如又恢复了自由职业日文译者的作息。她的上一份工作是家庭主妇，再往前是空姐。我一直觉得她不像是那种能静下心做一件事的类型，所以说一个人对另一个人的了解或者说自以为了解，总是有限。为了养活自己并抚养郑枞，她开始做从未做过的商业翻译。为的是时间相对自由，且大部分是笔译,可以在家干活。郑沐如像上班的人一样周休两天。周一至五,除了接送郑枞和简单打理家务,她都在电脑前。她讨厌打扫,请了钟点工,此外自己做一日三餐。有些小孩在母亲做饭时会像个树袋熊般黏人,六岁的郑枞在这方面显出惊人的独立。给他一盒彩铅几张白纸,他就能自己乖乖待着。

遍路途中,我对他说,枞枞,你要是走不动,你妈和我都抱不动你。

他像个大人般说,干妈,我比我妈能走多了。

三年前刚认识的时候,他还是个为上幼儿园哭一整天的小不点。T恤底下的肚子鼓得像假的,大头大眼。让他喊我干妈,便直愣愣地盯着我看。

当时郑沐如甚至以为儿子有自闭症。当妈的总是愁这愁那,平白生出不切实际的忧虑。

郑沐如回微信说,周六下午小家伙踢足球,你来看吗?
我当然说好。

和郑沐如重逢是因为一场和日本艺术家合作的展览,我们公司负责媒体发布。请口译这类琐碎的工作照例是助理们的事,发布会开始前半个小时,负责口译的郑沐如过来和我打招呼。

十年不见,她的变化惊人的小。仍然是笑起来弯弯的月牙眼，长发变成了刚过耳的短发。我印象中她有颗虎牙，如今一口牙平整极了，让我疑心是自己的记忆失误。她应该也过三十岁了，面貌仍有几分学生气。

我在装作第一次见面和相认之间踌躇片刻，选了后者。我说，你是……杰森的？

她眨了几下眼，像在困惑此时此地为什么会冒出她想必早已抛在脑后的前尘往事。离开上上份工作后，我听说杰森的小女友当了国际航线的空姐，并很快找了张国际饭票，杰森为此颇为失落。把这番八卦传给我的人，意在表达，你看，他舍你取了个在校学生，没想到雏鸟养不熟就飞走了。

我当时是怎么回应的？总之面上一定不曾显现内心的旋涡。

不是失恋导致的失意那么简单。隔了十年，我也只能推测，那个时候，如同抑郁症的状况像野火般烧遍我的全身。失眠、心悸、无故流泪、渴望自行了断，每一个夜晚都是危机重重的跋涉。

而当年那场危机的导火索就站在我的面前，带着不自知的茫然、少许惊异。"您认识杰森？好多年没听过这个名字了。"

"我以前是他的下属。"

助理过来和我确认流程，谈话就此被打断。日方艺术家发言的间隙，郑沐如将他的话翻译成中文。我不懂日语，不过也算是见过一打以上的译者，足以判断她很不错。

时隔多年，我还是为杰森默哀了一把。你以为的今生至爱，听到你的名字时，眉头上扬的幅度不到几毫米。

活动结束，日方艺术家和美术馆的人去聚餐，我们的团队继续做琐碎的善后，和媒体寒暄，让速记回去发文件，查看刚拍的现场照。隔着喧嚣，我寻找那个高挑的身影，她似乎走了。会餐另有日方的熟人担任翻译。正打算找助理问她的联系方式，我又看到了她，蹲在角落的椅子旁，椅子上坐着个小男孩。组里的小余站在他们旁边。

我几乎是第一时间想道，哦，那是她儿子。难道她的日本丈夫也来了？小余不干活跑那里做什么？

回过神时，我已经走到他们旁边。小余正在逗一脸不开心的孩子，说，妈妈来了呀，把脸擦干净。

男孩有张鼓鼓的脸，五官看不出他母亲的影子，脸上泪痕分明。

我说："小朋友多大了？"

郑沐如和小余像是这才注意到我的出现，前者略带窘迫地起身说："三岁。家里没人，我就把他带来了。前面还麻烦小余照看。真不好意思。"

我学郑沐如刚才那样蹲下，对男孩说："三岁是大孩子了，妈妈不在跟前就哭，可不像个男子汉。来，阿姨带你吃冰激凌，好不好？"

男孩迅速地瞟了郑沐如一眼。我发现我对三岁孩子缺乏认知，那完全是个大人的眼神，包含了言和、征询和渴求。我觉得在男孩身上看到了杰森的影子，但这当然不可能。

和郑沐如重逢后两周多，我通过各种渠道摸清了她的近况。她离婚了，回到上海定居，现在是自由译者。据说她家没有长辈帮带孩子。我和她很快熟起来。没理由不熟。我给她介绍口译的工作，给郑枞买玩具，带他们在城里适合孩子出入的餐厅吃饭。如果我是个男的，旁观者铁定以为我在追求郑沐如，女人做出种种示好的举动，只会被判断为友情。

星期六，我没能和郑沐如母子一起吃午饭。昨晚发完推送又看各种公众号，熬夜到太晚。

我在路上买了个面包，匆匆赶往郑沐如从微信发来的定位地址。郑枞要到今年九月念一年级。他人小主意大，此前主动要求学绘画、小提琴和围棋，每样都是几天就厌弃了，最近说要踢球，于是做母亲的又开始新一轮陪学。

我更喜爱幼儿园小班的郑枞，安静得让人担心他有自闭倾向，看不到妈妈就开始生闷气，有时还会流眼泪，但绝不发脾气胡闹。那时他对郑沐如的无条件依赖，看得让人心头一软。

四天的遍路加后面两天的温泉吃喝之旅,我抵达一个结论,这个干儿子将来也就是个小白眼狼,总有一天会抛下妈妈过他的多彩人生。小小年纪,他就经常甜言蜜语地哄我。干妈,你最好了。小崽子一说这话,后面必然是要这要那。

松果也有同样的臭毛病。我昨晚发的推送是《有时想把孩子塞回去》,今早一看,阅读量两万多,不好不坏。留言倒是异常踊跃,足有近千条。看来我在文章中历数松果从小到大的诸般变化,并感慨说"孩子还是在肚子里最乖巧",得到了一众妈妈的真心认同。

小夏有几次说,茗姐,改天带松果一起出来玩吧。青岚就不会犯这种无知者无畏的错误。主要是早期我没留心眼,她在我流感发烧时来过我家。造成的直接结果是我现在对这个小助理多少有些忌惮,不敢轻易炒了她。

松果并不具有三次元的存在,他只是我在公众号虚构的孩子。是虚构,不是欺骗。我的公众号名字就已经够有诚意了不是?"我不是辣妈"。

辞职帮郑沐如带娃,是一时的意气用事。那时我以为她要挂了。谁能想到,她切除癌变的乳房,然后好端端地到了今天?待她出院,我从她家搬回自己家,每天往返于两边,觉得自己像个全职不住家保姆。每到夜晚,在自己的家里，我莫名地有些想念郑枞——当然并不想念给他生命的那个女人——完全是为了排遣突如其来的空虚，我注册了公众号，开始以单亲妈妈的口吻，写一个叫松果的孩子，配了些随手画着玩的插画。

谁能想到，由自娱开始的公众号不到半年就火了呢。不得不感慨命运的嘲讽。

当然，郑沐如母子作为观察样本，也对公众号起了不小的作用。他们让我看到我以前不知道的世界。举例来说，郑沐如在餐桌上提醒吃东西狼吞虎咽的郑枞，擦一下嘴巴，如果孩子听见了却不动，她便不再催，也不动手帮忙。这样的情况不是一次两次。有一回我实在看不下去，伸手拿纸巾帮郑枞清理干净。接着，我在郑枞的眼里辨认出一抹得意。那表情太过迅速和微弱，我差点以为是自己的错觉。心中闪念，这真是个孩子吗？他的得意是因为得到了大人的关注，还是由于他执意不清洁自己熬到了胜利？

郑沐如在旁边淡淡地说，你这样惯他，他只会得意。

当妈的如此一针见血，让我愈发惊愕。难道母子关系其实是一种无形的角力，需要战术才能制胜？

我把这些观察与困惑也写进了我的公众号——当然是以第一人称的叙述方式。

好像就是从那篇《多吃了几十年盐，难道我还斗不过我生的娃》开始，公众号拥有了一大批死心塌地的拥趸。

留言们纷纷表示，辣老师你的总结真精辟，养孩子光靠爱可搞不定，得提升到战略的高度。

给公众号取名为"我不是辣妈"的时候，我万万想不到自己会被称作"辣老师""辣姐"，听起来像包辣条。

外行人多半以为，公众号一旦做成爆款，就立即变身印钞机。该说有这种想法的人"缺乏想象力"还是"想象力泛滥"呢？不切实际的想象来自现实经验的贫瘠，就像如今从造型到台词均浮夸不堪的都市偶像剧，稍有职场经验的人很难忍受超过五分钟。

我为了公众号付出的时间和精力，无异于独立导演制作电影，需要方方面面收集信息、考证、多角度比较、事后验证，还要多看同行们的成果。

亲子类公众号成千上万，我这个号能脱颖而出，靠的是人设、插画和文字风格。看似随意的唠叨，偶尔呈现单亲妈妈的疲惫和怨气，更多的时候怀着天然的斗志，借此"治愈"广大的读者。

能有巨大的阅读量，一次是偶然加运气，多次就得靠精心计算。

我也随时注意其他亲子号的推送，尽量不落俗套。世风衰颓，每天都能看到某某公众号抄了谁，有时候还是名气大的抄袭订阅量平平的，被抄的自然不甘心自己的脑力成果被人拿去变现，于是从公众号到微博到知乎豆瓣，招得漫天飞灰，简直和这季节的梧桐毛絮有一拼。

我有时觉得自己就像剑客独孤求败，独行在新媒体时代的浮华与硝烟中。

当然是我残存的文艺心导致的无意义错觉。

抵达球场的时候，训练已经开始了一会儿。说是球场，不过是借用了中学操场的一角。人造草坪的外沿是铺着红色胶粒的跑道，四月下午的太阳底下，慢跑者三三两两地跑过，有人戴着耳塞心无旁骛，有人不断瞥向扎堆踢球的孩子们。

我先在十几个男孩当中找到郑枞，再走近郑沐如。她站得比其他家长远，不注意就会以为她只是停下来看热闹的。

"忙完了？"她问我。

我拧开矿泉水瓶盖，咬一口面包。"忙不完。最近真是累成狗。"

"文字工作者就是这样。"她笑笑说，"我也算半个文字工作者。"

郑沐如只知道我在帮某个公众号撰文，从未问过我具体是什么。在我的身边，即便不是唯一，她也算是十分少有的、不用朋友圈的人。某种意义上，她是个缺乏好奇心的人。自从我们成为朋友，她一次也没有问及杰森的现状。

我理解为,她只关注儿子,前任过得如何,尤其是被她抛弃的前任,进入不了她的"想要知道"清单。与此形成对比的是她对育儿知识的收集癖,我通常不用自己买书,想看什么儿童心理学和教育的书,上她那里借就行。我有很好的理由借书,因为"赚稿费的公众号"与此有关。也曾试探着问她有没有订阅什么公众号,她说不爱看手机,整天对着电脑已经够累了。

我应该为郑沐如的老派生活方式感谢上天。

郑枞的个头比场上其他孩子小,跑得慢一截。看不出他是在追球还是在追人,不过显然挺投入,喘息出汗,小脸通红。

我问过郑沐如,为什么没留在日本。她说单亲家庭又是个中国妈妈,怕孩子在学校被欺负。

我猜另一层理由是,同样的赡养费,在中国能过得相对宽裕。不过没就此问过她。

我们一度非常亲近。她住院期间,我觉得自己像她的姐妹或母亲。接送郑枞,陪他吃饭哄他睡觉。中间趁他在幼儿园的空当煲汤送给郑沐如。她在病床上变白变薄,越来越像一张纸。我在想,我知道她也在想,万一复查的结果不好,郑枞怎么办。如果是无聊的都市剧,这时该有托孤的对话。当然没有。我们不过是新近变熟的朋友,她也不知道我辞职的理由,我给她的说法是,我厌倦了忙碌,想有个间隔年,正好有空就照顾你们一下。我猜她和在日本的前夫有过事务性的联络,毕竟比起孩子的外婆,那个已再婚的男人更靠谱些。有时她就像日本人一样,小心地封存起重大的情绪和决定。

当她出院,郑枞喜不自胜。我才发现孩子是养不熟的,是谁的就是谁的。

距离那时差不多两年过去了,郑枞身上有可见的变化,从个头到语汇到性格。我的另一个发现是,小孩不像我们以为的那么单纯,他有小心机,会看大人脸色,懂得什么时候撒娇比较有用,偶尔也会忘形地玩成一个收不住的疯子。我们大人和孩子的差距在于,我们不再有那种忘形的时刻。

消灭掉简陋的午饭,我对郑沐如说,有个朋友的公司做火车模型,那种很高级的带轨道和实景的,回头也许能搞一套给郑枞。

她惊笑。"太夸张了,你会惯坏他的。"

听着并非拒绝。我心中有数。我会和玩具厂商进一步谈,说自己家放不下,麻烦送闺蜜家,这样松果也有得玩。

如果说接受别人的好意并将其当作理所当然,是一种可以养成的习惯,郑沐如的淡然处之并非我起的头。她念大学的时候,杰森就送过笔记本电脑名贵丝巾以及钻石耳环。杰森说,用名牌包是老女人的恶习,年轻女孩子不需要。

说这话的他俨然忘了半年前送过我一只LV，我讨厌那个带夸张标志的设计，只用了一两回。而我和郑沐如不过差两岁。

我当时是杰森所在的PR公司的设计助理，一个月四千的工资，那是在北京奥运会前六年，月薪四千不算太低。

只是，手上拐个LV仍然像假的。

郑枞的训练结束，他跑过来让妈妈给他擦汗，边嚷口渴，边喊我"干妈"。

"干妈，我们待会儿去吃蛋糕。"

我说好，摸摸他蒸气腾腾的脑袋。剃得极短的头发在掌心唤起一点痒意。我忍不住把他拉过来比画一下。"怎么感觉几天不见，又长高了。"

"没有。昨天才量过。"郑沐如说。

"说起来，你原先还怕他不会走路。现在都和大好几岁的孩子一起踢球了。"我笑道。

郑枞很早就开口讲话，口齿清晰，不带含糊的娃娃音。语言和身体总是此消彼长，他两岁多了不会走路，只会爬。倒是爬得飞快。

那年在会场见到郑沐如母子时，郑枞三岁，终于学会了走路。他小时候的事，我是听他妈妈讲的。此刻，或许是在心里回顾了爬行期的儿子，郑沐如嘴角带笑说："总算从恐龙进化成灵长类了。"

我暗自感谢她,随口一说,就给了我一个绝佳的推送标题。

恐怕对任何一个公众号的创作者而言,十万加都像高纯度的毒品,一旦尝试过,便很难忘怀那种嗨感。

虽然最热的传播周期也就一两周。

我们写下的是方生即死的文字,真实经历加上提纯的高光、各种风格的滤镜,再撒上大把人类情感的添加剂。鸡汤成为流行的同时,所谓的"真实故事"是另一种流行。俗语说"干了这碗有毒的鸡汤",大众未必不知道他们在消费什么。手指点击和眼球扫视化作即时的数字,折算成金钱。货币早已数字化,成为手机里一行行记录。

有时候,细想这份营生,我觉得自己贩卖的和收入的都是空无。

我和郑沐如母子去了咖啡馆。在店里,还发生了一件小事。

郑枞几口就吃完一份提拉米苏,嘴边沾着一道道痕迹,郑沐如说,擦擦嘴。

玩得尽兴的郑枞比平时乖巧。他抓起纸巾胡乱抹了几下嘴巴,腮帮子上仍有可可粉的痕迹。

我忍住了伸手的冲动。

这时我看到,在他的身后,落地门上方的玻璃窗上,一只黑色凤尾蝶一次次撞在玻璃的表面，上演着不成功的越狱。

门开着。蝴蝶只要往下几厘米就能飞出去，但它不具备那样的视野和智慧。

郑沐如也看见了挣扎的蝴蝶。她没有喊儿子看，侧脸上不具备表情。我陪她带娃的时候，她经常处于放空的状态。我有时很想问她，没有和杰森在一起，你后悔过吗？我知道，她不是爱叙旧的人，除了第一次见面时由我提起过杰森的名字，她的表现就如同那仅是个过去的熟人，而不是买好了婚房却被她抛弃的旧男友。

新推送名为《我的恐龙男孩》，照例在深夜发出。我在第二天中午起床，看到免打扰模式的手机上有一串未接来电。郑沐如。两个助理。我妈。玩具厂商。助理们各打了不止一次。我刚把免打扰关掉，又有电话进来。仍是我妈。

以为她有什么要紧的事，结果她只是问我五一回不回家。快两年了，妈至今不知道我辞职的事，以为我还在PR公司。我说，我们不一定放假，要帮客户做活动。她便开始讲她的那一套，大意是，工资再高，也不要把自己卖给公司。终身大事还是要放在心上……

听到一半，我连上蓝牙耳机去刷牙，总有些心神不宁，含着牙刷回来开电脑。登录公众号需要扫码，我按指纹打开手机界面，点开微信，尚未来得及调动扫码框，一眼看到密密麻麻的未读消息，脑袋开始发晕。自从把公众号当职业，微信俨然成了绑在身上的魔咒。人人都在屏幕那头畅所欲言，发出商业邀约，讨价还价，赞扬或诋毁，更有一堆被拉进去却又碍于情面不好退出的群——大部分被我设成免提醒，任凭它几百上千条未读不断增加。

有时候会怀念我还在梅姐的红茶坊做服务生的日子。那时对未来最大的奢望不过是靠画画的技能找份坐办公室的工作，而现实中的小小奢侈，是在红茶坊对面的柴爿馄饨摊吃碗加了大量鲜辣粉的小馄饨。

有一次在郑沐如跟前说漏了嘴。我感慨道，现在外面的馄饨没吃头，多年前兰生电影院门口的馄饨摊才叫美味。她惊讶道，你不是大学毕业才来上海的吗？好像那时候已经开始市容整治，没有馄饨摊了。我说，嗯，早年跟同学来玩吃过一次，印象很深。

郑沐如毫无疑心地说，是的是的，那家真的好吃，小砂锅煮的，又浓又鲜。我有个同学就住在那附近，以前经常一道去。

和她一起吃馄饨的并不是什么同学。我当然不至于拆穿她。

我深吸一口气，凝视手机屏幕。最上面的三条新消息分别来自一个群和两个商业公众号。什么时候我的号也能脱离个人公众号的领域，像这样单独有一个未读提示就好了。看来注册公司的事要加紧。再往下是青岚和小夏，都有三十多条。然后是大批订阅号的主入口。往下是郑沐如。她不仅打过电话，还给我发了十九条微信。不用点开也能看到最新一条，发送于凌晨四点，只有四个字：

为你悲哀

我睡一觉的时间里，这个世界都发生了什么？

妈还在电话那头絮叨，我强忍着心悸说了句"我在忙"，仓促挂断。进入和郑沐如的微信对话，满屏的文字让我一阵目眩。如果说最后一条秉持了她平时微信的简短风格，那么前面的十八条留言都是破纪录的长。每条留言超过一整个屏幕。白底黑字构成情感的旋涡。愤怒的，毫不留情的，字字戳心的。

我看着手机发呆。我应该能看懂她的每句话，奇怪的是，文字在这一刻变成我全然陌生的某种东西。一个个字像整齐的队列，操练着我看不懂的游行。

电话响了，铃声刺耳。我哆嗦了一下。平时都设成振动的电话怎么会响？哦，对，我还戴着耳麦。电话来自小夏。

接起来，小夏在那头说："茗姐，你看到我发给你的微博链接了吗？"

我茫然地说："什么微博？"

说话间，我点开小夏的微信。她发了一连串的语音，中间有个微博链接。因为是转帖，内容只显示一半。"我的朋友被人抄了，只见过抄文抄梗抄设定的，还有这种……"

我的呼吸一滞，心跳如鼓。脑海中一个个僵死变硬的螺栓像是被上了油，重新松活。与此同时，刚读过的郑沐如的句子化作一把把尖刀，扎进头脑的深处。

——你剽窃我的生活放在网上。三年来我把你当作朋友。我没想到你是这样的人。

在网上爆料的人，我不认识。应该是昨天踢球的十来个孩子当中一个的妈妈，也就是前几天在微信后台留言，说她有朋友带娃走了四国遍路和我很像的那个读者。

千里之堤溃于蚁穴，正是我的写照。只见这位所谓郑沐如的朋友、一个粉丝量不过三百的微博账号，在微博上发的爆料帖有了超过两千的转发量。不用去看，我的公众号后台一定炸了。留言和私信想必攀升到从未有过的高峰。昨天那条在我入睡时也就是发布两小时后刚过一万阅读量的《我的恐龙男孩》，此刻一定被推上了十万加，尽管这一次，人们看我的文章和插画的视线，将混合了猎奇与评判的目光。

我昨晚实在太过大意，画画时直接用了手机相册里郑枞踢球时的打扮。绿T恤，黑色及膝裤。微博的正义使者说，我朋友小孩的这件T恤绝无二件，请问"松果"怎么会穿了一样的？

遍路期间我给郑枞买了件橙色T恤，背后有个绿色的河童，很抢眼。当时他说，下次干妈画一件给我吧，那样就是别人都没有的。那么小的孩子怎么会有"独一无二"的概念，我和郑沐如对此有过讨论。我说，我小时候可没郑枞这么精怪，顶多是别人有什么我想有个一样的。

后来也是偶然，去一个朋友的工作坊，发现他们的丝网印刷设备可以印T恤，我就给郑枞画了一件。墨绿的底色上，用白色线条画了无头鬼。它在玩抓娃娃机，思想泡泡表示，它想要一只笑脸的头。娃娃机里全是凶恶的丑陋的和悲伤的头，无头鬼没有头，自然也就看不到。

郑沐如对这件T恤的评语是，也只有我们家郑枞会喜欢。

郑枞对满大街的机器猫可妮兔米老鼠之类的大众卡通形象毫无兴趣。他喜欢妖怪。我给他买过水木茂的画集。郑沐如说，可能是怀着郑枞的时候读过京极夏彦的小说的缘故，尽管她并不特别中意那些与其说是讲妖怪不如说是描摹人心黑暗的故事。

毕竟是自己的设计，展示欲隐隐蠢动。在《我的恐龙男孩》中,我让飞奔踢球的男孩穿着那件绘有诡异抓娃娃机的绿T恤。我不厌其烦地精勾细画了T恤的图案,并悄悄盘算,要是有超过五十个读者表示喜欢那件衣服,我就干脆去定制一批作为公众号的周边,也是时候开始做自己的产品了……

没想到,那幅画的效果,就好像贼洗劫了银行却忍不住在墙上留下亲笔签名。

浏览微博的同时,我意识涣散地听见自己和小夏交代了什么。不要回应。我说。按理应该再叮嘱青岚一遍,但我已无心力。关掉微博,我放弃了登录公众号,继而关掉手机,换了身衣服出门。在地铁车厢里,我终于回过神,自己在去郑家的方向。去了又能怎样呢?我苦笑着在下一站走出去。是个陌生的站,位于地下好几层,出站的自动扶梯长得让人厌倦。我站在扶梯右侧,心神恍惚。要说我从未想象过这一刻的到来,那未免太过乐观和天真。我只是没想到,当现实中披挂的假面被他人用力撕开,感觉就像血肉相连的皮肤被扯下来一般。假面之下,血淋淋的创痛里——

并不存在我以为应该存在的,我的,真实的面孔。

扶梯尚未到头。我忽然心有所感,扭头看去。一个穿连帽衫戴棒球帽和耳机的男人在我身后几级,低着头。从我的角度看不到他的脸。我是不是在哪里见过这个人?某次在便利店隔着货架,是不是同一件藏青色缺乏特征的连帽衫?我有些慌乱,往上走了两步。

有时候,陌生人对我们来说不存在。快递员、送餐员、餐厅的服务生、地铁站台的治安协调员、街上的交通协管。我们听见他们的话语、看见他们的面孔,可是谁会记得其中任何一个?

从前,我也曾经是郑沐如的陌生人。

那年我十九岁。高三毕业,没考上设计专业,家里不肯出钱给我复读,说不如直接托人找工作。同乡有人在上海的美发店,我跟着来了,做了一个多月就受不了给人洗头并趁机推销产品的尴尬套路,想辞工又不敢,休息日在街上闲走。附近一家红茶坊贴着招工启事,店里的灯光调得暗暗的,走进去,像进了一处洞穴。视野内最亮的是吧台和两张玻璃桌面下装着射灯的桌子,那是某种柜台,陈列着带繁复蕾丝的女式内衣,白色、米色、藕色,闪着无辜又暧昧的光泽。吧台里有个半老女人,很瘦,让人想起童话中的巫婆。我心里嘀咕,不会是奇怪的店吧。我对女人说,我在找工作,得知她就是老板,来自台湾。她自称梅姐。

梅姐收留了我,连同我不知天高地厚的青春迷茫。我学会了点单、切果盘、洗杯盘、打扫店堂和厕所。我也终于知道，柜台里的内衣不是商品，是梅姐收藏的设计品。梅姐没教我做泡沫红茶。她说，学这个做什么，你不是爱画画吗，你将来会有别的事做。我以为她是对我留了一手。有一天，她指着一桌客人说，喏，那个男的是我们台湾有名的平面设计师，在4A做总监。回头介绍你和他认识，请他多指点吧。

男人半谢顶，鹰钩鼻。他对面的女孩看起来比我更小，笑起来便露出尖尖的虎牙。那是我第一次看见郑沐如，尚不知晓她的名字。现在回想，她那时应该是十七岁。

念高中的她每周有两到三个晚上在梅姐的红茶坊和男人约会，自以为隐秘。如果在日本，人们会用"援助交际"形容他们之间的关系。我不知道郑沐如自己如何界定她青春期的过往，毕竟我们从未谈起。我也不知道她和男人的交往是否仅限于喝茶看电影。从肢体语言看，他们相当亲密。有时男人在出门时揽着她的腰。

有一次，我趁梅姐不在，让另一个服务生看店，自己溜到对面兰生看夜场电影。在当时，那是我贫乏的生活中唯一的慰藉。我住在带我来上海的同乡和别人合租的房子里，和她共用一间，睡一张起床后必须收起来的折叠床。红茶坊的夜班到凌晨两点，坐夜宵线回浦西，到家三点多，进屋得放轻手脚，不然就会在第二天早上被同屋泄愤般用各种动静吵醒。上大学的想法显得遥远，越来越像是一种奢侈。我一个月挣八百元。在一九九九年，不算太坏。如果说我有不满，那么不光是对寄人篱下的现在，也是对看不分明的将来。

兰生门口的小馄饨一块五一份。看完电影出来，我感到饿，坐下要了馄饨。油腻的折叠桌边已有好几个客人，一转头，我发现旁边的人是她。和老男人约会的虎牙女孩。她今天也有同伴，是个年轻男人。他俩一边吃馄饨，一边聊刚才的电影。如果我仅仅是个陌生人，那么映在我眼里的她该是无比单纯和快乐的学生吧。

馄饨装在滚热的搪瓷砂锅里，辣油加多了，我吃着吃着就开始吸鼻涕。没带纸巾，有些狼狈。这时，一张纸巾被递到跟前。

抬头望去，她冲我笑笑。我感到窘迫。她显然并未认出我。

我想，下次她再来红茶馆，我要说声"谢谢那天的纸巾"。很想看一下坐在台湾设计师对面的她听到这句话的表情。会不会也有一丝丝的窘迫？

那个台湾男人有一个多月没来，他重新进店的时候，看起来比过去老了一些。他照例点了泡沫柠檬红茶。我把饮料送过去的时候问他，你的女朋友怎么没来啊？

他说，什么女朋友？

就一直和你一起来的，长头发的女孩。

他有些尴尬地笑起来说，她那么年轻，怎么会是我的女朋友？

我没有立即走开，站在桌边。他这才把视线投向我。接着，像是第一次在幽暗的店内看清了我的脸，他的视线停留了十几秒。

我说，我做你女朋友好不好？

人生如同连续的赌局，我第一次扔出的筹码，得到了所谓"新手的运气"。他是个有风度的男人。在我成为他的情人的那几年里，他教会了我很多，从为人处世，到用电脑做设计。

就我记忆所及，他从来没有抱怨过郑沐如——从他口中，我才知道了她的名字，尽管他为郑沐如那个不靠谱的妈妈还了一笔债，数额不菲。他一向喜欢不到二十岁的年轻女孩，后来我们分手，也与之有关。

就在分手前几个月，他帮二十二岁的我找了PR公司的工作，那家公司的老板和他很熟，人事甚至没问我要文凭复印件，就相信了我写在表格里的谎话。我后来懂了，这份工作算是分手红包。我很快适应了新环境，并开始和上司杰森谈恋爱。杰森是老板特意从香港挖过来的，比我更晚来到这个城市。不得不说，和自己年纪相近的人交往，毕竟愉快得多。

至今我仍然无法确定，杰森提出分手，是不是因为郑沐如。我们分手后两个月，我第一次见到来公司找杰森的她。应该说，是重新见到她。她不记得见过我，也是理所当然。

我的心理治疗师江云水说，既然你不肯把你的经历从头对我讲一遍，我很难帮到你。你心事太多。你的问题应该不是来自外界，而是来自你自身。

我也去过教堂，试图通过参加周日的弥撒恢复我日渐被蚕食的睡眠。不吃药根本睡不着。吃药睡着了，也无法避免噩梦。讲给江云水的公交车噩梦，是所有梦境当中最温和的一个。更多的时候，我梦见我是尾随者。

在梦里，我走在她的身后。时间永远是黄昏。街道看起来不像现在的上海，更像是我刚来上海那几年见惯的杂乱的旧街。她走过一群男人赤膊打麻将的人行道，小心地让开用水管冲水洗地的鱼贩，在水果店跟前驻足片刻，最后什么也没买，继续往前走。她穿着T恤、牛仔裤和白色帆布球鞋，长发在脑后束成马尾，背影看不出年纪，既有可能是我刚见到她的十七八岁，也有可能是和杰森谈恋爱的二十多岁，或是三十四岁的现在。她的步伐轻快，显然没发现我跟在她的身后。我们一前一后地走过一条条街市，穿弄堂，过马路，走人行天桥。走着走着，我注意到她的影子长长地折过来，逶迤在我的脚边。我这才有所觉，转头望去，本该是我的影子的方位，空荡荡的什么也没有。

我在电梯上又紧走了几步，差点撞上前面的人。我移到空着的左边，噌噌往上走。上到电梯顶上，我擦了额上的汗，胡乱看了眼换乘标志，往另一条地铁线走去。当务之急是甩开身后的人，如果他真的是前几天跟踪我的那个人。

来到下行自动扶梯的顶端，我再一次回头看去。人来人往的站厅里不见那个藏青色的身影。感到心安的同时，脚下不稳，我赶紧低头。

错了。这边是上行扶梯。意识到错的同时，伸得太急的脚踩上了第一级传送阶梯，被往后送。我惊叫一声，身后有人将我扶住了。我说"谢谢"，在扶梯顶上的金属平台稳住身体，身后那人却仍然抓着我的胳膊不放。我纳闷地回头。

是郑沐如。

来不及细想她为什么会出现在这里。理智的螺栓纷纷松开落下，丁零当啷响个不停。我挣脱她的手，奔向刚跳离的扶梯口。

在我所有的噩梦里，当我转头发现自己没有影子的同时，会在稍远的地方看到郑沐如。本该被我尾随的她正在尾随我，她的眼睛像两粒没有表情的黑扣子，一动不动地盯着我看。

没有什么比噩梦成真更可怕。

也没有什么比试图跑下逆行的扶梯更艰难。

我奋力往下，好几次差点摔倒。中间撞到几个站在一侧的人的肩膀。人们用或谴责或惊愕的目光望着我。好不容易下到最后一层，我不敢回头看，正好有趟车来了，我不辨方位地跳上去。直到车门合上，我才长长地出了一口气。

接着我发现，这趟车居然是空的。不，并不是一个人都没有。空荡荡的车厢里只有我和穿藏青色连帽衫的男子，他坐在离我半节车厢的位置。一排排吊环在我和他之间无力地摇晃，吊环上方印着某个手机软件的广告。我拼命思索，桃红色车座应该是几号地铁？这趟车究竟开往哪里？下一站是？我看向对面的车门上方，本该是路线示意图的位置镶嵌着一面角度朝下的镜子。镜中映着仓皇的我，一头乱发。我看到，在原本是我的脸孔的地方，是郑沐如的脸。

附加值

五月下半，收到中岛的微信：老头子和新恋人去了冲绳，店里就剩下阿竹一个人。你有空的时候来看看吧，冷清了很多，和二丁目的其他店简直没法比。

我试着回想十年前第一次见到阿竹的情景，感觉像是站在屋里透过好久没擦的玻璃窗眺望雨天街对面的房子，细节斑驳不清。一方面是因为那天被朋友带去叫作"橄榄"的小酒馆时，我已经喝了相当量的酒。小酒馆里满是人，彼时还没有公共场所室内抽烟的限制，整间屋子被烟气和谈话的声浪笼罩。让记忆模糊的另一层原因是，从那以后，每次来东京，我只要有时间，都会到橄榄消磨时光。年复一年，新的印象叠加在旧的之上，如一幅画被不断涂抹修改。

在日本，"居酒屋"和"スナック"（snack bar）是截然不同的事物，橄榄属于后者。如果做粗暴的分类，不妨称之为"日式酒吧"，店内提供调酒和四五样小菜，主要还是社交场所，兼有老板陪聊，独行的客人也不会无聊。这一类的店大多由上了点年纪的女人打理，客人称其为"妈妈"。听起来像风月场所，其实妈妈们颇有居委会大婶的热心和照顾劲儿。

橄榄又有些不同，因为开在二丁目。

老板是一对同志，客人们却有九成是直人，且多为媒体人士。据说契机是刚开业那会儿有几个杂志编辑约在这里喝酒。阿竹彼时不过三十五六，偶尔心血来潮换上女装和服扮成传统妈妈桑，挺拔身形搭配分明的五官，艳丽又凛然。他素来机敏，和不同的客人都有话可聊，偶尔调戏一下客人，更多是逗趣，不让人感觉狎昵。编辑们很快成了阿竹的拥趸，各自呼朋唤友前来，数年之间，橄榄成了这样一个地方：如果你是东京的杂志编辑，至少得去过一次橄榄，要是连橄榄的阿竹都不认识，那你多半在业界干不长。

对橄榄以及阿竹的印象，从来和"冷清"二字无缘。我觉得中岛有点夸张。

老头子饭田，也就是阿竹的恋人、实质上的店主，一般在吧台后面默默洗杯子做小菜，新来的客人往往误以为他是雇用的伙计。橄榄的"入场费"男客三千日元，女客两千，选一瓶基酒放在桌上，便宜的角瓶威士忌或金酒，客人自己倒酒，兑苏打水和冰块。如果客人喝得太多，阿竹会在入场费基础上加价，配酒小菜需要另外点。就像日本大多数民生物价，我一年往橄榄跑两三回的这十年间，店里的消费没变过。

我以为老头子和阿竹的感情也会像橄榄的价格一样十年不变，看来还是太过幼稚。本来，这世上就没有什么恒定的事物。

这次在东京是自费闲逛，所以我不像以往出差住在交通便利的赤坂，而是选了日本桥一家由宗教法人开设的酒店，每晚能便宜个一两千日元。除了酒店名称有些特殊，从前台礼仪到房间设施，看不出和其他商务酒店的区别。我原以为房间内至少会放一两本宗教小册子，却只有人造革封面的服务指南，不由得略感失望。

中岛声称这几天是截稿地狱，不一定能出来碰面。我在推特上用日文发了一条"待会儿去橄榄"，指望着几个熟人看到并响应。大家都忙，一个个问也麻烦，我们经常这么约。时光在日本友人们身上造成的变化并不剧烈，就像多年不怎么变的物价。十年里，被称作"Totoro"（龙猫）的美嘉分毫未瘦；佐佐木仍然留着他的小胡子，如今胡须的颜色不再纯粹，日语对此有个词形容，"胡麻塩"——黑芝麻撒了盐。至于比我大一轮同样属狗的中岛，有几年不当编辑，据说写起了小说。至于小说究竟有没有写完，我们几个做朋友的怕伤其自尊，默契地没问他。既然他重操旧业，看来写小说未能成为一门生计。

至于我自己，和中国大多数媒体从业者一样，正面遭受了时代的冲击。我在报社倒闭前主动辞职去了新媒体，现在靠采访日本艺术家们吃饭。新东家有两条主要产品线，一个是这些艺术家的作品的线上销售，另一个是日本各种犄角旮旯的高端定制游。老板宣称，我们打造的是关于生活方式的梦想。公司总部在北京，我不习惯那里的风土，申请继续在上海上班。如今每个月除了至少跑一趟日本，也得去好几回北京。都已经是新媒体时代了，老板还是愿意支付出差费，让我滚过去"面圣"。时代要说有多少进步，大概只体现在去菜场不用带钱包这种小事上。

我乘银座线换丸之内线，从新宿三丁目站出来，先在附近找了家小馆子，独自喝了两合清酒，消磨掉一个多小时，这才往位于二丁目的橄榄走。路边排着长队，我以为是什么网红餐厅，仔细一看，是邂逅咖啡馆。女客不用付钱，男客买自己的单，并和陌生女孩约会。真不知道这一类店的顾客究竟是冲着招牌的"恋爱"去的，还是想要一夜情。从某一年开始，路边拉客的男人多了若干非洲面孔，看着有点瘆人。我还记得第一次跟着中岛走在这条街上，他指给我看街角一家外形中规中矩的咖啡馆，说那里是黑道开会的所在。我尽量若无其事地张望，里面几个上班族模样的西装男子，和想象中的黑道差距有点大。如今那家店变成了小钢珠店，走过门口的瞬间，上百台机器的电子音构成的轰鸣扑面而来。

还记得那时中岛认真地对我说，这条街有很多gay bar，我要带你去的那家，老板虽然是，客人并不是。

我也认真地回答，我又不是出来艳遇的。

中岛对我的误解由来已久。我大学毕业刚工作不久，也就是中岛还在上海做日文生活资讯杂志的时候，他的一个朋友从东京到上海旅游。中岛本着地主之谊请对方吃饭。饭毕，朋友要求去酒吧。那会儿智能手机尚未普及，中岛没带电脑无法上网，就打了个电话给在他们刊物实习过一段时间的我。

听完他的解释，我说，我当是什么事呢，要找酒吧是吧。我带你们去。

带他们去的店一开始是清吧，十一点过后音乐风格拦腰一变，客人们开始跳舞，不妨说是群魔乱舞。我也挤到舞池中间晃了一圈，沾了一身别人的汗味和香水味回来，中岛的朋友看我的眼神就有点不对。中岛像是为了制止他有进一步的想法，干巴巴地说，苏桑有男朋友的对吧，好像也是日本人？

小林明石不仅不是我的恋人，甚至都不是男性。她只是以男性的身份生活。还是称其为"他"比较恰当。过于纤细的五官加上他一贯的粉色湖蓝色叶绿色衬衫，小林的外形很容易让人误解成"女性化的男性"，说得不好听就是gay里gay气。中岛撞见我和小林在咖啡馆聊天那次，我们的谈话主题是一个我和小林都相熟的女孩。中岛的识别力和想象力只够他把我和小林凑作一对。难怪他当不成小说家。

在酒吧，我没有当场纠正中岛的谬误，只说，算不上男朋友吧。

他的朋友立即尖锐地问，那么是性伙伴？

我嗤笑出声。中岛看我的眼神夹杂着忧虑，那是他惯有的神态，使他比三十出头的年龄看起来要老一些。他的朋友碰了个软钉子，收敛起隐含欲望的目光。

结果中岛一直没能摆脱他擅自贴给我的身份标签。第一次走进位于地下一层的橄榄，他就向阿竹隆重介绍道，苏桑是上海人，和阿竹是一伙的。

阿竹那天没有穿女装，深蓝色和服短褂，光洁的脑门上盘着卷成细条的蓝花布（日语叫"钵卷"），像个日料店的大厨。我后来才知道他有扮装的爱好，女装只是其中之一。有一回他裹着袍子扮成罗马人，当他凝神静立，有种雕像般的质感。不过，阿竹不笑不说话也不动弹的瞬间，一向难以寻觅。

初见时听闻中岛那句"是一伙的"，阿竹对我展露略显夸张的热情笑容，伸手过来。我只能与其握手。阿竹的手比想象中坚硬和有力。

他用口音僵硬的中文说，你是同志？我也是。

和大多数日本人一样，他发不好"我"这个音。听上去就像嘴里含了一颗弹珠，让人心痒得恨不得将其抠出来。

我虚伪地夸奖道，中文很好啊。你去过中国？

旅游，三次。我是自学的。他停顿片刻又说，学了十八年。

我心想，十八年就这个程度，学习能力有点弱。不过能维持兴趣长达十八年，是个不厌旧的人吧。

中岛带着我在角落找位子坐下，老头子很快把威士忌和苏打水端过来。漂亮的孩子啊。老头子说。中岛正色道，不许对他出手。老头子呵呵笑着走了。我低声问中岛，他们不是一对吗？中岛说，是啊，他们在一起很久了，不过正因为太久了，彼此都有另外的年轻情人。

我条件反射地回头看了眼阿竹。吧台上的射灯照着他的半边脸，另外半边隐在昏暗中。他和吧台边的客人说着什么，更远处一桌人向他大声问话，他笑起来。那笑容在半明半暗间显得意味深长。

我说，搞不懂成年人啊。

中岛愕然说，你都二十五了吧，难道不是成年人？

我纠正道，二十四。要我说多少次？咱们正好差一轮。

后来的事有些含混不清。我和中岛说了很多的话，被陌生人请了酒，也请陌生人喝了酒。美嘉在即将进入第二天的时间来了，她一坐下，店内原本就逼仄的空间有种被挤压的态势。声称有事赶不过来的佐佐木在零点过半出现。作为迟到的道歉,他把几只看起来廉价的面包分给我们。那是面包店卖剩的,还是小钢珠店的奖品?美嘉和中岛对此有过一番争论,我没听清答案。阿竹几次穿过狭窄的走道来到我们桌旁,聊几句又转身离去。其存在感在他走开后好几分钟仍悬在空气中。

走下带拐弯的十来级台阶,推开橄榄沉重的木门,里面没有一个人。经过空调过滤的空气带着少许地下室的霉味。要在过去,店内总是弥漫着烟味、酒味和人们身上的香水、摩丝构成的复杂气味。

我来到吧台跟前,有个身影从吧台后突兀地起身,他手里拿着个尖细的东西,在射灯下一举。我本能地退了一步。看清那人的脸,我把憋住的半口气呼出来,说了声"晚上好"。

"早上好。"阿竹回答。他的这个习惯和中岛一样,不管时间,只要是当天第一次见面,都说早上好。每当这种时候,我总会意识到,无论怎样努力从边边角角抹净口音,骨子里我仍是个外国人。

阿竹今天穿件立领白衬衫,腰间系了黑围裙,乍看像个咖啡师。他手上是瓷盘的碎片。对着光打量片刻,他叹气道:"这套九谷烧只剩下最后一只,到今天全没了。人活着,就是看着喜欢的东西一点点变少和消失啊。"

我赶紧说:"小心扎了手。要我帮你打扫吗?"

阿竹莞尔一笑:"那怎么行。你是客人!"

"我叫什么?"

"讨厌,杰,以为我不认识你了吗?"

中岛他们都喊我"苏桑"。阿竹在我第二次还是第三次到这里时听说我的英文名叫"Jay",从此改了口。他喜欢用昵称。他叫美嘉"Toto",连最后的"ro"也省了。佐佐木成了"毛利",理由是留小胡子的他长得像《名侦探柯南》里的毛利小五郎。中岛被喊作"Shima"(岛)。无论你在外部社会是杂志总编还是浪人般辗转接活儿的签约编辑,在橄榄,人们被剥离了伴随着姓名的社会性,成了阿竹的玩伴、酒友和调侃对象。

我在上海酒吧漫游的那些日子,人们也叫我"杰"。橄榄的时光像是某种延续。

我凝神打量阿竹片刻。他胖了些。也许是药物的作用。

关于阿竹的病,中岛和美嘉算是见证人。有一天晚上在店里,当着一堆客人,阿竹把一桶冰块当头浇在老头子的身上。向我讲述经过时,中岛摇头说,那是因为阿竹病了,阿尔茨海默病。美嘉说,是因为阿竹对自己丧失了信心。从前即便老头子和年轻孩子在一起玩,阿竹也不当回事,他知道绳子攥在自己的手里,一拽就能回来。我反问道，绳子的那头是老头子吗？怎么被你说得好像遛狗。美嘉认真地说，我们每个人都是这样啊，被这样那样的绳相连，有这样那样的羁绊。

她用的词是"绊"（kizuna），听起来总有种热血漫画的味道。我试图想象自己和妈之间的连线，暗自萌生找把剪刀的冲动。接着想到，我和我毫无印象的爸之间，是不是也有肉眼不可见的线，横亘于浩大的时间和空间呢？

中岛大概也嫌美嘉的用词太文艺，淡淡地说，老头子去了冲绳，店铺和东京的公寓留给了阿竹，算是补偿。

就像当初不能理解老头子和阿竹松散却持续多年的伴侣关系，我也无法理解所谓的"补偿"。我问中岛，既然得了那个病，怎么继续开店啊？他说，吃药控制着吧，目前还能工作，不开店，阿竹也很无聊不是吗？

"你最近怎么样？"我朝暂时看不出隐疾的阿竹问道。

"正如所见。"他笑着叹了口气，先给我倒了杯水，从角落拿出扫帚开始扫地。瓷器碎片的撞击声在没有背景音乐的店里听着有些刺耳。水喝着不够冰，几乎是温暾的。如果是日本客人会介意，我反正无所谓。直到这时我才注意到周围有点脏。没有明显的积灰，只是一种感觉。仿佛有无数细小到看不见的灰尘粒子附着在吧台一侧胶木板上钉着的拍立得照片上，也落在阿竹身后排列着酒瓶的层架上。灰尘聚拢起缄默。过去存在于这间店里的嘈杂，那些你必须提高嗓门才能和桌对面的人交谈的旧时光，就像肥皂泡般，被尖锐的静默一压就破了，连个湿印子也不留。

门响了一声。我扭头望去，随即感到失望。来的不是熟人，而是个戴棒球帽的年轻人。等对方走到吧台边我才发现，是个女人，不怎么年轻，应该过了三十。因为瘦，远远看去给人以少年的错觉。六月末的东京忽冷忽热，她看来是怕冷的体质，在Ｔ恤外套了件连帽外套。

女人在和我隔一个位子的高脚凳坐下，对阿竹说了声"早上好"。看情形不是第一次来。阿竹把瓷片倒进垃圾桶，在吧台水槽洗了手，给她端上一杯水。女人旁若无人地叹道，怎么没人啊。

"我不是人吗？"我忍不住说。

她这才看向我，眼角微微弯起来。"不好意思，我是指人太少了。"

"晚点慢慢会有人来的。最近就是这样。"阿竹幽幽地说。他看向女人，像是有些疑惑她为什么会在这里，顿了顿又说："你是不是昨天也来过？"

"昨天没来。前天和大前天来了。"

"哦。"阿竹显得漫不经心。从前他的应对要机敏得多。

女人像主人般问我："喝什么？"

"威士忌加冰。"

"阿竹,给我们威士忌加冰。两杯。"

以前店里总是把整瓶威士忌搁在跟前让客人自己兑。这又是一个新变化。阿竹做的威士忌加冰喝起来淡而无味,我喝了一口就想,要是美嘉在这里,会直接喊阿竹拿瓶子过来加酒。我和戴棒球帽的女人都没有就此提出异议,默默喝酒,阿竹在吧台里呆立片刻,忽然说:"要不要看我以前的照片?"

我看过不止一回,不过还是说好。有事做,好过喝闷酒。阿竹从水槽边的橱柜里翻出两本影集,搁在我和女人之间的空桌面上。他没有从吧台内绕出来,有点费劲地在对面弯着腰,翻开从他的角度是逆向的影集。

"你看,这是有一年圣诞节,我穿了旗袍……"

我有些恍惚。以前欣赏阿竹的旧照,都是混在一群酒客中间,隔着别人的肩膀,逼仄地瞥见一角。此刻的情形犹如看话剧时坐在前排正中央,待遇不可谓不佳。只是,阿竹知不知道他给我看过好多次这本影集?而他过去一次次重复展示,难道在那时他就有患病的征兆?

女人的声音把我拉回现实世界。"你穿西装很帅啊。"

阿竹笑道:"我以前是大公司老板的秘书。做了十年呢,直到在二丁目遇到那个人。"

这同样是听过许多遍的故事。毕业于法律系的阿竹位于白领金字塔靠近塔尖的位置,把白天的生活和夜晚的生活截然分开，公司里无人知晓他的性取向。他提出辞职的时候向老板说明理由是"遇到了想要一起生活的男人"，一向公开表示憎恶同志的老板没有动怒，以少见的温和口吻说，如果不合适就回来上班。那是在上世纪九十年代初。那时没人把饭田称为"老头子"，毕竟两人正是年富力强的时候，阿竹三十多岁，饭田比他大六岁。橄榄开张，就是在他们开始共同生活的时候。最初的店不在现在的位置，更靠近二丁目的中心区域，面积小得多。日本的泡沫经济已开始崩溃，不过对他们没什么影响。阿竹回忆起第一代橄榄的时光，总是说，那时候钱就像流水一样，流进来，很快又流出去。我们努力挣钱，使劲花钱，一年去好几回海外旅行。

女人指着照片上年轻俊美的阿竹旁边的男子，问："是他吗？"

我看出那不是饭田。是某个客人，一只手亲密地搭在阿竹的肩上。西装打扮的阿竹有点像年轻时候的白先勇，即便是闪光灯下失真的照片色调，也能看出他比另外几个男人白了好几个色度。饭田在照片的一角，只拍到半张脸。从我被中岛带到橄榄以来，老头子一直是不显山不露水的角落人。

阿竹扫了一眼就说："他不在照片上。"

我吃不准阿竹是没认出来还是故意说谎，便没有接话。

思绪飘到阿竹以前讲述的中国旅游见闻上。阿竹学中文的契机是看了原音字幕版的《霸王别姬》,他对张国荣一见倾心,找了留学生私教,从头学起。即便后来得知张国荣是日常讲粤语的香港演员,也没有改变他构建于一部电影上的对中国男子以及中国的想象。每当他们外出旅游,便在橄榄门上贴个条,某年某月某日至某月某日歇业,还请见谅。阿竹在这件事上做得不像生意人,有种孩子气的神秘劲儿。熟客在他们出门前一天坐在店里喝酒,他也不会对即将的出游提半个字。中岛有好几次兴冲冲来了遇上歇业公告,只好灰溜溜换一家店。阿竹喜欢将短暂的消失作为一个意外给客人们,或许他是想强调他的不可或缺。二丁目由同志经营的酒吧双手数不过来,却只有一个阿竹。

老头子和阿竹第一次到上海是在一九九八年。此前他们去过北京、西安和南京。阿竹以为,身为日本人,在南京会遇到公开的恶意,没想到人们十分友善。上海的风气与古都有所不同,让他想到欧洲。他们吃了小笼包、大闸蟹,坐了黄浦江上的轮渡。淮海路上的马可波罗面包房陈列着鳄鱼形状的巨大面包,阿竹觉得太帅了,想买回宾馆,和店员用他自以为熟练的中文讲了好久才明白,那是非卖品。

一九九八年秋天的上海,我还是个只知道念书和看漫画的高二学生。阿竹他们住的锦江饭店距离我读书的向明中学不过几步路。即便在马路上碰见,我也认不出那两个叔叔是何等人物,更不会想到自己的人生将在未来的东京与其发生短暂的交集。

听说他们还去了酒吧,我问阿竹,九八年的酒吧是怎样的?

他们跳舞。那种慢舞。你知道的。我还以为走错了地方。

我想象了一下那场景,笑了。是有过那种老情老调的地方,我早年也见识过,后来酒吧们纷纷往嘈杂的路子走,充斥着变相的钢管舞和秀台。再后来,随着网络的铺天盖地,去酒吧作为邂逅的方式显得笨拙又迂回。现在除了偶尔和熟人半怀旧地去个一两回,我几乎不再涉足。谁能想到我曾经也是遇上警方查店被迫双手抱头蹲在墙脚的一员?最近一次在上海的酒吧,正筹划移民的熙哥看着隔开几桌的一个人说,放在十年前我会喜欢那一款,现在,我想的是,我要是有个孩子打扮成这样在外面晃,不如先把他拍死。

男人到了一定的年纪就会不自觉地合上社会规范的节拍,与曲直无关。不过在阿竹身上,你看不到这种如同大马哈鱼定期溯流而上的社会性。我不清楚他的具体年龄,想来比我妈大个几岁。我妈今年五十五,热衷于帮我找人相亲。她是个皮肤白皙的小个子,我读高中那会儿看着和我还有点像姐弟,如今不再出现被错认的情形。有时我陪她逛街,营业员带着奉承惊叹,哟这么大一个儿子,麻相(形象)好咧,像你。我妈很吃这一套,每每顺势买下她原本不怎么中意的衣服,回到家又陷入懊丧。

女人缓缓翻看硬卡纸衬底的影集,她的手指细长有力,看起来是适合玩乐器或打游戏的手。我刚才挪到了她身旁的位置,她的侧脸离我不到二十厘米。近看之下,她比我以为的要年长一些。她穿着像是优衣库的一字领横条纹长袖 T 恤,长发在脑后随意地一束,细长的脖颈上的横纹让人想起日本寺庙庭园的造景。以石为岛以沙为海,打理寺院的人每天用耙子将沙碾平,在上面画出一圈圈代表水波的纹路。

不过,女人颈上的纹路应该只会被时间一天天刻得更密更深,除非借用美容科技之力,否则不会复归平整。

我问她:"不好意思,你是哪家媒体的?"

她的动作凝滞了一拍,看向我,一脸的不解。

"抱歉,来这里的媒体人比较多,所以我以为……"

"你……"女人注视我的眼神像在看一个她以为认识的人。她这是醉了吗?这么淡的酒喝到第二杯,我有的只是徐徐增加的尿意。我等着她后面的话,却不防阿竹在旁边插嘴道:"杰,这孩子叫 Nami,不是媒体人哦,她是艺术家。"

"噢。"我说。按照礼貌，我应该继续追问是什么艺术。转行到新媒体前，我跑的是艺术条线，接触过国内大多数现代艺术家和他们的作品，日本的也采访过不少。那群人所置身的世界和他们的所谓理念，早就让我烦透了。如今因为新工作，我在日本采访了大量的器物艺术家，或者说匠人。这一类倒是相当有意思。不管是一门心思做事的，还是浮夸粉饰的，至少都在出产可用之物。想到 Nami 说不定是做所谓纯艺术的，我就隐隐头痛。话说 Nami 这个发音对应的到底是什么字呢？菜生？七海？或者干脆是片假名？《海贼王》中文版把片假名ナミ译作"娜美"。她可一点也不像娜美。干脆叫她"波"好了。反正波浪在日语里的读音就是 Nami，虽然不太像个名字。

波冷冷地说："谈不上什么艺术家，靠那个连饭也吃不上。我在商店街的肉店打工，做可乐饼。"

"哦！我喜欢可乐饼。"我的感叹是真挚的。尽管在她听来像是嘲讽。

阿竹说："你不是不吃油炸食品吗？以前店里的薯条你碰都不碰。"

"那不是我，是 Toto。"

"Toto 那么胖，怎么可能拒绝薯条的诱惑。"

"就是因为胖才不吃……"我哭笑不得。

佐佐木有一次喝醉了，从皮夹里拿出他和从前恋人的旧照给我们看。他身旁高挑美丽的女人，据说是美嘉。我一开始以为佐佐木说的是醉话，老头子难得打破他固有的沉默说道，是的，那孩子从前很瘦，这些年我们看着她像面团一样发起来。我质问佐佐木，你是因为她变胖了才分手的吗？佐佐木哭丧着脸说，我看着是那种人吗？是她甩了我呀。提过很多次复合，她不肯。

我们由此八卦地讨论起美嘉发胖的原因。中岛认为是吃出来的，另一个我如今忘记名字的酒友说是遗传。佐佐木没发表意见。

第一次去中岛的办公室玩，进去时里面没亮灯，中岛开灯开空调然后去了洗手间。我刚坐下，发现踩到了什么。伴随着桌子底下诡异的声响，一个物体艰难地挪出来，巨大的黑乎乎的一团。原来是个睡袋。等里面的人爬出睡袋，我震惊地发现，那是个身高超过我的女人，差不多有两个我那么宽，又长又密的黑发披在肩上，犹如戴羽毛的印第安酋长和某种图腾的混合物。我目瞪口呆地问她，所以你就是Totoro？她闭着嘴点了点头，转身走了。我有点懊悔自己说话不经大脑。后来才知道她不是生气了，而是去刷牙。

美嘉的五官轮廓分明，有种刚毅美。佐佐木展示的照片上，体重应该只有现在的三分之一的她完全是另一个人，混血儿般的脸孔让人想起著名的Tina Chow。是什么让一个美女发胖并沉沦至此呢？我总以为和美嘉的职业分不开。她在日本如血管般纵横交错的媒体世界最为生僻和纤细的末梢，专做AV女星的采访，其访谈刊登在一本读者众多的AV周边杂志上。我们初见的那回，她的办公桌上堆着一摞近半米高的影碟，光看塑料硬盒侧面的文字就够让人心跳加速的。

佐佐木的职业也算是偏门。他撰写凶杀案的长报道。提起任职的杂志名，他总要附加一句"就是终极八卦啦"。和周刊每周跟进案情不同，他的报道写于尘埃落定后，更像一则文字纪录片。为了写稿，他有一半的时间厮混于警局，另一半时间在街头悠荡。连他的小胡子也有点像蹩脚侦探的伪装。

我试着想象这对情侣的年轻时代，他们的行业涉足的是日本社会看似淤积不动实则暗流汹涌的下水道。性与死。他们约会时聊工作吗？想必不会。美嘉几乎不谈工作，当我作为外国人表露好奇时，她轻描淡写地说，那些姑娘，出乎意料地まとも（matomo）。这个词一般指"认真"或者"正当"。我忍不住查了词典，发现通常以平假名书写的まとも居然有对应的汉字，写作"真面"或"正面"，恐怕连日本人也很少知道。《大辞林》的释义为：1.合乎道理，他人无从提出非难；2.合乎规矩，毫无不检点之处。

所以美嘉想表达的究竟是什么呢，想说她们认真？正当?还是说她们"没什么不检点,也没什么可指责的"?我想要向她确认,却在一场场酒局间失去了重提的机会。

做可乐饼为生、兼职艺术家的波向阿竹说道:"你为什么不去冲绳呀?"

我心想,这不是哪壶不开提哪壶吗,正要转移话题,只见阿竹露出三分笑意说道:"我讨厌苦瓜。"

她冷淡地说:"冲绳人也有不爱吃苦瓜的吧。不吃不就行了吗?"

阿竹反问:"你呢,你为什么不去冲绳?"

"我讨厌泡盛。"

说着,她把空杯子往前推了推,阿竹又给她兑了一杯威士忌苏打。波在阿竹倒酒时瞥了我一眼,问:"你去过冲绳吗?"

阿竹帮我答道:"杰很厉害的!四十七个都道府县,他没去过的只有三个,对吧?"

"两个。下个月正好做一个专题,就能走完了。"

"比不上你,中国的省份我还有六七个没去。"阿竹叹息道。

"你是中国人?"波问我。

我点头。她说:"我一开始以为是韩国人。"

"……我长得像韩国人?"

"像韩流明星。"她说。听不出是奉承还是贬义。我决定姑且当作表扬。

波喝酒的速度一直没变,第三杯到一半,她起身去洗手间。

我趁机问阿竹:"这个 Nami 什么来头啊?"

"介绍过啊,艺术家,做可乐饼。"

"不是这个,重点是冲绳,她和冲绳有什么恩怨不成?"

"没有吧,能有什么恩怨呢?她是名古屋人。哦对了,她是饭田的女儿。"

我猝不及防地吃了一惊。波在这时回来了,我只好立即转换话题道,Shima 最近来过吗?他好像回国后就被工作绑住了,以前在上海他可没这么忙,我们一起喝了好多好多的酒……

阿竹透露的波的身份太过刺激,酒水比例绝对在 1∶5 以上的调酒居然让我喝得有些晕。后来又来了两个一看就是媒体圈的女人,坐在离吧台有些距离的方桌边,阿竹出去给她们上了酒和花生回来,若有若无地轻拍我的肩,在我耳畔说道:"杰,你有那个想法了吧,在听到她是谁的同时。"

阿竹的敏锐让我心惊,这哪像个患者?但我随即想起中岛的话,他说阿竹的状态时好时坏,好的时候跟没事人似的,有些时候像是变了个人,连熟客也不认识。

那么他还会记得我在这间店的另一场邂逅吗？

忘了是三年还是四年前，我还在原来的报社，休年假过来玩。那天中岛和佐佐木都不在，我和美嘉坐在吧台的位置。对，就像今天和波最初时一样，中间隔着一个座位。美嘉说，等有人来了再挪，这样宽敞些。

我很怀疑美嘉能塞进航空公司的座位。因为体形带来的不便，她不做长途旅行，最多在周末去个近处的温泉。她总是选择可以包时的温泉旅馆，客人预先选好时段，就能独享温泉。想象美嘉如力士般小山一样的裸体浸在温泉中的场景，我的下半身便有轻微膨胀的压抑感。对朋友有这种奇怪的念头是不好的，但我既没有努力克制，也没想过表露。就像和小林明石每次见面，我都有模糊的欲念。分辨不清那种念想是对他经营多年的男性外表，还是对他尚未经过手术改造的女性身体。表面上，我和小林是因为苗而熟稔。苗是我的大学同学，他的公司下属。奇怪的是，在苗离开我们的生活圈后，我和小林仍维持着不深不浅的交际，就像徘徊在停止更新的游戏场景里的恋旧玩家。存在于我们之间的，是从未真正建立的三角关系。我和小林分别占据了三角的两个顶点，既无法走近，也不会变远。

小林后来去了美国，据说他一直没有做手术，选择靠荷尔蒙药物和装扮继续站在模糊的分界线上。他天生男相，否则敏锐如中岛也不会把他误认为和我约会的同性恋男子。他的新伴侣是个日裔二代的美国人,看照片不算美女,短发,皮肤晒得很黑,贴身吊带衫底下不穿胸罩,站在他旁边显得娇小,不过隐隐有发胖的趋势。

我给妈看过手机里小林和女友的照片,仿佛在试探什么。妈说,你朋友很帅啊。又说,小姑娘长得一般,这么多雀斑。我有种冲动,想说,这个很帅的朋友是女的。想到我的话将会惊动沉寂多年的死火山,终于还是忍住了。

那天和美嘉坐在吧台边聊着天,话题跳到了我的性取向。美嘉说,所以你真的不是 gay 吗?中岛一直说你是。我笑笑说,你觉得我像吗?她眯起眼看我,说,我搞不懂你,也许,你只是谁也不爱。连自己也不爱。

当美嘉凝视我的时候,总觉得她是用整副身躯在看着我。无言的压迫感让我悄悄往右侧挪了挪。右手边坐着个头发染成枯草色的女孩,在橄榄见过一两回。是个诗人,或者说想成为诗人的文学青年。她那天是一个人来的,独自坐了很久,一脸被人放鸽子的百无聊赖。我顺理成章地请她喝酒。美嘉说明天有采访,十一点刚过就走了,我和女诗人喝到两点多,水到渠成地把她带回旅馆。做爱到一半的时候,她捂住嘴,发出奇怪的呻吟。我觉得有点不对,停下动作,她一溜烟去了浴室。后来发现她是去吐。抱歉,最近胃不好,她说,不是你的问题。换成别的男人会因此受打击，我算是想得开的，主动问她是否需要我去便利店买胃药。她说不用，躺在我旁边说，你在橄榄找什么呢？我反问什么意思，她说，我总觉得你在那里寻找什么，是找人吗？

隔了几个月再去的时候，阿竹给了我一张明信片，没盖邮戳，圆圆的蹩脚字体写着诗。是一夜情的诗人留给我的。诗写得很差，有股色情的劲头。

阿竹一本正经地说，这里没有适合你的女人。在橄榄认识的男女，就没一对能成的。不过，在整个二丁目也是这样吧。男人和男人、女人和女人、男人和女人，都不长久。

我说，上海也一样啊。再说长久指什么？谈恋爱，还是结婚？结婚生孩子也有离婚的不是吗？还有不离婚不告而别的呢。

那番话我说得咬牙切齿，阿竹盯着我看了一会儿。

爱八卦的阿竹也不是什么都知道。我交过一个在橄榄认识的女朋友。在和女诗人的失败床事之后。

有一晚，隔壁桌的人认出中岛，开始和他叙旧，我被介绍给那桌人，顺势交换名片。邻桌三女一男，果然也都是做媒体的。其中一个女人名片上的杂志副标题是"着物専門誌"（和服专门杂志），我忍不住问那是怎样的刊物。

等我回到上海，办公桌上躺着一只寄自日本的 A4 信封，里面是一册精美的季刊，内文有一半是和服美女的照片，文字疏简。夏天进入尾声，暑热未退，该期的主题是"秋"。层层叠叠的红叶背景美得像假的。说不定是前一年的风景照 PS 合成的。我按照名片上的邮箱写了电邮过去，说杂志很好看啊谢谢，版权页的编辑只有两个人，你们是两个人做一本杂志？她回信说是的，几家和服品牌是杂志的赞助商，摄影师和模特都要自己找，也没有另外请设计师，两个人承担了所有的修图撰文和排版。好在一年只有四期，不然真是忙到想把猫爪也借来一用。

名片上她的名字是佐嶋ミヨ，最后两个字读作 Miyo。我认为，用片假名给子女取名的父母都是偷懒。能安在这两个发音上的汉字实在太多，从常见的美代、三世、美弥、珠代，到比较生僻的心叶、望阳、未夜、海遥，甚至还可以写作"深夜"。我被所有的可能性搞得头晕目眩，而她在记忆中的脸孔也随着所有那些汉字变来变去，忽而端庄忽而纯情忽而散漫不羁。说到底，我在第一次见面时喝多了，根本没搞清楚她和另外两个女人谁是谁。我决定称她为 M 小姐。

两个月后，等到真正的秋天到来的时候，M 小姐和一个女伴来了上海。为尽地主之谊，我带着她们去相熟的女摄影师可可家吃大闸蟹。英国留学回来的可可和她们讲英语,我以为日本人的英文都是惨不忍听的僵硬发音,没想到 M 小姐讲一口轻快的美式英语。原来她十五岁前随父母住在美国,所谓的归国子女。

刚回国的时候被欺负得很厉害。她淡淡地说。她的脸孔和我记忆中那些不确定的形象全都对不上,是一张不太日本的面孔,高颧骨细长眼睛,更像韩国人。而且她很高,穿着平跟鞋只比我矮一点。衬托之下,和她同来的短发微胖女子如同一粒大福。大福名叫实代,发音和 M 小姐的名字一样。

在运动鞋里放钉子之类?我用日语问。实代接过去说,比那严重得多,被其他女生堵在厕所里拳打脚踢,还被按进马桶里。

我翻译给可可听,她的神色介于同情和茫然之间。可可是旗帜鲜明的女性主义者,不太习惯听到同性间的倾轧。

M 小姐说,那时候觉得自己会死掉。不过后来总算熬完了中学,上了高中。她看了一眼实代,微笑着说,然后交上了朋友,最开始是因为名字的读音一样。

实代说,我原来以为你会成为漫画家。你那么爱画和服美女。没想到最后做了和服杂志编辑。啧啧。

可可问实代的职业,她笑嘻嘻说,我呀,是无业游民。

实代拎着一只爱马仕的包,身上的衣服也价值不菲。我猜她要么生在殷实人家,要么嫁得好,直到她们离开前的最后一晚，M小姐来我的住处留宿，我才从她口中听说，实代是银座高级酒廊的陪酒女，店里的TOP 1。不仅如此，还是早稻田经济系毕业。至于为什么名牌大学热门专业的学生会走上陪酒之路，我并不关心，谁还没有盘根错节的私事呢？我只是诧异于圆乎乎软绵绵的大福团子能坐拥头牌称号，逛酒廊的日本成功人士审美堪忧啊。M小姐说，你不觉得和她说话很舒服，让人自然而然地不设防？那绝对是一种才能呀。

我在做爱后想起来问她，杂志怎么在夏天做出红叶，是PS的吗？她微微一怔，答道，九月就有红叶的，不过都很远，得去北海道或山形等地。

是吗，我还以为是假的。或者提前一年拍好。

我们拍的都是新一季和服，提前一年可没法做。再说真和假，真的有那么重要吗？她的声音带着困意，片刻后又说，看起来是真的就行。

M小姐回了日本，我隔了几天见到可可，被她好一番打量。可可说，你和那个谁睡了吧。我心头一跳，反问，你指谁？她扬眉道，两个都是Miyo，我说的是谁，你心知肚明。我打个哈哈混过去，问可可和她男友的近况。两人在要不要丁克这件事上产生了分歧，婚期迟迟不决。

可可面色一沉说道，不行就算了，我对他已经没耐心了。我知道她说的是气话，她自己当然也知道。我只能宽解道，也许再过个两年，科技足够发达，男人也能生孩子了。她听了脸色更坏，嘀咕道，生我倒是不怕，谁来带呢？

男人带孩子也未尝不可，但每个家庭的具体分工最后还是要参照经济基础。可可的未婚夫和她收入悬殊，总不能让某位投行工作的高薪人士放弃他昂贵的时间去带娃。摄影师虽然也是一份正经职业，可在他人眼里，尤其在老一辈的眼里，简直就没法算是"工作"。男方的家长曾经语重心长对可可说，你现在还年轻，花个几年在孩子身上，等孩子进了幼儿园，后面有我们帮手，你再重归社会，不是正好吗？

可可向我抱怨道，我就是听不得他们这种论调！什么叫花个几年？我的时间就不是时间，就能随便拿来用？摄影师有创作的黄金期呀。

作为诤友，我本该指出，最近这一年她也没怎么创作，都在拍商业片。诤友不好当，话到嘴边变成——别信他们的，孩子上幼儿园你就能甩手不干？这可不是工作，还有辞职一说。

看到可可黯淡的神色，我心想，看来我终归只能做个损友。

那天临分别时，可可又燃起八卦之心，问我，你打算和爱马仕女友怎么继续啊，两地恋？我这才知道她从一开始就猜错了，也懒得纠正，将错就错地说，对啊，打个飞的，加上机场两头的路，最多半天也就见到了，和北京深圳差不多，比英国可近多了。可可被我的话勾起回忆，叹息一声。

和 M 小姐终究没熬过半年。其间我去过一次日本，她因为工作忙，没机会来上海。我们像所有两地恋的情侣一样每天互发大量的微信——她在我的指导下安装了软件，并很快习惯了和 LINE 相似的用法——临睡前语音或视频通话，经常分享照片。她没有发朋友圈的习惯，毕竟她的微信上自始至终只有我一个友邻。有时她给我的朋友圈点赞，看到中岛的赞与其并列（美嘉和佐佐木没有微信），而他们相互看不到，我有种微妙的感觉，像自得，又像内疚。我若无其事地向中岛打听过 M 小姐的事，他说那是个工作狂，又说，从来没听过她谈恋爱的事，说不定她和你一样哦。我正色道，gay 和 les 怎么会一样，明明是这个星球上距离最远的两种生物，却经常被外人当作同类。当时我差点就向中岛坦白我与 M 小姐交往的事，但我太沉浸于中岛给我的人设，不想主动打破。

分手是由一封信件告知的。就像半年前的那本杂志一样，来自东京的邮件躺在我的办公桌上。DHL 的硬纸封套摸起来像是空的，我用剪刀剪开，口朝下抖了抖，掉出来一只小信封。我这才感到心跳有点急促，刚才差点以为会看见什么照片。丁香色和纸信封用贴纸封口,很容易拆。里面是绣球蓝的信纸。手写的信。抬头是"蘇樣",我读了两遍,才从客气得让人毛骨悚然的敬语背后捕捉到 M 小姐的真意。她在信中写道,我感到自己终究无法触及您的内心。

情侣们究竟是因为什么决定结合呢?是所谓的共同理想,还是为了有个人分担生活的重任?或是出于容易变质腐败的爱?想要将其收入保鲜盒塞进冰箱的一种冲动?我从来没能搞懂。我有过的几次短暂关系,都结束于我过早的厌倦和逃离。像这样被一纸文书客气又决然地宣布分手,还是头一遭。

我抓起手机给 M 小姐发微信。几个小时过去了,没有回音,只有我的绿色对话框像风干的油漆般留在屏幕上。我收到信了。你是认真的吗?我们见一面吧。见一面,好好谈一下。

要么她看到了只是不想理会,要么她已把我拉黑。或更简单,她删除了整个应用。全程只需要两个动作。

夜里,我给她打电话,拨号音响了几声,转入语音信箱。我没有留言便挂断了。回想半个月前和她在镰仓度假的周末,我在钱洗弁财天那儿洗了张一万日元,她看得大笑,说你真贪心。我逗她说,那我如果把你的手放进去洗,是不是能洗出一串 Miyo?她注视我的眼睛说,你想要吗?

我说想啊，要那样我就留一个在东京上班，其他的跟我回家去。她摇头说，如果留在东京的才是真的我呢？听到这话，我想起孔雀公主的故事。她藏在一群侍女中，等待爱人靠触碰双手辨认自己。

我知道这时候该说，我会认出你的。偏偏嘴贱的个性又冒出来，说了句，你不是也说过吗，看起来是真的就行。

收到 M 小姐的分手信后不久，我离开工作七年的报社，来到现在这家打着新媒体旗号的旅行社兼买手店。习惯了松散的工作节奏，忽然就被选题量出稿量阅读量三座大山当头压下来，刚开始的那段时间，我每天都想放弃。毕业十年，老同学有的评了副教授，还有的创业拿了风投，只有我绕了一圈回到原地。按照惯例，每个月总有一个周末，我回闵行去看妈。闵行的房子是动迁拿的，位置偏僻，一号线换五号线，出站还要走很长一段路。那段时间忙且累，我连续拖了好几个月没去。妈不习惯这样的变化，从微信发来语音抱怨。她说，你真的有那么多的工作要做啊？不会是在谈朋友，不想跟我讲吧。

被甩的我只能回以"忙到吐血"的表情包。虽然无从比较，我猜我妈和其他家长有些不一样。她作为单亲妈妈固然不易，但她始终怀着天真的错觉，以为我到一定的年纪就会和她成为平辈朋友。我念大学的时候她反复教导我说，和女孩子在一起要注意啊，安全用品在便利店什么的都有卖的，要记得买。我听了既窘又闷。那是我刚开始混迹同志酒吧的年头，对自己的取向尚且混沌不清。要到几年后，我才会发现，如果这个世界上真的有掰不弯的直男，我算是一个。

酒精的作用下，记忆中的 M 小姐的脸孔和阿竹宣称是饭田女儿的波的面容重叠不清。我借着酒意问波："你来这里是有想见的人，对吗？"

她扬起下巴示意阿竹，后者正在从大塑料袋往我们的碟子倒柿种花生。

我心想，你爸不是饭田吗，你来见和你爸共同生活了二十多年又被抛弃的男人，有什么意思。因为口不择言得到的教训实在太多，我忍住了，干巴巴地说着冷笑话："你来晚了，阿竹年轻貌美的时候……"

她打断我的话头，"你觉得，人有没有可能从 gay 变成 nonkay？"

nonkay 听起来像外来语，实际是日语自造词，意思是异性恋。我笑着摇头。"没听过这种情形，反过来的倒是听过不少。"

她注视着我说："和我一起回去？我会向你证明，也是有可能的。"

我开始隐隐头疼，阿竹到底对这个叫波的女人说过什么?可阿竹明明知道我不是。他知道我有一堆LGBTQ的朋友——仅仅是朋友。我就像行走在社会边缘的田野调查工作者,不妄做判断,不强加于人,也不牵涉其中。

也许阿竹的大脑真的开始被病变侵蚀。他对饭田动手的事、店里随处漫生的灰尘、他突兀又不落实处的嘴快,都是某种呈现。就像太阳沉入地平线的另一端,他的神志也在迎来不可逆转的日落。终将笼罩一切的黑暗降临之前,我们这些在橄榄有过诸多回忆的客人所能做的,仅仅是原地观望。

此刻是十一点四十三分。明明戴着腕表,看时间时仍然下意识地点一下手机。从昏睡中惊醒的屏幕显示我有未读的微信。是妈。她说,最近咳嗽一直没好,你哪天回来?上次买的那个治咳嗽的药再给我带一点吧。我有点蒙,过了一会儿才想起她指的是龙角散。我回了个"好"字。那边秒速回了长长的一条语音。国内快十一点了,妈居然还没睡。我从环保袋里摸出耳塞,连上手机。

妈的声音尖尖的,毫无睡意。

"我昨天去福州路买字帖,买完出来吃个老半斋,结果遇到老邻居了。阿兴老婆你还记得吗?她前几年生了癌症,没想到看着还挺精神。她说她和阿兴住到嘉兴去了,原来动迁他们贴钱买在莘庄,后来生病要用钱,房子也涨了不少,就卖了,新家买到外地。我多少年没去过嘉兴了。现在有高铁，快得很。"

语音自动转入下一条。

"阿兴老婆说她前几天在嘉兴遇见你爸了。我说不会吧，一定是长得像的什么人。结果她说，不会错，他主动过来打的招呼。阿兴老婆讲，他看起来老了很多，脸色也不好，黄黄的，像是生了什么病。她问我最后到底离婚没有。我说，离不离有什么差别呢，这个人咣当一下走掉了，把家里存款卷了走，丢下我们孤儿寡母，连个字条都没留。要不是有熟人在东京遇见他，我根本不晓得他去了日本。这么多年估计都黑在那边。现在居然回来了！而且还是回的老家……他爸妈的丧事都是我和他弟一起办的，他连爸妈死都没回来，反正也通知不到他……"

妈的语气并无怨怼，像在重述新近看的电视剧。

我四岁那年，比现在的我还年轻的爸离家出走，如今三十年过去了。我一直以为爸是有了别的女人抛弃了我们母子，妈也始终保持着这副怨妇的论调。高二下半，我想要偷妈藏在家里的现金去买新出的盗版漫画，一顿东翻西找，塞在抽屉底层的牛皮纸信封映入眼帘。信封很薄，不像是装了钱。我把里面的东西往外倒，两张照片轻飘飘落在妈一个人睡了好些年的大床上。如果说经过多次洗涤变薄褪色的淡蓝色床单是我家的现实，那么那两张彩色照片容纳的，就是另一种隐藏的现实。照片上的爸艳丽极了，他，或者说她，戴着长卷发假发，假睫毛唇膏一样不少，带垫肩的墨绿长裙，胸口两团无法忽略的突起，白底绿花丝巾遮蔽了喉结。两张照片一张是她单独的全身照，一张是半身的双人照，她搂着个比她矮的微胖女孩，分明是年轻时代的妈。在美得诡异的女装男子身旁，妈的笑容羞怯。但她确确实实在笑。我盯着年轻时代的他俩看了一会儿，意识到还有第三个人的存在。拍照的人。曾经隔着镜头注视他们的人。爸的外遇对象是那个人吗？或是根本无关的其他什么人？

我想起我刚上高中的时候，有人来家里和妈通风报信，说是在东京遇见了爸。来人面带难以掩饰的诡秘神色，妈把我打发出门，和客人聊了很久。客人遇见的是我凭借放在五斗橱上的全家福臆造的那个爸，还是眼前的照片上让人无法移开视线的这个人？

后来我念了日语系，理由是学成后可以看原版动漫。妈对我的志愿没提任何意见。我从未对她提起发现那两张照片的事，在她的视线无法触及的时间和地点，我流连于边缘群体聚集的酒吧。我是在寻找某个具体的人或是其他什么吗？连我自己也说不清。

妈的语音还在一条接一条地蹦出来，我摘下耳塞。我怕她说着说着无法自控，把她以为是秘密的往事和盘托出。至少不是现在。至少不是在日渐分崩离析的橄榄。阿竹和波说了句什么,笑起来,波一脸严肃。我试图加入他们的谈话,问波,你们在聊什么?她答,附加值。

"附加值?"我想起遥远政治课上的概念。被资本家榨取的剩余价值。劳动力。生产资料。

"爱的附加值。"她说话像电视广告上的女明星念出产品名,包含神秘配方的新款眼霜。

"那是什么?"

"是我们,我们每个人。"波用没有起伏的声音说,"爱是消耗品,不断被产生出来,投入两个人之间。它不诞生什么。性是伴随物。人们期待消耗品能成为永久的备品,所以才缔结各种在一起的契约。男女之间,便会产生附加值,也就是孩子。"

"听起来简直像一套理论。"

"是阿竹的理论。他还说——"波忽然住了口,嘴边露出忧伤的法令纹。

"还说什么?"

"说你的父亲也是 gay。你以前告诉过他。不过他又说,他现在讲的话,不能当真。他在吃药,让他的脑子保持清晰的药,有时候他觉得那个药反而让他的记忆变得混乱了。"

她顿了顿,"阿竹说的,是真的吗?"

我没有立即回答。我想起 M 小姐曾经表示,她如果结婚，要生两个女儿。我问难道不是一男一女更合适吗，她说，因为搞不懂男孩子都在想些什么，没有信心做男孩的母亲。我说，照你这么说，我妈很厉害。M小姐说，虽然没有见过，光是听你讲，也觉得真的很厉害。

妈和爸在一起是出于爱吗？是因为爱，才有了我这个附加值吗？她为了把我养大，除了正式的会计工作，还兼做两家小公司的账。周六日她都要骑车去那两家公司，所以我从小就会自己煮饭。我还会洗衣服，晾衣服时把她骑车用夹子夹过留下痕迹的裤脚努力抹平。

我试图想点别的。思绪转到最近的一次采访，大阪附近一家百年点心店。他家的薄饼在制作过程中添加了后院的温泉水。店主说，这就是我们的附加值，别家没有，只有我们有。

所以附加值的另一个解释是"独一无二"对吗？我们都是附加值。从来处来，往去处去。熙熙攘攘中踽踽独行。

脑子里有个开关啪嗒一声合上了，我用严厉的语气对波说："证明我和你一样被爸爸抛弃，你就会开心吗？"

声音不觉有点高，店里另外两个女人的谈话一顿，吧台内的阿竹朝我们看过来。他的脸色显得阴沉又古怪，像个陌生人。我想说，我爸是不是gay或者我本人是不是，有什么要紧呢？人最后不免一死。而在死亡到来之前，还有更多的糟心事。连阿竹和老头子都会分道扬镳，这世上简直没一件牢靠的事物。这时我看到手机上传来语音通话的邀请,是妈。诉说一直没得到回应,她直接拨了过来。我迟疑着,耳塞在手指间变得滚烫。

最后一只巧克力麦芬

四月是残酷的季节。悬铃木的果球悄无声息地裂开，藏在针状毛絮里的种子随风飘散。人如果不戴口罩在户外走个十分钟，必然鼻子发痒，双眼酸涩。

陆南戴了口罩，然而近视眼镜毕竟不是护目镜，刚开门进店，就打了个惊天动地的喷嚏。他摘下口罩，奔进吧台，扯纸巾擤鼻子，从包里摸出玻璃酸钠眼药水，摘眼镜仰头点了两滴。眨动着被泪水和眼药水模糊的双眼，隔着咖啡馆的大窗望出去，人行道上颜色斑驳，青灰的水泥地面染了一团团黄褐色。看起来像霉斑，其实是悬铃木的毛絮。他暗自抱怨市容清洁部门不够勤快。春秋两季就该增派人手嘛。这条街秋天落叶堆积，春天又是这副鬼样子。

就在一个喷嚏的工夫，感觉鼻炎又犯了，呼吸不畅。他脱掉外套，换上牛仔布围裙，打开通往后院的门窗。查看厕所，发现老板昨晚又没有打扫，一串怨念的黑体字在脑海中喷薄而出。他解下穿了不到五分钟的围裙——做咖啡的围裙可不能穿着扫厕所——戴上口罩和塑胶手套，开始做清洁。晚上店里会变身酒吧,没法指望喝多了的人对准小便池。甚至有可能,喝醉的是老板本人。清洁剂刺鼻的气味隔着口罩和半通不通的鼻子传来,他加快了动作。换下的垃圾袋扔到后面小区的垃圾房。拖把洗完用消毒液浸泡,待会儿再弄干。他检视另一把专门拖店堂瓷砖的拖把,确认是用过洗过的,尚未干透。自己是咖啡师,不是监工,问题是老板着实不让人省心。他在厕所门口的水池仔细洗了手,注视镜子里那张戴黑框眼镜的脸。看起来和以往一样缺乏表情。

给咖啡机通上电,让蒸汽跑一遍。磨豆,装粉压实,做今天的第一杯咖啡。意式咖啡机锃亮如高级跑车,也和跑车一般神经质。天气、温度乃至咖啡机的心情(假设它有心情这玩意儿),都会影响咖啡的出品。

机器喷涌咖啡的第一声响动,总让他想起女人竭力压抑却压不住的抽泣。呜——哼——咖啡掉落,金色的泡沫堆积在表面。他举起玻璃杯,检视泡沫的厚度,将杯子凑到鼻端。香气略淡。大概因为鼻子不通。他喝了一半,剩下的倒了,将玻璃门上的木牌翻到"营业中"。十点,咖啡馆新的一天开始了。他像客人一样站在柜台前,审视柜台上玻璃罩里的三款常温点心,巧克力麦芬、蔓越莓饼干、盐渍樱花磅蛋糕,这些是杨其星昨天做的。她是两名店主之一,兼任点心师。她去参加一个法式甜点短训班,今明两天不在。也就意味着，点心这两天卖完了就不会有新的。他暗生没来由的焦虑，脑海中滚动麦兜的笑话：来碗鱼丸粗面。没有粗面。那么来碗鱼丸河粉吧。没有鱼丸。那么牛肚粗面吧。没有粗面。那要鱼丸油面吧。没有鱼丸……

这周我上晚班，王姐临时要求换，今天跟她换成早班。天气正转暖，早起也就少些痛苦。规定五点半签到，我五点刚过就到了，把自行车停在道班房门口的空地，锁车，签名，换衣服，将扫帚火钳往两轮车侧面一架，推车上路。刚到路上就遇见了组长。清洁公司分成若干个班，班再分成组，管我们的组长姓罗，和大多数同事一样四十来岁，也就是说，和我爸妈年纪相仿。罗组长是个吝惜使用表情的瘦子，看见我，点点头说，小古今天也很早嘛。我有一次听见他和他家小孩打电话，威胁地说，你要是不好好学习，将来就像我们这里一个小姑娘，高中毕业了来扫大街。当时我很想拍拍他的肩膀说，罗师傅，你不是经常教育我们要有职业自豪感吗？

我的包干区是一横一竖两条街。南北向的陕西南路相当长，中间一段三个红绿灯之间归我。东西向的绍兴路与其相交。如果在地图上画出包干区，是个左转九十度的T

字。马路由驾驶扫街皇的"机动队"负责，我管人行道，也就是 T 字勾边的空心字。每周轮休两天，另外五天，我沿着空心 T 字绕行四五圈，耗掉十九岁的又一组八个小时。反正青春总会以这样那样的方式被浪费掉，用于美化市容，不算太坏。

扫帚朝左又朝右，渐渐形成节奏。T 字尚未走到一半，节奏一乱——遇见了狗屎。我在心里骂了声"Shit！"，祭出法宝，不，拿起火钳。这一带是所谓的旧法租界，一排排老洋房内挤了比设计时多几倍的住户。此外也有些方头方脑的上世纪八十年代老公房。总的来说，居民们住得并不宽敞，可偏偏有人主动让造出这么大一坨排泄物的长毛生物侵占自己的生活空间。往西一条街有几栋新建的高级公寓，也说不定狗主人来自那里。

不管你是哪里的谁，祝你明天踩到自家的狗大便。

比狗屎更烦的是最近冒头的梧桐絮。刚扫完，一回头就看见新的黄色堆积。简直像恶作剧。看起来柔软的絮絮暗藏恶意，扎得人眼睛疼。我把捂得严实的口罩往上提，心知不管用。

扫第一轮最开心。路上没什么人，经过的车也不多。马路像是我一个人的。清运组的师傅开车驶过，从驾驶座大声和我打招呼。陕西南路两侧的小区地形复杂，大多数垃圾桶需要人走进弄堂拉出来，倒进车厢。当垃圾车停在路边，路人掩口鼻走过。这个城市的人们总是当我们不存在，却没法对清运组视而不见，毕竟从敞开的后车厢口蒸腾出垃圾发酵特有的臭气。讽刺的是，这些垃圾正是他们每个人不遗余力制造出来的。每天每天。

我不理解他们装作看不到我的做派。明明我的制服蛮显眼的，也不脏。

制服总是到了班组才换上，我不想穿着骑车上下班。藏青色工作服的胸前背后各有两道荧光黄的横杠，裤线的位置缝着两道竖条，像阿迪达斯的夸张变体。黑色棒球帽是我从淘宝买的A货。袖套也购自淘宝。最初看到老工人们戴这玩意儿，我嫌丑。几天下来，终于明白了袖套的必要性，但不想让我妈给我做。她的神经早就因为我这份工作变得紧绷，稍有个风吹草动，就会惹得她开始自怨自艾。还好有万能的淘宝。一搜，居然有碎花布料缀蕾丝的袖套，想不出究竟是什么人在何等场合使用。我选了保守的，一副蓝色，一副棕色。

曾经每天穿的白色匡威鞋当然也只能拜拜了，现在我脚上是迪卡侬的黑色防雨鞋。丑归丑，不怕水真的很赞。你没法预期自己会踩到或碰到什么。

老工人们私下讨论我，最初是"那个穿名牌的小姑娘""那个用苹果手机的小姑娘"。搞笑，我身上没有哪件算得上名牌。最近有些变化，至少就我偶然听到的两次，他们说的是"小古"。让别人记住自己姓什么,算是我入职九个月以来的小小胜利。虽然我并不是为了让他们喊我一声"小古"而开始干这行的。

绍兴路上又遇到了狗屎。这一堆实在过于巨大,我忍不住带着恶意怀疑,它来自人类。

每天有市容清洁的志愿者小队边聊天边走过旁边的瑞金二路,带着塑料袋收集烟蒂、纸屑和狗屎。退休的叔叔阿姨们的玩票,可钦可佩。遗憾的是,他们的路线几乎是擦着我的包干区过去的。

可以确定,我爸如果看到这些志愿者,一定会觉得他们脑子有病。在他看来,不能换取收益的人类活动皆属于浪费生命。现在才四月,他在微信上说,今年龙虾生意开张了。他还考虑冬天增设火锅。原本只是附近居民吃个浇头面的小馆子,自从前几年做起小龙虾的夜排档,生意火爆。去年店里重新装修过,亮堂多了。夏天不下雨的夜晚,门口人行道上的桌椅一直摆到隔壁酱菜店的门口。也因此有人来查过,罚过款。爸说,有人举报,多半是眼红我们家的生意。

唯有爸对我的决定示以支持,说,上班总不是坏事。我猜,他是在等我哭着说不想干了,然后他再作为能干的爸爸伸出援手。我才不会给他这个机会。

哗哗哗。哗哗。扫帚唱着歌。中间不时停下,把垃圾铲进簸箕，倒进推车。第一轮T字眼看就要结束。遇见一个遛狗的女人，不怕冷地穿着短裤和皮靴，露着半截腿。她脚边蹿跳着神经质的棕色泰迪。我中断扫把的吟唱，回头看她和狗。或许感觉到我释放的杀气，女人扯了一下狗，催它快走。可怜的家伙，正要抬腿撒尿，硬被打断了。

当你每天以同样的路线巡视街道，就会遇见诸多奇怪的人和事。

绍兴路上有本市著名的昆剧团，我原本期待遇见俊男美女出入，但期待落了空。有那么几个打扮很潮的年轻男生，后颈剃得发青。漂亮女孩一个也没瞧见。有些个面目慈祥的阿姨，带着保温杯走进大门。演员们在生活中大约也只是普通人，比他们更有看头的是西装男。

西装男不分季节地穿着一望即知是定做的三件套西服，戴着礼帽，手握长柄伞。第一次遇见他自西向东经过绍兴路是去年九月，我以为在拍什么民国剧，当即四下张望。没看到摄像机和工作人员，视野中唯有他款款走向路口，转弯。

偶遇两次后，我特意摸准时间，在同一个地点等他。他不是每天出现，一周两到三次。猜测他的来历和职业，是我上班时不多的乐趣之一。

夏天还没过完，绍兴路上又出现了椅子大叔。

他每天早上带着椅子出现在一家单位的门口，面朝街道落座，隔着铁门和保安们形成对阵之势。此人一看就不好惹，每当接近他，我便乖觉地不让扫把靠近，仿佛他身旁有个无形的圈。他大部分时间在抽烟。不像瑞金医院对面朝病人家属分发短租房小广告的男女们那样乱扔瓜子皮烟蒂，他总是把烟头塞进随身携带的盒式烟灰缸。不增加垃圾的人，在我看来都是好人。他每天静坐，或许是和身后的单位有什么过节。保安们也不驱赶他，马路不归他们管。

后来我和他有过一次近距离接触，起因是住在路口第二栋小洋楼二楼的老太。

老太喜欢穿红，走路时东张西望，眼神茫然。丰裕生煎收钱的阿姨说，老太有阿尔茨海默病，儿子女儿都在国外，有个保姆在照顾她。我每次目睹她外出行走，都为她捏把汗。绍兴路的人们像是见怪不怪。

那天下午，我刚扫到椅子大叔几米开外，冷不丁有个尖锐的声音问："哪里有盐汽水？"

我吃了一惊，片刻后才意识到对方是在问我。当我身着制服手握扫把，很少有人和我搭话，连问路的人也更愿意选择保安。

问话的是老太。她穿着红T恤和白裤子，腰身比我妈窈窕多了。见我没反应，她又问："哪里有盐汽水啊，妹妹？"

一个金属质地的声音说:"阿姨啊,盐汽水喝多了不好。你往后走,右转,便利店买矿泉水喝吧。"

我扶着扫把站在原地,看着老太转身离去。刚才接话的椅子大叔难得没抽烟,坐那儿用一把折扇扇着风。真的很想问他在这里做什么,我说出口的却是:"明天要下雨。"

"知道。下雨我就不来了。少来一天也没什么,又不是上班。"

雨天过后他也没再出现,我因此永远失去了询问他为什么坐在那里的机会。

中午下班,我没有骑车回家,进了地铁。地铁挤满了人,难道有这么多人不用工作?我站在门边,窗外是黑暗的隧道,背后的灯光在玻璃窗上映出我的脸。帽檐两侧露着黄毛,紧贴杏仁形的脸庞。不是那种美国杏仁,而是国产的南北杏,煲汤用的。

我仍未习惯自己的脸变得这么小的事实。此刻,我不自觉地和他人保持距离,仿佛需要为曾经存在的脂肪和肉留出空间。去年上半年,我瘦了十多斤,又在工作的九个月间继续瘦了近二十斤。对此,室友们表示出强烈的羡慕。赵姐说,年轻就是好啊,要是我这么急瘦,皮都要荡下来了。小敏表示不相信我没吃什么药。比她俩年轻也漂亮的遥遥(或是瑶瑶,手机微信上是YAOYAO,她本人念第二声）笑着发表意见道，是失恋吧，失恋才会使人憔悴。

你们全家失恋。我没接她们的话，在心里默念。

我们住的是所谓的群租房，隔板围成的空间比火车卧铺大一圈。我们这间屋一溜三个隔间，每间一套架子床。没有门，拉道布帘保持隐私。我和遥遥各付了两张床的钱，一个月六百，得以享用单间，上铺用来堆东西。赵姐和小敏住顶头那间的上下铺。隔壁屋不设隔断，摆了张大床，被称作夫妻房，住了姓高和姓吴的两口子。我搬来的时候由表哥陪着，他仔细端详摆着木头沙发、电视机和餐桌餐椅的公用客厅，又去巡视了厨房和厕所兼浴室。我知道他在心里犯嘀咕，我爸为什么不出钱给我找个舒服的住处。他和像是刚洗完头的遥遥聊了两句，回到我跟前皱眉道，隔壁那家有个四十多岁的男的，不好吧。

我说，又不在一个房间。再说我这边屋里还有别人呢。

他扫一眼遥遥，眉头皱得更深。

地铁由南向北，蜿蜒而上。中间倒了两次车。随着人流换乘的时候，恍惚感到自己变成了鱼群中的鱼。在这里没有人知道我是做什么的，正如我不清楚自动扶梯前后贴着我的男女从事什么职业，拥有怎样的焦虑或喜乐。

有种隐匿的快乐。

花了一个多小时才抵达虹口，上海真大。我家所在的郊区虽然是这个城市的一部分，每次前往市区，我们总说

"去上海"。以前我所知道的上海，基本就是人民广场、南京路、福州路。念书时绝对想不到，有一天我会负责清扫这个城市地图的一小段。真的是很小一段，在手机上要把地图拉到极大才能看到。

上海外国语大学的大门对着高架桥，进去后发现，校园和我的中学差不多大，没有想象中的威严。路人有一半是外国人，我找了个面善的女孩问德语系怎么走，对方冒出一句韩语。重新找了个戴眼镜的女生，刚开口说"同学"，那人面露诧色。也许是年轻的老师。她的解释简明易懂，大学本部不在这里，在松江。我找错地方了。

从学校后门出去，沿着双车道旁的人行道走了一会儿，路过人头攒动的复印店和几间小吃店，我发现自己来到一座桥边。桥下的河从颜色到质地，很像我家饭店后窗底下的河，不同的是我们那里有乌篷船，算是水乡的余韵，这条河显得空旷又寂寥。

正想着，一艘平底船突突突地过来了，船上站着两个男人，穿着醒目的橙色救生马甲。他们手执竹竿，叉开腿，像掌握某种武功的侠客。男人们瞄准河面上漂浮的垃圾，一捞一个准——竹竿的一头是小孩捕蝴蝶那种网子。几秒钟的工夫，船拖着倒 V 字形水花，到了桥的另一头。男人们的马甲后背有四个字：河道保洁。

太酷了。早知道我该应聘这个。我张着嘴想道。

杨其星不在店里的第二天,果然有一款蛋糕即将售罄。陆南看着玻璃罩里只剩下最后一枚的巧克力麦芬,心头发痒。既像是担心它被买走,又像是害怕这家伙滞留不去。常温点心放两三天没问题,按理说,黄油类甜点需要多放一放,风味才足。杨其星最拿手的酒渍葡萄干磅蛋糕,蛋糕体吸足了刷在表面的浸泡过果干的酒糖液,要冷藏一星期,才抵达口感的巅峰。一口咬下去,酒味饱满的甜香在口腔内晕开,润物细无声。蛋糕里的酒丧失了攻击性,酒精过敏的陆南也可放心食用。

老板杨树海体会不到陆南对最后一只蛋糕的纠结——杨其星不在,杨树海难得上午就来了店里,在旁边打了一连串的哈欠。其实陆南用不着老板这么敬业。首先,老板不会做咖啡,准确地说是不会做花式和手冲,只会用机器打出浓缩咖啡;其次,老板也不会聊天,或者说具有把天聊死的体质。

例如此刻,老板问他:"今天你的好基友怎么没来呢?"

"谁?"陆南明知故问道。

"宋语,新媒体的那个。"

"新媒体也要坐班。这才十点多。"

"是吗?经常看到她在这里晃,简直像把这里当办公室。是因为有你在吧?"说着,老板笑了几声。

陆南在心里翻了个白眼。宋语和他是朋友,并非男女朋友。画出这道线,倒不是因为宋小姐又高又胖,常被误认为男士。常来这里的女客人不止宋语一个。除了宋语,还有住附近小区的陈晓燕,那是宋语以前在报社的领导,也是杨家兄妹的老朋友。他如果像老板一样不会说话,就会拿陈晓燕调侃老板——是因为有你在吧?

"宋语来得多,是因为晓燕姐吧。这两天没看到晓燕姐。"陆南随口回答,蹲下整理橱柜。

杨其星不在,一天过得异常缓慢。她也不会聊天。并非她哥哥那种不着调,她患有失语症。不过,就算只有近乎艰难的少量交谈,有人在吧台一侧布帘后的工作间忙进忙出,空气中飘荡着蛋糕在烤箱里膨胀的香气,感觉毕竟不一样。

五点不到,陆南比平时早些走出店门去喂流浪猫,就当透气。

他有两处固定的喂猫点,中午一次,下午一次,两处都要照顾到。对面的绍兴公园,路口的明复图书馆。有树丛的地方适合猫们藏匿。来这里工作两年多,他尚未掌握周边猫族的家谱。不断有新生命降临,有些老猫消失不见。猫生比他两点一线的人生动荡得多。

图书馆主楼对面有栋看似荒废的小楼。他顺着片石铺成的小径走到小楼的背后。楼下有两米多宽的花园，再过去是铁栅栏，栅栏那头是绍兴路。也就是说，很隐蔽，从人行道几乎看不见。猫们经常聚集在此。不过今天，映入他眼帘的不是新搬来的三花猫一家，而是一个捧着乐扣饭盒用金属调羹吃饭的女孩。

陆南提着纸袋怔了片刻。纸袋里是一次性塑料碗、保鲜袋装的猫粮、瓶装水。猫碗有时会被人拿走，有时变得太脏，所以他总是带上新的，按需更换。

女孩非常瘦。从他站的位置望去，她的肩胛骨突起在藏青色制服的背后，像是会有《X战警》里变种人的翅膀从那里破衣而出。棒球帽底下露出半截金发和一厘米黑色发根。他认出来，是清扫附近人行道的年轻孩子。除了马路上，在绍兴公园也见过一次。那次，她坐在长椅上玩手机，像在偷懒。她看起来太年轻也太不像干这行的，他以为她很快会扔下这份工作，没想到从去年夏天到今年春天，她一直在扫街。想到外面路上堆积的梧桐絮，他差点出声抗议，转念忍住了。没有人会喜欢吃饭时被投诉。

他走到角落。碗不见了。他摆上新的，倒水，添猫粮。起身站了片刻，没有猫靠近。大概因为女孩在。他准备离开，身后传来一个声音，如同玻璃杯相碰的脆响。

"如果不是自然粮，吃了也等于慢性自杀。还不如让它们自己翻垃圾桶，脏归脏，比较健康。"

陆南条件反射地转头说:"自然粮很贵的。我买不起。或者你来买?"

"我又不是动物保护人士。"她吃完了,手里的调羹一晃一晃。陆南惯性地开始思索,她饭前有没有地方洗手。好不容易才强迫自己打住,说道:"我也不是。我只喜欢猫,讨厌狗。"

"我也讨厌狗,因为它们到处拉屎。猫至少会躲起来处理。"

"这条街的狗屎确实不少。"

"你看到的是我每次扫完它们新弄上的。要是你看过我早班开工时的马路,就会知道,那叫'很多'。"

环卫工女孩的态度像在挑衅。也许现在的年轻孩子说话就这样,并非针对他。陆南转换话题道:"你都在哪里热饭?"

"嗯?"

"你带的饭得热吧。可以来我们店里。我就在前面——"

女孩打断他道:"我知道,你在公园对面的咖啡馆。"顿了顿又说:"我有地方热,不过还是谢谢。"

当天傍晚,陆南快下班的时候,宋语进到店里,说是前同事从北京过来出差约吃饭,她在这里等陈晓燕一道,就不喝东西了。陆南从泡着柠檬片的冷水壶里给她倒了杯水，讲起在图书馆后院被环卫工女孩嘲讽的事。倒不至于因为小姑娘讲了几句就耿耿于怀，他也知道，现在用的便宜猫粮有其隐患，尤其流浪猫喝水本就不足。他只是觉得，何必对最基本的善意那么挑剔呢。讲述的时候，他忍不住想起，母亲习惯多做一些饭，拌上小鱼干，到小区楼下投喂，因此被邻居批评过，说是饭食搁在那里容易变质和招虫子。

"你说相当年轻，那是有多年轻？"宋语对环卫工的年龄产生了兴趣。

"看着不到二十？她应该还在附近，你自己去找找看好了。"

"不了，我又不像我师父，为了写公众号，跟谁都能聊几句。我这么一时好奇跑过去，会被人当成怪阿姨。"

正说着，写公众号的陈晓燕进来了。她是个所谓的"纸片人"，银蓝色风衣半敞着，黑色针织衫搭配复古的藏青色阔腿裤，让她比实际更显高。

老板在旁边说："哟，今天打扮过嘛。去相亲？"仍是他一贯的聊天风格。

那边回："见闺蜜才需要打扮，见你们嘛老脸老皮的也就够了。"她没落座，喊上宋语就要走，陆南说："今天这个蛋糕只有一个喽，你要不要带走它？"

她凝眸细看，笑起来说："我还以为是什么稀奇品种，不就是巧克力麦芬嘛，常有的。"

陆南隐约失望。他想过，会不会只有最后一个才具备那样的效果。他不止一次自掏腰包，购买店里卖剩下的最后一个蛋糕试吃。不再有第一次吃杨其星的蛋糕时的奇异反应。他也不好直接问陈晓燕，究竟在怎样的情况下，这家店的蛋糕才会发生她所谓的"普鲁斯特效应"？

大多数人即便没有读过普鲁斯特的《追忆似水年华》，也多半知道作家笔下玛德琳点心的片段。吃下点心时的奇异充实感、与之连接的往事的微温。陈晓燕曾在她的公众号"上海弄堂小 s"写过"蛋糕酒号"的点心，声称，这家店的点心会在某些时候对某些人产生特殊的化学反应，吃下的同时，你的眼前会浮现以为早已忘却的记忆。

那个男的一走它们就出来了。一大三小。三只小猫有一只近乎全白，只在额头那儿有撮带尖的团状橘毛，我喊它桃太郎。另外两只披着和猫妈同样的玳瑁色外套。等它们再大一些，分辨三花猫母子就会有困难。

对我来说，人比猫更难认。所谓的脸盲症。我花了一些时间才分清隔壁夫妻房的吴姐和我们屋的赵姐。她们都早出晚归。吴姐在服装批发市场工作，她说得含糊，我一直没搞懂她是营业员还是清洁工。赵姐是某家上门深度清洁公司的雇员。相像的不只是脸、发型和身材，她俩身上都有清洁剂的味道。真的好像。我曾向小敏表达我的困惑，她说，哪里像了，赵姐比隔壁好看。我心想，好不好看这种事，纯属个人标准。在我看来，小敏和遥遥也有几分像，都是长发柳条腰。在麻辣烫店打工的小敏闻起来就像行走的调料罐，很好认。

猫妈直奔盆边喝水，接着嘎吱嘎吱大嚼猫粮，并不避人。桃太郎过来玩我的鞋带。它的兄弟或姐妹在打架。再过不久天就会黑下来，我还剩最后一轮清扫。昨天早班下班后奔波到虹口，今天上晚班，感觉一天格外长。可能的话，我很想就这么和桃太郎一家待在这里，让街道脏下去。

跑去上外，是一时冲动。发现本科生不在本部，我顿时松了口气。如果某人真的在那里，又能怎样呢？我究竟想找她说什么？都过去一年多了。认不认都这样了。

从虹口回家的路上，深夜的租屋，今天每一下扫帚的间隙，我茫然凝视猫们的空白时刻，某种类似惆怅又像是不甘的情绪一次次涌上喉头，又被我死死摁住。刚才我边吃饭边看了某人的朋友圈。三天可见。一片空白。上次窥视是两个礼拜前，珍珠奶茶的照片配了一句话：上自习的安慰。我盯着奶茶想，喂，你怎么就不屏蔽我呢？

把饭盒用纸巾擦了擦，放回丰裕生煎收银台的阿姨那里，和她说我待会儿来拿。结束最后一圈清扫，八点一刻，取了饭盒，装饭盒的塑料袋挂在垃圾车把手上，一路晃着走回去。清理推车，换衣服，签退，骑车回住处。到家九点多。想上厕所，里面有人。我只好坐在客厅的木沙发上，拿着遥控器胡乱换台。没一个想看的。都市剧的男主角戴着没装镜片的黑框眼镜，怎么看怎么假。眼镜和咖啡馆喂猫那人的很像。

老高从卫生间出来，看见我，显得诧异，说你昨天不是早班吗，今天怎么这么晚。他最近失业了，不分昼夜在客厅待着。老高不算老，赵姐说他比她小一岁，属虎，那么就是七四年的，和我妈一样大。按理我得喊叔，我坚持和其他人一样喊他老高，是不想乱了辈分。他老婆变成吴阿姨也就算了，赵姐要是被我喊作赵阿姨，肯定会伤心。我对老高说了声"帮人顶班"，蹿进卫生间。还好里面不臭。上完厕所，我出来拿浴巾和睡衣，重新进去洗澡。洗到一半想起来，喂猫的老兄胆子不比猫大，有一次被我的扫帚吓过。依稀是在上个月，地上的梧桐絮像新雪一样可爱，那会儿我还不知道它们将会有多讨厌。我挥着扫帚一路前进，临近昆剧团，传来咿咿呀呀的排练声。那个男的站在门口，呆头呆脑往里看。我加大动作，指望他自行闪避。都到跟前了他才发现。一般人这时会迅速让开，讲究点的会捂住鼻子。他原地哆嗦了一下，抱头缩肩，闭上眼。

我停下看了他半秒，绕开他继续扫。五步后，我悄悄回望，他往咖啡馆的方向走了。

某人也怕扫帚，我在初中偶然发现的。值日的时候，我拿扫帚当作大侠的剑甩着玩，她尖叫起来，反应比咖啡馆的眼镜男夸张多了。后来在书里看到巴甫洛夫的狗，我才从科学层面了解到那是怎么一回事。印在身体上的恐惧没那么容易消除。如果你像某人一样被人用扫帚从小打到大，就很难把木柄竹蓬头的玩意儿只当作清洁工具。

想个什么最后都绕回某人身上，让我不爽。匆匆冲掉泡沫，依次套上内裤、短袖T恤和当睡衣的运动衣裤。自从开始做这份工作，我比以前爱干净多了，进化到每天洗头。好在头发短，干得快。我把浴巾在客厅旁边阳台上的衣服中间找了个空当晾起来，湿头发顶着毛巾，走回客厅刷牙。和厨房连在一起的客厅之所以显得特别局促，是因为塞了张可坐六人的长餐桌。难道房东以为租客们会坐在一起吃饭不成？不过要没有这张桌子，确实不便。厨房台面挤满了各人的调料，做菜的人必须征用餐桌切菜摆碗。

应该算是上海特色，包干区一带仅有的几家小店，从丰裕到乔乔还有另一家号称是河南拉面的，都太甜了。第一次吃到甜的拉面汤和甜的泡菜，我简直要怀疑人生。我说，老板你放糖了吗？老板说，泡菜不放糖没法做的呀。我说，面汤里也有糖，还不少。他哈哈笑起来说，你舌头有问题吧。一干食客也跟着笑，大多是附近的建筑工人和快递员。我没吃完就走了。离包干区几步路有家麻辣烫，这家没有多余的糖分，让人感动。问题是我不想每天吃麻辣烫。无奈之下，我开始学做饭。早班的日子，到家后做当天的晚饭和第二天带的午饭。像今天这样晚班，早上九十点起来做，吃完带着晚饭去上班。

刷牙到一半，我想起明天又是早班。当好人当惯了，想换班的都来找我。太累了，不想做饭。挣扎过后，还是到厨房炒了个胡萝卜。米饭用前两天煮多了放在冰箱的。做菜的时候，老高在旁边晃来晃去，说，你就吃这个？兔子都吃得比你好，怪不得这么瘦。我懒得理他，心想你怎么不看你的电视？不好看又不是我的责任。

洗好饭盒装了饭菜，用热水洗炒锅。煤气灶背后的瓷砖挂满油渍，这些人做菜都不收拾的吗？我戴上塑胶手套，开始喷去污剂。这要让我妈看见了，一定会怀疑自己的眼睛。过去她常说我"油瓶倒了都不扶"。我妈不知道，我在外面一向勤快。高中的时候去某人家做功课，她妈在住院她爸在赌钱，我无师自通地做了两菜一汤。大排焦了，青菜也炒老了，只有蛋花汤还不错。她吃着吃着就哭了，说，如如，我们要永永远远这么好。

她喊我如如，我称她蓬蓬。爸妈给我取的大名是古如儒，家里人喊我的小名"晶晶"。她叫彭钰，是我初中和高中六年的同学。我们是朋友。曾经是。

正在探身撅臀用力擦瓷砖,我感到屁股被人摸了一把。一转头,发现老高站在身后。他讪讪地说,你看着瘦,还是有肉的嘛。我心想,废话,我以前有两个你的吨位好不好?然后才意识到,我被人调戏了。从小到大当惯了胖子,没想到自己也有今天。Shit!我甩掉手套,举起去污剂,将喷口对准他。这瓶威猛先生是我买的。除了遥遥,其他室友们一直在偷用我放在浴室的洗发水沐浴液,却没人动用这个。老高像是慌了,说,你不要乱来啊,这件衣服新买的,洗不掉我老婆要讲我的。Shit!怕老婆你还摸小姑娘的屁股!眼前浮现吴姐愁苦的脸,我没按下把手,用另一只手抓起睡衣口袋里的手机,拨出去。表哥接起来,我说,带我去吃好吃的!那头爽快地说好。表哥的公司在浦东,开车过来四十分钟。我盯着老高说,你下次再这样,我让我表哥找人打你一顿,你信不信?老高乖觉地点头,忽然说,你表哥公司招人吗?我难以置信地盯着他,因为太气,忍不住哈哈笑了起来。老高看我的表情像在看神经病。

和表哥吃完火锅回来,身上散发着和小敏相像的味道,澡白洗了。客厅空旷。估计吴姐回来了。我进到房间,在第二个隔间躺倒。帘子忽然被人拉开。我一惊,原来是遥遥。她递过来一盒巧克力,说,今天收到的,你尝一个?

进口的夹心巧克力。看盒子就知道很贵。遥遥的职业不难猜,她每天傍晚洗澡化妆出门,凌晨三四点回屋。有时和上早班的我在客厅打个照面。吴姐赵姐在背后说起遥遥的时候,一口一个"卖的",用词不堪。我对遥遥感到亲近,不是因为她和我一样租了两张床,而是因为她笑起来有几分像蓬蓬。她不爱笑,亲近感也就微渺。

"谢谢,不过我不吃甜食,你给她们好了。"

她轻哼一声,说:"她们背后怎么说我,以为我不晓得?给谁都不给这里的其他人。吃了我的,还不是照样讲。"

"我一直觉得奇怪,你为什么不租好一点的房子啊?"

"你呢?你表哥有家电梯公司,你爸开饭馆,你没必要像现在这样啊。"

表哥的公司做的是电梯维保,谈不上电梯公司。我没纠正她,只说:"有点原因。"

"我也是。"她笑笑,拉上帘子。我望着狭窄的天花板,这才想起,忘记提醒她,以后洗澡出来看到老高要当心。不过遥遥应该没事。她很强悍。和连扫帚都害怕的某人不同。

第二天上班时,我陷入了对厕所问题的思考。人类和动物最大的不同在于,我们不会随地大小便——该加以纠正,大多时候不会。前天从上外往赤峰路站走的时候,我看到一个男的在路边花坛的角落对墙站立。惊呆了。这可是上海。连我们乡下也很少有人在马路上这样。等走到赤峰路站,我注意到一楼有肯德基。那个男的就不能多走几步找一下吗?

说到找厕所,我在包干区的运气不错。运气不好的人得走到别人的包干区,我就不用。我通常去图书馆,那里的厕所比医院的更干净。

应该开发一个手机 App,由用户在上面标注对外开放的厕所并打分,就像大众点评。我连名字都想好了,觅所。听起来很酷是不是?

多半是大脑活动以某种不可知的方式影响到肠道菌群,扫地期间,忽然有股不熟悉的压力传来,由小腹徐徐往下。伴随着疼痛。并非隐约的疼,事实上,疼得颇有主张。难道我亲手做的炒胡萝卜有问题?要么是冷饭在冰箱的时间太长?我忍痛环顾左右。刚走完半个 T 字到绍兴路中段,离图书馆和医院两头不靠。我咬紧牙关。不妙。情况紧急。眼镜男工作的蛋糕酒号映入眼帘。右前方两米。我把扫帚往梧桐树身上一搁,夹着腿迈着小碎步冲过去,推开玻璃门。

眼镜男不在,柜台后面是另一个面熟的女的。叫姐姐还是阿姨?我放弃了称谓,直接问:"不好意思我能用一下洗手间吗?"

她睁大眼睛看着我,像是不能接受穿制服的我出现在他们店里的事实，又或是不习惯顾客以外的人提出上厕所。我心想拜托你们也是服务业再说大家算是邻居抬头不见低头见你们门口马路要没有我怎么能保持干净早就被狗屎淹没了……不，不能想 S-H-I-T 这个词。肠道立即对我的心声做出反应，加速蠕动。

"厕所……"我几乎是呻吟着说。

她一脸惊骇地摇头。"不用。"

什么不用？

我都快哭了。这时眼镜男从我身后推门走进店里。他聪明极了，一看见我就说："你要上洗手间？"我上了发条般点头。他回了一句"往里走"，我赶紧迈步。

结果不仅拉肚子，月经也一起来了。我坐在小方格白瓷砖的洁净洗手间里，呼吸着芳香剂气味的空气，既感到解脱，也有些窘迫。我打算多垫些纸，去绍兴路那头的便利店买用品。刚拉动卷纸，只见放卷纸的架子上有只巴掌大的木盒，盒盖贴着五个字：

请随意取用

打开盒子一看，里面躺着几个软软的扁家伙，正是我此刻需要的。简直要哭了。

人在软弱的时候容易陷入回忆。我毫无脉络地想起，蓬蓬以前超级迷"暮光"系列电影，男主角那张被称作"嫩牛五方"的面孔在她眼里英俊无比。我故意恶心她，说，吸血鬼应该不需要上大小号。你说女主角去男主角家里玩，万一需要上个大的，那些嗅觉无比灵敏的吸血鬼会觉得好臭啊人类果然是低等生物，还是会觉得异香扑鼻？说话时我坐在她床边的地上，她歪在床上用我的平板电脑看第 N 遍《暮光 3》还是《暮光 4》。蓬蓬用脚踢了我一下，说，你好恶心啊整天说些屎尿屁。其实我对吸血鬼并无偏见，《历史学家》我读了三遍，一度还妄想过考历史系。我只是不能理解"暮光"系吸血鬼闪闪发光不怕太阳的设定，更无法欣赏蓬蓬对男主一族的痴迷。

以我对她的了解，尽管如今她成了德语系的新生，也照样会看网文刷小言对各种整容脸面瘫脸男演员报以容易消退的热情。只是身边再也没有我施加口头打击。

她会感到寂寞吗？某些瞬间。

我从厕所出来，花时间洗了手，顺便照了镜子。说实话，蓬蓬如果看到现在的我，未必能认出。

进来时太急，这才注意到店堂隔着玻璃窗有个操作间，那个女的正在里面切什么东西。我到柜台边向眼镜男道谢。他问，刚才你们都说了什么，方便告诉我吗？我讲了一遍，他露出思索的表情，说，我猜，她以为你要帮我们扫厕所。

"啊？"我茫然道。这都什么跟什么啊。

"里面做蛋糕那位,是我们的点心师,也是老板。她人很好的。不过她有失语症。"

"失语症——是不会讲话吗?电视上都那么演。"

"不是那样的。你下次如果和她讲话,尽量慢一点,用词简单一点。譬如直接说'我要上厕所',这样她比较容易理解。"

我想起那个贴心的小木盒。不至于是眼镜男放的。多半是那个做蛋糕的女人。听不懂别人说话的女人。

肚子舒爽,我回到包干区,卖力地扫完剩下的半轮。小休时,拿出手机查看,"我们家"微信群里,妈问我什么时候回。

我不是每次轮休都回家,上次回去是一个多月前。隔壁水果店的曹阿姨差点把我认作我爸什么亲戚的孩子。跟她说了两遍"我是晶晶",她才接受了眼前的事实,惊笑着说,哎哟瘦成这样,认不出了。接着她像是刻意压低声音说,都说陈家老太这记被撞反而划算了,她家儿子几年不回一次家,现在你爸妈每天不仅管她吃,让店里帮工送过去顺便帮她做卫生,你妈还隔三岔五去看她。晶晶啊,你回头跟你妈讲一下,用不着做到这种地步的,是不是?

我笑嘻嘻说,曹阿姨,要是你儿子撞了人,你才不会管,对哦?我妈没你聪明。

要说我对爸妈没有内疚,是假的。不过我不会在曹阿姨这样的八卦妇女跟前显露半分。我在家吃吃喝喝的两天，我妈半个字也不提陈阿婆的伤。她在我胖的时候经常念叨让我减肥，如今我瘦了，她却看不下去，不断和我说，晶晶啊，你多吃点。

我早就从曹阿姨那里听说了，老太现在总算能扶着助步器走几步，恢复到行动自如是没指望了。我妈以前没摊上过照顾老人的事，邻居们都说她命好。我家爷爷奶奶外公外婆全是身体好精神好的样板，跟团游广场舞一样不落。要不是我在高三毕业前骑助动车撞了人，高考又考成那么难看的分数，这时我会在某所二三流大学念书，我妈也不用为别人家的老人操劳。我有时想，我大概是我妈命中的煞星。

从市区回家不麻烦，喊表哥开车送我，或者自己坐地铁。我在对话框输入"这周"，想想又改成"下周吧"，按下发送键。每次我妈看见我，都会露出"你什么时候才肯辞职"的哀怨眼神。真正吃不消。我妈也是我的煞星，某种意义上。

☕

早上上班，陆南隔开一截就发现店里亮着灯，心头笼罩安宁，如同回家时家里有人。杨其星每周只休一天，这次参加培训,她两天不在,对他来说感觉漫长。他进屋走到吧台的一端,掀开以白色线条画着酒瓶酒杯的绿色布帘,声调轻快地喊了声"星姐"。正在烘焙间里筛面粉的杨其星是黑白两色的。白衬衣,做点心的白围裙,包裹长发的黑头巾。"早。"她回了一个字,手上不停。陆南不急着取挂在墙上的围裙,问她:"课程怎么样?"

她把大号粉筛搁在金属盆上,露出思索的眼神。

他耐心地说:"昨天和前天,你上课。课程有意思吗?"

本来想问"有意义吗",怕她听不懂。店里提供的是家常风格的常温点心,不代表杨其星不懂得制作传统的法式甜点。遇上有人订茶歇,她会做复杂的。国王饼、樱桃派、巧克力挞,都是高糖高热量的,她对轻盈的慕斯类甜点无感。这次的课程是他在朋友圈看到告诉她的,两天的内容分别是梨子夏洛特和千层酥。他猜她会对第二天的课感兴趣。她无法阅读微信的长文介绍,好在有成品照。看照片的瞬间她就决定了。老师是谁、价格多少,她全不在意。他忍不住在心里苦笑,你就这么信任我吗,星姐,我要是把你卖了呢?

杨其星回答:"有意思。"想想又说:"室温是关键。"

后半句多半是重复老师说过的话,看起来她的思维仍在课上。她不会知道,陆南先去见过课程的讲师,据说是法国一所比蓝带更牛的学校学成归来的某女士。他告诉那位老师,杨其星大多时候听不懂,不要紧,你就当她是外国人好了。她的理解力没问题。再说她有技术基础,会看、会观察。请你尽量把要点讲短一些,多重复几次。

某女士带着好奇的笑意打量他,问,这么紧张,你女朋友吗?

他答,不不,我老板。

陆南留杨其星在操作间,自己回到店堂,先检查卫生。堪称完美。老板知道妹妹第二天要来,昨晚收尾明显用心。这让他哭笑不得。走到咖啡机旁,他看见窗外有个熟悉的身影。多云天给街道蒙了灰色的滤镜,连带着那个瘦削的女孩也显得黯淡。棒球帽,带荧光条的藏青制服,袖套,手套,口罩,竹扫帚。她专注于工作,并不看他这边。忽然,她往下一蹲。

他继续眺望。她取下腰间的小铲子,使劲擦刮口香糖在地面的残迹。他试图从她身上找到愤怒的气息,就像那天她谈论宠物狗带来的麻烦时毫不掩饰地呈现的。隔着窗玻璃,她看起来仅仅是在机械地执行一套动作。那姿势让他想起遥远的往事。弯曲的右手被肘关节带着往后再向前。某个少年反复练习的动作。

柜台上只剩下一个带玻璃罩的高脚盘。看来除了盐渍樱花磅蛋糕,另外两种在他昨天傍晚下班后售罄。是谁买走了最后一只巧克力麦芬、最后一块蔓越莓饼干?缥缈的属于过去的幽灵有没有出现在品尝点心的他或她的眼前？陆南决定不就此多想。

上午的客人不多，中午颇忙了一阵，下午两点多，宋语发微信给陆南，问要不要一起吃饭，说她此刻在建国西路的阿Q面馆。星姐刚去外面吃了回来，陆南正感到饿，便欣然说好。当他走进容纳了三张长方桌的小店，宋语用调羹吃着大馄饨。他要了辣肉面。

"你还真是吃不腻啊，辣肉面。"宋语说。

"这家的辣肉面还不错呀。还有哦，如果你第一次进一家店，吃辣肉面是最保险的。"

他知道她在揶揄什么。他小时候住在黄浦区，初中考入格致中学，活动范围随着学校被框定在人民广场周遭。广东路上叫作顺德面馆的小店，他一吃就是六年。从初中到高中，除了放假，他每周一三五去那家店吃午饭。店名为"顺德"，与粤菜无关，提供的是苏式面。他守着三个品种轮换，辣肉面、雪菜肉丝面、猪肝面。从不尝试其他浇头，也不会因为要排队转战别的店。顺德虽是苍蝇馆子，口味不错，生意繁盛。

宋语第一次听说这个故事的时候愕然道，你是A型血吧？只有刻板的A型人才会这样一成不变。

他怎么回答的来着？记得他说了句，我只是懒得尝试新事物。

陈晓燕当时在旁边，插话道，怎么是六年，预备班到高中毕业，不是七年吗？

从外地考到上海念大学的宋语就不会注意到这种细节。不，就算是上海人，一般也不会想到吧。陈晓燕总是有种特别的敏锐。陆南淡定地回答，高二下半学期，我爸去世了，我妈出来工作，在一家西式简餐馆，也在学校旁边。后来我都去我妈店里吃。

宋语帮腔道，哦对，那家的意面还不错，他带我去吃过一次。陆南和他妈妈可黏了，简直像男女朋友。他去接妈妈的时候带了小点心，一进去就说，美女今天过得开心吗？啧啧。甜言蜜语的调调，简直不认识他了。

陈晓燕笑着对她的徒弟说，为什么你的语气听起来像在吃醋？

老板也好陈晓燕也好，都爱拿他和宋语开玩笑，是因为知道他俩都不会在意。在意的事，往往没有人提起。

他现在也偶尔去顺德面馆。有时休息天在人民广场附近看个电影什么的，简单吃碗面。并非怀旧，他只是借此确认自己在这个世界的位置。就像浇头上加的那一勺雪菜，一切都没有改变。他仍然是他。父亲的消失没有让世界的螺丝松动分毫。

两个人在阿Q面馆吃得冒汗，宋语说起她师父最近酒喝得有些多，问："你有没有听说什么？"

陆南表示茫然。他每天傍晚就走了，晚上陈晓燕有没有来店里喝酒、喝多少，他一无所知。宋语换了个话题，问他最近在看什么书，他答了，她发出一声笑。

"《全职高手》之后是《2666》？所以你选书的标准首先是特别长吗？"

"我喜欢长小说。"

"我跟你相反，最好一两个小时看完，不然肯定会丧失耐心。所以我也很少追剧，只喜欢电影。"

"给你推荐一本吧。按我的标准不算长，你应该能看完。叫作《历史学家》。"

"听起来就很艰深。"

"不艰深的。我保证。"

他没说那是某种吸血鬼小说。他只推荐不借书给人，是因为一向只买电子书。家里房子小，不适合堆积。爸去世后，被单位查出挪用公款，一百万出头，换了别人或许没什么，对他们家来说是一大笔钱。据说爸将挪用的钱投在了股市。他们压根儿不知道爸在炒股。妈拿着各种证明，去证券公司取出账户余额，并且卖了两室一厅，换成浦东的一室半，这才把欠单位的钱还清。不管是妈妈还是他，并不为房子变小而难过，甚至很高兴搬离充满糟糕回忆的旧居。

宋语说要去参加活动，他一个人走回店里。意外的是，环卫工女孩站在吧台前。他进到吧台，正好听见星姐说"不用"。不用什么？女孩又不是来兜售东西的。他瞥一眼她的表情，立即会意，指点了厕所的方向。她像训练有素的大型犬一样往那边去了。

女孩离开的时候向他道谢，他忍不住问了她和星姐的对话内容，又补上一句："下次你直接去就行。不用和我们打招呼。"

她的视线扫过柜台，像是想买什么又放弃了。还剩两片的磅蛋糕在上午售罄，摆在那里的是新做的蓝莓麦芬。星姐正在切早上放入冰箱冷藏的饼干面团，他知道，过不了多久，店内就会充满烤饼干的香气。而女孩将会带着她的扫帚经过店外。他们都在各自的轨道上。日复一日。

睁开眼，看到手机上表哥的微信消息：你真的不来我们公司吗？前台的工作比你现在轻松多了。

说得好听，他的办公室并没有所谓的"前台"。商住楼里的单间摆着桌椅和沙发，维修工们回来看图纸吹牛皮休息的地方。有个做账的叔叔一个月来两次，此外就是表哥日常坐镇。他一般不跑现场，工作交给被称作"老法师"

的中年人和那人手底下的三四名小年轻。每次去表哥的公司玩,他都在打电话和发微信。要不是认识表哥,我也不会知道我们日常使用的电梯并不都由厂商做日常维护。上海有许多小维修公司,挂在大公司底下分一杯羹,说白了就是小公司做事,大公司收钱,然后分账。

表哥爱讲他当学徒时的故事,听过好多遍,我都会背了。十多年前,他刚从技校毕业,跟着师父干电梯安装的活儿。师父只分给他最琐碎的活计,不教本事。工地的电梯是先期完工的项目,楼的框架起来了,电梯也就装好了。施工人员只能用指定的货梯。师父到哪里都带着三角钥匙,把锁住的客梯一开,就像电梯是他家的。说白了是炫耀。有一天电梯轿厢停在最高一层,表哥和另一个学徒正在调试,师父开了外面的门,没注意到轿厢并未下来,往前迈步,里面是空荡荡的电梯井——

第一次听的时候,我焦急地问,摔死了吗?表哥愕然说,小丫头怎么这么盼着死人。

他师父摔断了一条腿。从四楼掉下去,命真大。表哥不得不承担起原本师父牢牢霸住的各项工作,很快成了业务熟手。讲故事都会有个教育意义,表哥的故事也不例外。他说,所以讲,事情都有运道,风水轮流转,师父倒了霉,我的运道就来了。

我以前觉得表哥是个贫乏的人,一个故事翻来覆去讲。

等到发现他单位的"老法师"就是那个曾经摔断腿的师父——如今成了雇员,在表哥得意地讲陈年故事的时候低头看图纸,装作无关的样子——我认定表哥不仅贫乏,还有些蔫坏。所以我不想去他那里上班,即便他是好意。

不过像今天这样的日子,也不是没有心动。一点点。

这周帮别人调班,晚班中间夹了两次早班,我的生物钟彻底乱掉。今天不用早起,结果四点不到就醒了,勉强躺了两个小时,睡不着,索性爬起来。浑身无力,可能和例假有关。

隔板一边在窸窸窣窣地准备出门。另一边的遥遥在睡。细微的动静让我感到安心。这也是为什么我没有选择一个人住。在户外工作的时候,周围有树,窗户背后的屋里有人,路上也不时有人。回到家,很容易陷入"只有我自己"的错觉。好在群租房里这种错觉一向不长久。我讨厌一个人。一个人就容易东想西想,思维遁入牛角尖,进退不得。

如果我有勇气复读和重考,理想的专业是历史系。历史不关心个人的胡思乱想。一切都是实在发生过的,被记录和留存。虽然也有粉饰和扭曲,但总强过个人的记忆。人不仅善忘,还会修改记忆,装作什么都不曾发生。

我想那就是发生在蓬蓬身上的事。

等到赵姐她们的动静消失,我悄悄起身出门。比平时晚班早了三个小时。自行车骑着费劲,该打气了。现在满街都是共享单车，我仍固执地骑这辆破车。车祸后，我爸把小绵羊卖了，给我买了自行车。我对自行车没感情，不保养也不擦洗它，以至于它很快变得灰头土脸。

路口站着几个保安，像一群在密谋什么的巨大乌鸦。他们的制服颜色和我们的相似，款式不同，也没有荧光条。外套下摆的一侧钉着几枚银色的扣子，看着眼生，他们换制服了？还是我像《1Q84》的女主人公，去到了似是而非的平行空间？红灯转绿，我踩着踏板掠过他们附近，意识到那是防雨外套。在下雨吗？雨丝细如棉线，被梧桐的新叶挡住了大半，我起先没能察觉。梧桐的叶子一天一个样，由婴儿的手掌变成我的巴掌那么大。空气中的飞絮少了些，应该是雨天的关系。我斜眼瞥视人行道，判断早班的同事不够尽心。等我上班你们就干净了，我暗自对街道说。我没拐进道班组所在的弄堂，继续往前，到绍兴路左拐。模糊的困意像个巨大的气泡包裹着我，又像另一种质地更厚的透明物体。对，像水。我好像在水底骑行。空气湿度也加大了这种幻觉。

我把车停在咖啡馆门口，没锁车，走了进去。我知道今天眼镜男休息。他有个女的朋友长得像我瘦下来前的大型版本（也是个老一些的版本），常来这家店。还有个瘦长条的女人和那个胖女人关系很好，也常来。瘦女人来得更多的是我上晚班的时候，眼镜男和失语症女人下班了，由另一个寸头的男人看店。这条街上的事逃不过我的眼睛，从西装男到椅子大叔。和大多数人不同，我看见，我思考，我记住。人们常常视而不见。

失语症女人在店里，没有其他客人。我和她打招呼，说，我要一杯卡布。不知有没有认出没穿制服的我，她露出笑容。不是那种营业性的笑。我感到强烈的被关注。被看。她看人时目光锁得紧。我迎着她的注视，发现她脸上有两颗小痣。

"鹿男不在，做不了。"她解释般说。想起叫作《鹿男》的日本小说，我脑子里跳出古怪的名字和形象，接着意识到，她说的是眼镜男的名字。到底怎么写呢？总不至于是鹿男。

"呃，那你们有什么？"

"水、红茶、浓缩咖啡。"她欢快地说，"水不要钱。"

这么说她认出我了。她会不会以为我在打肿脸充胖子？照理环卫工不会跑来喝这个，他们连奶茶也不舍得买。我懒得解释，说给我杯水吧谢谢。我在高脚凳上不太舒服地坐了，她把玻璃杯连同杯垫放过来。喝了一口，柠檬的微酸让我意识到口腔里的陈味儿。没刷牙洗脸就来了。今天总之从头就不对劲。

要怪只能怪蓬蓬昨晚新发的朋友圈。九宫格自拍，和应该是她同学的两个女生。美颜滤镜造就兔耳和脸颊上的心，让她们看起来如同一个模子翻印出来的。我花了些时间才认出蓬蓬，隐隐心惊。会不会有一天，我连她都不认得了？

应该不会。我是那个记住一切的人。只有我留在原地。就像我每个工作日在包干区的路径，闭合的环线。从起点回到起点。

一只灰白碟子被放在跟前。上面是棕黑色的物体。巧克力蛋糕。我诧异地抬头。

女人说："送的。"

光看她今天说话的架势，没法把那什么失语症和她对上。我试探地说："前几天我来用过洗手间，你还记得吗？"

她点头，片刻后说："你肚子疼。"

好嘛。这不是能顺利交流吗？受到鼓舞，我说："你们洗手间居然放着姨妈巾，是你放的吗？好贴心。不过不会有人偷吗？"

她的眼神变得困惑。看来句子不宜太长。我放慢语速："姨妈巾。"

"哦！里面有，你去。"

我哭笑不得。"不用了，谢谢。"我只是好奇有没有人顺手牵羊。如果你像我一样每天在街上"巡视"，就会对人性本善的论调不那么有信心。

"蛋糕，送的，吃吧。"女人热心地说。

我想告诉她"我不吃甜的"，有些不忍心。像在欺负小孩或残障人士。她是好意。吃一口也不会死，我对自己说。上班头两个月，丰裕那么甜的盖浇饭你不也吃过吗？我用小木叉切下酥松的一角，放进嘴里。巧克力熟悉的味道如同乡愁，从舌尖向我袭来。头比刚才晕得厉害。难道感冒了？匆匆咽下一口蛋糕，我试图说句客套话，喉咙瞬间被火辣辣的热流堵住了。

是眼泪。

从初中和蓬蓬玩在一起开始，我就把大部分零花钱贡献给她家的店。主要用来买巧克力。在她家做作业的工夫，我一个人轻松吃掉两板，还不算各种间隙往嘴里塞一粒明治雪吻。起初只是为了照顾蓬蓬家的生意，后来渐渐成了瘾，如果这种低可可脂巧克力也会成瘾的话。蓬蓬妈进的是大路货，店里从未出现过标有纯度的欧洲巧克力。关于巧克力和肥胖的关系，我算是个例证。原本就有婴儿肥的我以可见的速度膨胀，高中时成了全校闻名的胖子。

我不怕胖。体形的优势让我每次在蓬蓬爸面前怀有自信。我知道他心里清楚，他要是敢在我跟前动蓬蓬一下，绝对吃不了兜着走。这几年我的作业都是在蓬蓬家做的，说是写作业，只为了在她跟前耗时间。有外人在，她爸就不会随便找个由头抓起家什打她。她爸不管楼下的杂货店，整天在外面赌，她妈妈赚到的哪怕是一毛钱也存不住。杂货店这几年日渐艰难。附近新开了超市和便利店，加上网购，每一样都在吞食蓬蓬家的进账。她家的房子离老街有段距离，不像我家的饭馆，除了本地人还有游客的生意，通常是街坊邻居懒得走远，顺手在她家买个酱油啤酒什么的。

前年开始，她妈妈的身体状况时有起伏。后来查出生了癌。我妈对我说，你还老去蓬蓬家玩，不影响人家妈妈休息吗？我回答说，蓬蓬妈还在看店。我妈像是有点蒙，又问，所以你还在她家买巧克力？我说，对啊，不然我在哪里买。我妈没说话。

蓬蓬有时拿我的肚子当枕头。她还喜欢捏我的胳膊，说手感绝佳。胖如果说有什么烦恼，那就是骑自行车上学对我来说越来越成为负担，好在我爸给我买了轻骑小绵羊。钱能够解决的问题都不算问题，由此，胖对我来说一点不成问题。

那天和往常一样，我放学后没回家，和蓬蓬一起在她家楼上。屋里仅有一只老旧的油汀，没有空调。寒假将近，老式木框门窗的房间四处漏风，冷如冰窖。蓬蓬的书桌就一把椅子，被我占了，她坐在旁边的床上，屁股底下垫了几本书增高。她从楼下偷偷弄了一马克杯黄酒，用微波炉热了，端上来给我。

热乎乎的黄酒喝到胃里，如同烛火。要没有这簇火打底，连我的脂肪都挡不住寒意。蓬蓬知道我喜欢甜甜的太雕，每次都从她妈妈卖酒的坛子偷酒。我更愿意花钱买。她说，怎么能让我妈发现你喝酒呢，回头讲给你家里听，又成了我的错。我本想告诉她，我家过年的时候小孩也有酒喝，表哥的儿子才四岁，就被抱在膝上，让他用筷头抿白酒。家族的海量就是这么从娃娃练出来的。想到蓬蓬家上个春节的惨状，我闭了嘴。当时她妈妈住院，她爸爸回家找钱，翻得四处狼藉，蓬蓬从医院回来，还以为家里遭了贼。

蓬蓬说，如如，我要考复旦。你也考东北角的学校吧，这样我们就可以继续一起玩了。

我问她，东北角有什么学校是我能上的？

她说，就高不就低，你先努把力，不要一上来就想着挑分数低的。

我用双手捧着马克杯说，我这叫实事求是。过了一会儿又说，你想上复旦，是因为缺心眼说他要上复旦吗？

高二下半分了文理班，隔壁班的林炜桦成了我们的同班同学。以前我不止一次陪着蓬蓬趴在走廊的栏杆上俯瞰操场，说是看打篮球，主要是眺望身材修长的林炜桦。看名字就知道了，此人五行缺火缺木。分到一个班，接触机会多了，我总结说，他最缺的是心眼。

缺心眼的眼睛长在头顶上，别说关注蓬蓬的感受，恐怕他到现在都没记住这个叫彭钰的容易慌张的女孩。

眼看蓬蓬不说话，我知道她默认了，便低头对着英文课本。从句套从句,看得人犯晕。我想,学什么都行,反正我不读外语系。如果念不了历史,就读中文。中文系嘛,估计就是整天看小说,最轻松了。

那时当然想不到蓬蓬最后念了上外德语系,缺心眼去了南京,学建筑设计。就像我绝对想不到自己会当环卫工。如果人生有所谓的脚本提词人,很可能就是给周星驰配音那人,在你耳边大喊一声,惊不惊喜?

一大杯黄酒下去,我感到自己像一颗泡在热可可里的棉花糖,不断膨胀,意识变得轻盈又飘忽。看不进书,玩手机又会被她告诫"都什么时候了你还玩",说真的,我有些无聊。晚上八点多,蓬蓬说,外面好像下雨了,你赶紧回吧,待会儿下大了不好骑车。

从蓬蓬家到我家,走路二十多分钟,骑车只要六七分钟。我想再赖一会儿,伸手去拽她放在桌上的胳膊,她一缩。我噌地站起来,把她的袖子往上撸。只看了一眼,就感到血混着酒意往头顶蹿。烟头烫的印子,痂还没褪。什么样的亲爹会这样对自己女儿?我哽着嗓子说,他在后面新村棋牌室对不对?蓬蓬仰头看我,一声不吭。她的羽绒服的拉链坏了,拉不到顶。连帽衫的开口处,锁骨之间有个小小的凹痕,像一只白色的小酒杯。我蹬蹬蹬奔下楼。蓬蓬妈在柜台后面用手机看韩剧。她是个神色木然的女人,看得出年轻时候是好看的。据说蓬蓬之前有过一个哥哥,掉进河里淹死了。

我对蓬蓬妈说了声"阿姨我走了",到门口去推车。蓬蓬追过来,扯住车把,说,你不要去!我说,你做什么啊,我回家。她盯着我看。她太了解我,知道我在说谎。她叹了口气,说,我来骑吧,我送你。同样因为了解我,她知道我有多爱坐在她后面,搂住她的腰。这学期开学以来她就不让我抱她了,偶尔开玩笑地摸摸头摸摸手还行,一旦我试图像以前那样亲昵,她就会露出僵硬不快的神色,说,这样不对。我不知道是谁把诸如对错乃至人生该怎样的结论塞进她的脑袋瓜。总不至于是和她全无交流的缺心眼。我没有人可以指责,只能吞下更多的巧克力,形同报复。

我在心里对蓬蓬爸说,今天算你运气好。坐在后座,我再一次感到,蓬蓬真的很瘦。隔着羽绒服、连帽衫和打底衫,在我的双臂间,她像一只没有裹面粉就被送去油炸的鸡翅膀。我侧过头,贴着蓬蓬的背,用脸感觉她背上念珠一样的骨头。接着我重新转回脸,用鼻子蹭了蹭。忍不住要这么玩。毛毛雨落在脸上头发上,并不湿,只是冷,像冰女王的气息吹在脸上。蓬蓬高声说了什么,听着是让我不要乱动。连帽衫的帽子遮住了她的脑袋。我除了她的背什么也看不到。每经过路灯,紫色羽绒服泛起橙色的光。有那么一刻,我希望自己缩得小小的,像一只蜘蛛攀附在光滑的紫色面料上。

尾随者

车翻得猝不及防。似乎撞到了什么。我的第一反应是不要压到蓬蓬，尽力把自己的腿卡在倒下的车的下方。好痛。希望骨头没事。蓬蓬哼了一声，很快爬起来，跪在我旁边，尖声喊，你没事吧？我哼哼着说，我没事，你看看前面有事吗。车头前方不远处躺着个黑乎乎的人。路灯照得雨丝亮如蛛丝。是因为这样我才有蜘蛛的幻觉吗？穿橙色反光马甲的协警跑过来，我暗自诧异这人还没下班。蓬蓬对协警说，对不起，我朋友骑车前喝了点酒。咦，不对，骑车的不是我。我努力转动脑袋，想看清蓬蓬。协警说，哟，这不是古家饭店的小胖子吗，这下你家事情大了。声音显得幸灾乐祸。他蹲在不远处喊，阿姨，听得见吗？蓬蓬也往那边去了，紫色的身影离我无比遥远。我感到脸上有湿的东西，心想，是雨。

☕

这个城市的春天充斥着雨水，让人郁闷不堪。在温暖干燥的咖啡馆里，陆南望着外面想，雨天打扫可真是个苦活。

环卫工女孩刚冒着雨一路扫过去。她今天仍戴着标志性的黑色棒球帽，只有帽舌露在暗绿色塑胶雨衣外。齐膝的雨衣质料厚实，不像是单位发的。女孩身上始终有种出离的氛围，不光是染发、雨衣和苹果手机等细节，是更加形而上的,或者说更加内在的什么。

要不要做杯喝的打包给她呢?很难不显得唐突。像个居心不良的坏叔叔,虽然他应该没比女孩大多少。也有可能他们的年龄差距比他以为的要大,说不定女孩是"零零后"。"零零后"的话可就是童工了……思绪正在乱窜,咖啡馆的门开了,女孩滴着水走进来,经过吧台径直往里走。他吃了一惊,很快绕出吧台跟上去。这会儿只有一个熟客,陈晓燕的男朋友的同事,叫利维的西班牙人。陆南一直没搞懂,为什么西班牙人成了意大利餐厅的主厨。利维坐在靠近院子的方桌前,从笔记本电脑背后抬起头,好奇地盯视站在洗手池前的女孩。她弯腰在水池洗手,雨衣扔在脚边。陆南看一眼便皱起眉。

"光洗不行,要消毒。你等一下。"

他蹲在吧台底下翻了一通,找到喷剂和创可贴,走回去。女孩正用擦手纸吸干手掌外缘,新的血渗出来,纸巾染上了粉色。手掌一侧有明显的擦伤。挽起的袖口露出的手肘也破了。

陆南帮她上药。坐旁边看热闹的利维提醒道,还有胳膊肘。听到他完美的中文发音,女孩微微转动眼珠。第一次离女孩这么近,陆南意识到,他一开始几乎是不自觉地闭住呼吸。该死的洁癖。他强迫自己放松下来,雨水的味道掠过鼻端。她闻起来像这条街本身。树木的湿气。旧街巷住家的气味。

"怎么搞的？"他问。

女孩抿起嘴，表情像在说"还用问吗"，片刻后哼哼道："摔了一跤。"

"下次换双防滑的鞋。要不要喝杯热可可？我请客。"

"我不吃甜的。"她冷淡地说。

他猜她在节食。年轻小姑娘的把戏。然而她这么瘦，小臂的皮肤底下一层薄肉，骨骼分明。用了三个创可贴。手掌两个，手肘一个。她呼出一口气，放下袖子，低声道谢。

"把你们地上弄脏了，拖把在哪里？我来拖。"

"不用。"

她重新穿上雨衣，毫无眷恋地离开。利维吹了声口哨，陆南决定无视。他把黑白瓷砖地上的水渍和带泥的脚印擦了一遍，身上出了层薄汗。今天外面倒春寒，店内的空调开得高。他想起女孩雨衣底下仅一件卫衣。她的手冰凉如雨水本身。

他刚叫了午饭的外卖，她又来了店里。这次不像上午那么横冲直撞，把雨衣脱在门口放伞的双层搁架上。棒球帽卫衣仔裤跑鞋。没有扫帚的女孩像个学生。

"要杯卡布。"

他点头，开始做咖啡。她爬上高脚凳，猴子一样支着腿，朝两侧转来转去。等他把咖啡放在她面前，她仿佛下定决心般开口道："今天那个姐姐不在?"

"她今天休息。"

"哦。她的休息天不固定嘛。"她啜了一口咖啡，皱起眉，"好喝的。"

"你的表情好像很难喝。"

"有点烫。"

"你今天扫地怎么不戴手套?"在她受伤进来时就该问的，他忌惮旁边爱八卦的利维，才没多话。如果戴手套，就不会摔得那么惨。

她抬起手，像在确认创可贴还在原位。"下雨天我就容易忘事。"

"我一直想问，你为什么做这份工作?"

她笑笑，他曾经见过的嘲讽的笑容。"怎么，看不起环卫工啊?"

他有些心虚。"我是觉得，打工有很多选择嘛。譬如肯德基啊、便利店啊。"

"我就是不想整天待在家里，然后正好看到招聘。结果一做才发现，这份工作蛮好的。什么都不用想。还能看到好多东西。哦对了，我还被评上优秀了你知道吗?"笑容里的嘲讽褪去，显得孩子气，"前几天说有媒体要来采访我，什么'九零后'环卫工，听着好笑吗?"

原来她不是"零零后"，和九零年出生的他在一个区间。她又说:"那个姐姐……我昨天来过,她请我吃了蛋糕。"

"哦,你不是不吃甜的吗?"

"我是不吃。可是你知道的,跟她也讲不清,我就吃了一口——"她垂着眼,睫毛闪动。他的心急跳起来。

"你看到了是吗?"

女孩笔直地看向他。他缓慢地说:"我也看到过。"

"……我看到的跟你看到的,应该不是一回事吧?"

陆南看着女孩不以为然的表情,感到踌躇。继续这个话题,对他来说并不容易。店里的熟客当中,利维曾公然宣称,杨其星的点心不一般。其他人对此要么露出蒙娜丽莎式的微笑,要么一脸问号。陆南从未和人谈起过他第一次吃到蛋糕酒号的点心时不受控的幻觉。毕竟,那是他严防死守的记忆的角落。

高二下半学期,他决心杀死爸。

他在一个网络论坛看到有人宣传自家的刀的工艺,说是祖传的锻造,如何精美、牢固和锋利。他研究了卖家贴在网上的照片,选了最为朴实的一把。卖家说开刃要另外加钱。他同意了。问要刻名字吗,他说不用。按理刀具无法走快递,他想着就当被骗了,打了钱过去。

二十三天后,刀来了。从纸箱里刨出一大堆泡沫,最里面是报纸缠裹的刀。确实漂亮。刃长十八厘米，木柄上刻有螺旋状的装饰线条。

自从他上高中有一次还手，爸就放弃了打他。如今，爸不时迸发的暴力，只落在妈一个人的身上。爸在打人这件事上相当专业，毕竟打了许多年，懂得怎么做才能不显山露水。妈从未脸上带伤。最严重的一次，胳膊断了，妈继续用一只手做家务。

在单位，爸以做事认真著称。当出纳的爸不抽烟不喝酒，看起来是个无害的老实人。随处可见的小职员，回到家就变成暴君。很多事会让爸的暴力开关啪嗒一下闭合。儿子不做作业看电视。妻子做的菜咸了、淡了。儿子考试成绩掉出了前三名。单位的其他人评了先进。

他从小到大被爸用各种器物打过，对忍耐疼痛有了心得。有一次，他偷偷藏起了鸡毛掸子。爸找不到掸子，把手边所有物品抓过一遍，嫌不趁手，最后将键盘从主机扯下来。键盘敲在身上，疼痛不算尖锐，没打几下，按键四散，啪啦啦滚了一地。他抱着头想，过后得趴在地上从各个角落找到按键装回去，希望还能用。

小学四年级，他从外面捡了只不足月的小猫回来。小猫大耳朵大眼睛，像个精灵。妈显得为难，说你爸肯定不会让你养的，赶紧带出去吧。他说，试一试，万一可以呢？爸下班回来，看见猫，黑着脸不由分说从阳台扔了出去。他家住的是四楼。他没有勇气从阳台往下看。那天夜里，像很多次一样，等爸打累了歇下来，他默默吃了冷掉的饭菜，脱得只剩短裤站在浴室里，让妈用冷毛巾帮他敷青紫的肩膀、背和屁股。瘀伤不能碰热水。他很少哭，那一晚哭个不停。妈绞着毛巾说，跟你讲过，你不听，唉，怎么就这么倔。像谁呢。

每到周末，爸总有一个白天不在家。小时候他还曾天真地问爸去了哪里，换来一顿打，后来便再也不问了。爱去哪儿去哪儿，不在最好。他对此有过自己的猜测，例如，去赌，去找女人。但爸实在不像能有那些寻常嗜好的人。爸唯一的爱好是做填字游戏。早先家里订的报纸杂志上有，再后来买专门的书，进入网络时代，爸开始从网上下载题目打印出来。爸以他一贯的慎重将填完的纸页装入文件夹，书柜里的文件夹逐年增加，书脊位置贴着手写的年份。有时他觉得，爸的一生不过是不断堆积的填字游戏的蓝色夹子。他知道，爸留给自己的疼痛的记忆，迟早会淡却。

但他仍然决心杀死爸。为了妈。

他试着用刀切摞在一起的报纸，刀刃顺利地下去一厘米多。明亮的刀锋简直能穿透一切。他私下练习了很多回。手肘向后再往前，让刀刃穿过空气，抵达皮肤内脏和骨骼。会有阻力。不小心就会偏离心脏。得多捅几次。想到爸的血喷射在自己身上的情景，他起了鸡皮疙瘩。不是兴奋，纯属厌恶。他想好了，等妈和姨妈去外婆家。爸是孤儿，听说有个弟弟但从不来往。爸痛恨陪着妈走亲戚，而他会留在家里，和爸一起吃饭。可惜爸不喝酒，不然灌醉了更好行事。不，那家伙不配拥有模糊的死。要让他看清，事情如何发生。

那个日子如计划般到来了。他把妈出门前做好的饭菜重新热过，独自等了很久，爸没回家。奇怪的是妈也一直没回来。他等不住，刚睡下，家里电话响了，妈在那头泣不成声，说，你爸出事了。

爸的单位计划发一笔津贴，走现金。爸从银行取了钱出来，没有直接回单位，而是带着钱，沿着云南中路往南走。有人盯上了爸，一路尾随。那人在僻静的街角动手抢装钱的包，爸奋力保护，被捅了七刀。没有致命伤。死于失血过多。

听闻这一切，乃至看到爸的尸体，他都上不来实感。在他的脑海中，在街角一刀刀捅死爸的人，是他自己。尽管被抓到的凶手是个陌生人。

单位打算将爸评为先进典型，结果奖励和抚恤金尚未下来，爸的贪污败露了。他漠然地想，爸如果不死，迟早也会因为挪用公款下狱。做一个死掉的贪污犯的儿子，和做一个坐牢的贪污犯的儿子，也许还是前者来得利索。

他直到这时才知道爸每个周末外出的秘密去向。妈原来一直都知道。爸在年轻的时候打伤老师，害得那人后半生坐在轮椅上。打人的不止爸一个，这么多年来，其他人装作忘了或是真的忘了，只有爸每周一次去从前的老师家，帮着打扫卫生，推轮椅带老人出门。

妈说，你爸他……不是坏人。他只是急躁。

他有一万句反驳的意见，全埋在肚子里。爸在家不碰家务，很难想象那个人会去别人家扫地擦桌子倒垃圾。居然有那么些时候，爸拿起扫帚，却不是为了打人。

抢劫杀人的凶手被判了无期。判决下来前，他们搬了家。他怕妈理东西时发现那把刀，找了报纸将它包起来，夹在空白作业本中间，乘公交车到虹口，连着作业本扔在上外附近的河里。他以前去同学家玩时注意过那条河，是个清静的好地方。初中的时候他很想死，有机会便寻觅僻静的适合一个人死的场所。后来回想，那不过是"中二病"的一种。对爸的杀意，同样是年轻的自以为是。他不确定，如果那天爸照常回了家，他是不是真有足够的决心。

逃课的那天下着小雨，雨点在灰黑色的河面画出一圈圈涟漪。被报纸包裹的刀在空中脱离了本子，近乎欢快地一头朝下扎进水中。

"三年前，有个大学同学约我来这间店。等他的时候，我吃了一个巧克力麦芬。那是个大晴天。很奇怪，吃下蛋糕的时候，我以为我在从前的一天，一个雨天。"

陆南开口说道。

如果不是那个蛋糕,他差不多早就忘了,有过那么一个雨天。

时间是春天或秋天,总之雨里带着轻寒。他上初一或初二,记不清了。他上课偷玩同桌的手掌机,被老师逮到了,说让家长来一趟。正值妈断了胳膊的时期,家里的气氛如同灾后,滞重而平静。他觉得自己就像台风的风眼,或是即将燎原的火星。放学后,他冒着微雨尽可能慢地往家走,边走边用袖子抹眼泪。这事没法瞒。可是该如何讲、该对谁讲,都是问题。妈从来不是他的同盟,光是小心地对待爸就耗尽了她的全部气力。她原先在街道工厂,婚后很快辞职,在外面讲起来是"有福气不用上班",连她姐姐也不知道她过的是怎样的日子。

到小区附近,有人重重地拍一下他的肩膀,喊他"南南"。是爸。他的心差点从嘴里跳出来。爸没注意到他的异样,情绪很好地说,下雨怎么走这么慢,伞也不打。

只比他高半个头的爸举着其中一根伞骨坏掉的格子伞,身上满是烟味。爸不抽烟。那是证券公司门口一堆人身上染来的,他无从得知,只觉得陌生。趁着爸的好心情坦白总是没错,他讲了老师让喊家长,爸停下脚步,斜眼看他,说,你上课玩同学的游戏机?

他小声说,因为下课他自己要玩。

爸摸摸他的头，摸的动作变成了拧，他的一只耳朵被大力拉扯，雨伞遮蔽了一切。家训是不能在外面哭出来，他竭力忍住了。

别人有，你就想有，这不对！爸粗声说。

我错了。他呜咽道。

爸的手松了，一把将他搂住。他和爸从未这样亲近，比起愕然，更多的是恐惧。又臭又苦的烟味从爸的外套扑进他的鼻子，让他感到窒息。爸拍着他的肩说，不就是手掌机吗，改天给你买。记住，不要看别人眼馋！学校那边我去和老师说！

哦。他说。

依稀记得，后来不是爸而是妈去了学校。给他买掌机的诺言也没有兑现。后来，他对任何电子游戏都失去了兴趣。

那天爸在进楼道收雨伞的时候对他说，你还小，偶尔想要玩游戏，我可以理解。不过时间很快的，高中、大学，真的一眨眼。你将来想要做什么，现在就要提前想！要想好！不能像我这样稀里糊涂的，一辈子就快过完了。

说完，爸伸手摸了摸他仍然滚烫的耳朵。拧人的手和抚摸的手，是同一只。爸的手上沾了雨水，是凉的。

"我看见了我爸还活着的时候，他把我训了一顿。"陆南干巴巴地对女孩说。

更多的感受无法用言语描述。三年前的那个午后，麦芬的余味在舌根泛起巧克力的苦和香,他不得不闭起眼,忍住即将溢出的泪水。让儿子"不要看人眼馋"的人,居然挪用公款去炒股,十足讽刺。他搞不懂自己为什么要流泪,为那个人流泪毫不值得。他恍然想起爸积攒多年的一长溜蓝色文件夹,搬家时卖给了收废品的人,十七块八毛。他睁开眼,看到店里的女人在旁边一桌点单——口音很怪,像外国人讲中文——显然和客人沟通不畅。约他的同学还没到,看不下去那边的窘境,他起身走近,帮他们协调。

他是在那一刻决定来蛋糕酒号工作的吗?他自己也说不清。总之,他去学了咖啡师,辞掉安稳的银行工作,来了这里。对店里其他人以及客人们来说,他是个技术稳定、性格也沉稳的服务人员。没有人知道他真正的样子。就好比对宋语来说,他不过是个刻板 A 型人,妈宝,爱读长而又长的小说,单恋杨其星,有洁癖,对咖啡格外挑剔,以及,"一家面馆吃了六年"。

所有这些不过是附着在他身上的标签,耸耸肩就能将它们尽数抖落。真正的他一直在黑而深的某个地方。至今仍蜷缩着身子,心怀恐惧。虽然让他畏惧的人早已消失。

"你看见的,是好的,还是坏的?"他问女孩。

"好的坏的总是在一起的。"女孩说,"所以才会想要忘记。或者反过来,想要记得。我有点想再吃一次你们这里的蛋糕,不过我还没想好。"

模仿者

朦胧间，隔壁传来争执声。脑袋犹如分裂成两半。半个自己想要抓紧最后的睡眠时间，沉入黑暗深处，半个自己穿过意识的混沌海，试图辨认墙那边的声音。

杜子犹在混沌间翻了个身，不情愿地醒了。他摸到枕边的手机，确认离闹钟响起还有五分钟。取消闹钟，从网络备份打开写到凌晨的文档。春色缭绕的一章。幻化成女子的狐趁夜造访刚当上监察御史的主人公，两人酒后交缠正酣，"我"摸到一件毛茸茸的物事，是狐尾。杜子犹只休憩了几个小时的双眼仍感酸涩，被手机屏幕一照，沁出了泪。读着读着，他感到下身传来蠢动，不由暗笑，居然会被亲手营造的文字蛊惑。掐灭屏幕，起身出房间。姑姑站在煤气灶跟前。蒸锅上水汽腾腾，在热包子。

他装作没听见姑姑和姑父一早的口角，先去小便，再回到厨房水池刷牙。这套早年由宝钢分给职工的两居室在五层楼的三楼，上世纪八十年代建造的老楼没有电梯，房间面积尚可，厨卫缩到不能再小。马桶和淋浴亲密相依，没地方容纳洗手池，早上洗漱只能在厨房。

杜子犹搬来这个家，已有十多年。他还在念初中，父亲突发脑溢血，原本单亲的他彻底成了孤儿。那时如果没有姑父一家拉他一把，很难想象他会变成什么样。对他们，他是感激的。

但不妨碍他每天起来第一件事，就是琢磨怎么才能离开这个家。杜子犹二十七岁，单身，仍是处男。

吃过包子、豆浆和白煮蛋，搭乘地铁上班。车厢初时乘客稀疏，没几站就变得拥塞，挤得人透不过气。从城市东北角的宝山区到市中心的人民广场，早高峰总是挤的。八点半打卡的杜子犹最晚七点一刻必须乘上地铁。为了留时间在家吃早饭然后走到地铁站，他的闹钟设在六点十分。要想避开早高峰，起码得再早半小时，对他来说六点十分已是极限，所以他只能忍受罐头车厢。

还有一个选择，开车就不用挤地铁。该选项对穷人不成立。杜子犹的月薪五千，去掉四金和税，加上不算诱人的年终奖，他的实际收入用姑姑有一次调侃的话说，还不如人家当月嫂的。十二年寒窗，一流大学新闻学院毕业，在国企担任内刊编辑，听起来还算体面。杜子犹有时暗自纳罕，我怎么就成了个穷人！

人穷志短。他没有财力搬离住了十二年的家，只能对姑姑和姑父近来的内战视而不见。姑姑是会计，所谓越老越吃香的行当，她刚退休返聘，精神十足。姑父还没到退休年龄。姑姑曾经劝姑父道，你反正任务不重，干脆申请待退，我也不做了，我们两个人在家闲着，多好。早年是个小领导如今被迫靠边站的姑父被戳到了痛处，犟起来不肯答应。他私下对杜子犹说，你看你姑姑现在说得好听，我只要先退了，她肯定乐滋滋地继续返聘。我还不了解她吗！姑姑见姑父不动摇，又说，哎，要么等我把假攒一攒，你反正请假方便，我们一起去趟豪华游，欧洲五国什么的。你看我们办公室的老白，两口子出国十二天，回来讲了大半个月。

杜子犹也帮着说项。等长辈们去长旅行，家里将只剩他自己，多好。姑父答应得好好的，前几天忽然变卦，说旅行太贵了，不如学后面八村的老钱，在山东海边买房，以后每年去消夏，比白白用掉划算。姑姑说，玩归玩，买房归买房，不冲突的呀。姑父讷讷地不接话。姑姑猜疑道，你是想省钱给你侄子对吗？他有自家爹妈，又不像子犹无依无靠只有我们！

由此，家中化作遍地狼烟的战场。话题牵涉自己，杜子犹不敢替姑姑出头，只装作没听见。

说实话，他并非不理解姑父对海边小区的向往。光是想到没有雾霾的空气，以及钱叔叔一家讲了好多遍的便宜蔬果，就觉得三十多万买套房很值得。房产公司颇有针对性，每周安排看房团，大巴到宝钢这边几个小区一车车地拉人。附近多的是储蓄丰厚的双职工老年家庭，姑父一家也不例外。再说他们无须为下一代做铺垫，财务全无压力。

杜子犹刚上大学的时候，姑姑把他叫到跟前，以成年人对成年人的态度，讲了一番严肃的话。大意是，你一天不结婚，我们就照顾你一天。假定你一辈子不结婚，也不要紧，我们三个人过，挺好。但假设你要谈朋友组成新家庭，你的婚房、你们小两口过日子、你的小孩，我和你姑父一概不管。像我们单位的谁谁，女儿女婿天天回丈母娘家吃饭。要我说，他家做娘的也是想不开，好不容易退休了，天天买汰烧，过得像个钟点工。这种日子我是不要过的。等你结婚，给你包个大红包。此外出钱出力，就不要指望我们了。

姑姑的话合情合理，杜子犹只有点头的份。他想，西方的父母子女之间的关系，不正是这样吗？姑姑以她的立场，已做得足够好。

但他并未因此逼迫自己找一份高薪的工作。在内刊的实习是学长介绍的，毕业后顺势签约，明知收入低微。杜子犹将之归结为自己不擅竞争。想到要经历一次次笔试面试，他心生畏惧。

好友简梅说，你啊，就是社恐。她还把杜子犹的单身也算在同一笔账上。另一个好友李恒星说，子犹是被姑姑宠坏了，缺乏压力，也就没有动力。对此，杜子犹只能苦笑。

或许姑姑确实是宠他的。证据之一就是，她从未给他介绍相亲对象。

中午在食堂吃饭，听见总务科刚来了一年多的女孩和饭搭子讲述相亲经历。那姑娘的声音颇有穿透力，半个食堂的人都在听她讲话，她本人毫无自觉。

"昨天见的那个，他买完单站起来走路我才发现，走路是跛的！你说这是我亲妈吗？居然给我介绍个残疾人！"

杜子犹听得忘神，糟溜鱼片滚过舌面，顺喉而下。想起前不久写的和鲤鱼精接吻的场面，他打了个寒战。

电脑里积攒到一百多万字的文档，是他闲暇时写来自娱的穿越小说。没有放在网上，迄今为止，读者只有创作者本人。他判断不出自己写得如何，却也知道，色情尺度未免有些大。他写的是穿越文。今穿唐。与常见的穿越文不同，主人公并未以其现代人的思维方式在一千多年前拥有什么优势，反倒不时遭遇那个时代给"我"造成的震撼。杜子犹笔下的唐代，是充斥着狐仙水怪魑魅魍魉的世界。彼时彼地，妖与人的界限并不分明。妖常以冶艳的面目出现，如《聊斋》中诱惑书生的角色。也像网文常有的"升级打怪"模式，主人公"我"最初是个举人，通过明经科的考试，在官场从底层往上攀爬。

名为《穿云记》的小说，是杜子犹无处宣泄的欲望的块体，承载了他的快乐和愁闷。电脑里不断变长的文档，逐渐成了他的一部分。

午饭后的办公室熄了日光灯，人人在睡。减去漫长的午休，老国企的八小时实际只得六小时。再减去和同事聊天上网闲逛戴耳机看电影的辰光，一天的贡献不超过两个小时。

工作第五年，杜子犹仍未养成午睡的习惯。只要天气无碍，他便下楼散步。夹在外滩与人民广场之间的区域属于市中心黄金地段，与人头攒动的南京路隔开两条马路，却是另一番光景。建于上世纪三十年代的砖面老楼呈现黯淡的灰与棕，挂满空调外机，远看如附着一层白色虫卵的巨型巢穴。那些楼和他上班的楼一样，经过连番变迁，最初的建造用途写在保护建筑的标示牌上，历史被凝缩成一行字。过了几个路口，斜对面一栋楼前站着十来名烟不离手的中老年男子，声音高亢的沪语错落传来。乍看像是证券公司，那是海关罚没资产的拍卖厅，兼作车牌拍卖场。聚众的多是黄牛。

继续往东走，灰白的冬日天空映衬下，连绵的老建筑让人有时不免恍惚：眼前的街果真是二十一世纪走到第十五个年头的现在,还是属于更久远的从前?杜子犹不熟悉近代史。他为了写小说读过大量资料的唐代,这一带净是荒凉的滩涂。天宝十年,设华亭县。行政中心位于现在的松江。他散步的区域再往北,苏州河南岸有渔村,名为"上海浦"。作为口岸的上海迟至十九世纪中叶才出现,是《南京条约》的附带产物。

上世纪三十年代,杜子犹从未谋面的爷爷离开西安,到上海讨生活。那是上海被日本人占领的前一年。据说爷爷做过各种工作,后来经人介绍成了邮递员,就此安定下来。爷爷是孤儿,老家西安对于姑姑和爸爸,也只是"你从哪里来"的地标。奶奶是苏州人氏。比起地缘,家族的传承更体现在病史上。从爷爷奶奶到他去世的爸爸,都是心脑血管疾病引发的猝死。他有时不免为姑姑担忧,至于他自己,现在忧心还太早。

妈妈还活着,在某处。杜子犹没有她的联系方式。如果追问姑姑,应该能获得答案。他不想问。

他在前年去过一次西安。不是为了寻根,纯粹只想体会唐朝都城的余韵。结果颇失望,无论是导游的解说还是路边卖旅游纪念品的小贩,都过于商业。兵马俑倒是足够震撼,可那并非唐的遗迹。法门寺的仿唐建筑大而无当,甬道长得让人疲倦。杜子犹明白了,他的唐朝仅仅是他一个人的,以文档形式栖息在电脑硬盘的磁道。

唯一让他瞥见旧都风流的，是西安回民街吃羊肉泡馍的当地人。长条脸的汉子形容剽悍却无比耐心，把白馍掰成一厘米骰子般的碎块，这才招呼店家将滚热的混合了大量香料的羊肉汤倒进碗里。整个过程从容又克制，看起来，那人有无限多的时间，从过去一直绵延到未来。杜子犹匆匆几下掰完拉倒，他的碗里，馍块粗疏，羊汤泛着油花。喝第一口他就想，对我的肠胃来说太凶了。果然，晚上回到宾馆，拉了肚子。

外滩从北到南聚满了游人，杜子犹在隔黄浦江一条马路的路口折返。等红灯的空隙，他摸出手机，查看群聊。

名为"火锅教"的群有一百多人，其中只有两个是杜子犹认识的，他是被那两人中的一个拉进去的。

郑铎开过书店和火锅店。经营书店那两年，他常在周末组织小型读书活动。杜子犹参加过其中一场。埋头写小说的杜子犹对本城的文艺活动兴趣不高，偶然在网上看到活动预告，主题恰好是他读过的《寡居的一年》，才难得起了兴头去玩。他以为带耳朵听别人的读后感就行，没想到书店太小，十来人围桌而坐，都得上阵讲话。如此近距离和陌生人接触，抓耳挠腮地逼出几句不足为外人道的心得，杜子犹勉强熬过两个多小时，见到的人听到的话，出门便成过眼烟云。

较有印象的是郑铎其人。郑老板年纪不大，谢顶却早，索性剃了光头。新生的微青发茬在耳上两寸戛然而止，头顶的圆丘像块蜜蜡。郑铎说，《寡居》写的是丧子之痛。杜子犹不太赞成这番论见，尽管在后记中，作者提到身为父亲对失去孩子的恐惧，但他感到，整本书更像是作家群像。书里几乎人人是作家。用情不专的父亲，因失去儿子心神恍惚的母亲，开篇时还是个孩子、后来成为寡妇的女儿，以及和母亲有过短暂情事、其影响绵延终生的年轻男孩——尾声时已成了老头，这些人都在写作。约翰·欧文小说的读者不仅直面书中作家们有些过激的生活，还得以概览他们的作品和风格，目睹作品如何与生活息息相关，人的经历折射进文字，文字的世界又曲折地影响现实世界的走向。欧文爱写靠文字吃饭的人，他的成名作《盖普眼中的世界》也曾涉及作家的创作与生活，到了《寡居的一年》，更是毫不掩饰的"他们全家都是作家"。不用说，那也是当初吸引杜子犹一口气读完的最大因素。

当天还有个人让杜子犹记住了，是个戴眼镜平头的男人，皮肤黝黑，年纪不明显，杜子犹猜他比自己大个几岁。其他人喊他"梁老师"。眼镜男说话用书面语，词锋逼人。他是所有人中唯一给了差评的，说欧文把婚外情、连环杀手、无法自控不断追逐女人的男人等因素炖了一锅粥，随便哪个部分单独拿出来都是好小说，但是，"太多太密了，纯粹是在炫技"。

那会儿还没有微信,杜子犹出于客套留了QQ,被郑铎拉进一个读书群。他把群设成免打扰,很少张望。隔了段时间偶然一瞥,发现群公告挂着书店倒闭火锅店开张的消息。他喊上简梅和李恒星去那家新开张的火锅店吃了一次。青砖墙面的店里摆着方桌和条凳,墙上挂着辣椒、大蒜以及斗笠蓑衣,和纯白的小清新风格书店简直不像是同一个人的产业。杜子犹只吃白锅,简梅说辣锅很一般。像个领班一样招呼客人的郑铎的光头被大瓦数电灯照得锃亮,他对人的记忆力奇佳,来到桌边对杜子犹说,你参加过读书会对吧?欧文那期?杜子犹狼狈地点头。结账时,郑老板给打了折,又热情地提出加微信。就这样,杜子犹和郑铎的友谊维持下来,无从拒绝就被拉进了"火锅教"群。火锅店只维持了不到一年,微信群没因此散伙,反而日渐壮大。

像这样的大群,其中活络的也就十来个人。ID名为"余音"的郑铎说话不多,有个叫"良鑫"的看起来特别有时间,经常在群里指点江山,从时政到书和电影,俨然意见领袖。杜子犹从对话中发现,此人是个编剧。他还是第一次在现实生活中遇到靠文字谋生的人,不免上了心,经常瞅一下群里的聊天记录。久而久之,窥视"火锅教"群成了杜子犹隐秘的乐趣之一。他在群里不说话,只看,俗称"潜水"。

没过多久他便发现了,良鑫就是读书会的"良老师",

他以为那是姓，原来是笔名。

群里的活跃分子并非恒久不变，呈现此起彼伏的态势。最近说话多的是个新进群的姑娘，叫作"小白"。

小白据说是瑜伽教练，眉清目秀，长发绾在脑后，也确实像个教练的样子。群里常有人问她瑜伽练习或饮食方面的问题，她爽快地一一作答。看得出有两位男士对她格外上心，有事没事常在群聊圈她。其中一位抛出幼稚的问题。听说你考了浮潜证？我有幽闭恐惧，还能学潜水吗？旁观的杜子犹冷漠地想，问错地方了吧，你该去某某问答网站。杜子犹还注意到，就连一向只爱自我显示的良鑫，也常在小白发言的时候接话。

小白的爱好是在群里晒照片。北海道、东南亚海边、四川的街头小吃。有人回，不用上班就是开心啊。小白答，我也要上班的呀，下周的课排得像城墙一样满。随即又发出一张在健身房的自拍。杜子犹怀疑，很多人和他一样将群置顶只为了看小白。他隐隐羡慕她。她的生活是那样丰富多彩，相比之下，他死水般的日常简直像个老年人。

此刻，他在回公司的路上点进群的同一秒，小白发了一句话：我买了霍3的电影票，有事不能去看了，有人要吗？今晚八点和平影都，原价转。

是指《霍比特人》第三部电影。杜子犹不假思索地输入"我要",按下发送键。接着问,怎么给你钱。明知对方多半让自己在群里发个红包,他还是暗生期待。

那边答,你加我一下。

身后远处,海关大钟传来《东方红》的音乐声。小时候爸爸带他到外滩玩,空中飘过准点的钟声,单调又肃穆。刚来实习的时候听到乐声,他以为是不相干的另一只钟,后来才从同事那里知道,海关报时钟最早就是有音乐的。在他爷爷到上海的那个时代,报时奏响的是《威斯敏斯特》。其后经过几次更迭,在香港回归那年改为了无音乐只按时间敲钟的版本。六年后,钟声被编排成《东方红》,和上世纪六十年代相同。讲述大钟变迁的同事在前年退休了。她在岗的时候常用一只电炖锅煮银耳羹,给办公室同事们分享。她走后,杜子犹失去了下午茶,也终于不用一次次婉拒对方"介绍朋友"的好意。

杜子犹在微信发送了加好友的请求,他感到自己的心膨胀起来,冒出一串无形无色的泡泡,随同音波在空气中荡开,越飘越远。

接受小白转的票看的电影,是一场灾难。

杜子犹并未看过《霍比特人》的前两部,甚至也没看过相关的《魔戒》。在他眼里矮人们都长一个样，3D造就的战争场面更是乱作一团。他的左边坐了一群从开场闲聊听来已是三刷的《魔戒》粉丝，他们观影时并不喧哗，然而隔着座椅扶手都能感到那边的悸动，随着一个又一个出场人物升腾。这让杜子犹生出置身于错误场所的茫然。

看完电影出来，手机上有小白的微信消息。

好看吧？

他违心地答，有点意思。

她写道，只是有点？随后是个震惊的卡通表情。

主要我对西方奇幻不太熟悉。我比较喜欢中国的，狐仙啊花妖啊。

聊斋？

差不多吧。

他感到陌生的冲动，想和手机那头的人聊他的小说。太荒谬了，他甚至没有在生活中见过她，对她的了解仅仅来自她在群里的活跃。

又聊了几句，才知道小白并非托尔金的书迷，而是本尼迪克特的粉丝。和杜子犹的女同事们一样，她称他为"卷福"，语气熟稔如在谈论邻家男孩。杜子犹完全不记得长脸英国男演员在剧中的角色，慎重地表示困惑，那边回以捧腹大笑的贴图，又说，他是史矛革的配音呀。那条龙！

杜子犹有种上当的感觉。两人的聊天转到奇幻世界的龙的呈现。小白说，托尔金的龙有点陈腐，会说话，贪财，总之就是古老传说的那一套。她喜欢女作家厄休拉·勒古恩在"地海"系列中描述的龙。龙会说话，它们讲太古语，用事物的真名称呼一切。法师们施法也需要用到真名。厉害的法师能以太古语和龙交谈。人类讲太古语时不能撒谎，但龙懂得用"不撒谎的语言"弯弯绕绕骗人的法子。故事的最后揭示了龙的起源，让人意外，细想又很合理。杜子犹忍不住问，所以龙的起源是？她答，剧透就没意思了呀，你自己去看吧。杜子犹说，不过西方的龙一直是龙，不像中国的传说，蛇和鱼修炼久了，都能化龙。他庆幸把话题拉到自己熟悉的领域，继续写道，龙生九子，每一个都似龙非龙。西方的龙喷火，东方的龙驾驭风云和雨水。她回了一句，你看起来很懂嘛。隔着屏幕，仿佛看见她的唇角上扬。

这一次，从电影院回家的地铁不再漫长，感觉像是转瞬即至。从地铁站出来，宝山区夜间清冷的街道让他再次怀疑自己在错误的场所。他平时很少这么晚还在外面，周遭显得陌生。他边走边打字问，你平时都在和平影都看电影吗？小白答，我去和平不是特别近，要倒一次地铁。EX住在那附近，所以习惯了去那边。见她如此平淡地提起前任男友，他的心情有些许复杂。

大概因为和小白的聊天，当晚，杜子犹正在写的小说冒出了一个神秘的女性角色。其真实身份是蛇，"我"当然不得而知。受到某个民间传说的影响，杜子犹给蛇女取名为"百娘"。百，是白的变音。凌晨一点多，合上电脑准备休息的时候，他恍然想到，小白当真姓白？网上的ID未必与真实姓名有关，他的微信名叫"KK"，来自他爱吃的小零食KitKat。

"你怎么不试着约她？"

杜子犹在等上菜的过程中讲了十来分钟小白，以至于李恒星忍不住发表意见。

"不不，太直接了。"杜子犹条件反射地说。

李恒星从鼻子里发出否定的气音。今天原本是三人聚会，简梅临时有事不能来，他们两个男的对坐，气氛颇有些百无聊赖。杜子犹知道，李恒星虽有固定女友，对简梅，在某个层面上，依旧"狼子野心不死"。另一方面，早在大学时代，李恒星就不无惆怅地说过，我和简梅，家庭条件差太多，最后反正是不能在一起的，所以还是不要再进一步，免得连朋友都不能做了。杜子犹听了心想，你小子的自我感觉也太好了，凭什么你想进就能进？简梅估计从来没往那边想吧。

自我感觉良好的李恒星，在指点别人的恋爱问题时摆出过来人的姿态。"你不主动,难道等女方倒追你?反正你现在的目标是恋爱,又不是谈婚论嫁,那就该利索一点。"他打量杜子犹的神色,惊道:"难道你想的不光是谈朋友,还有下一步?不会吧?你对她了解多少?连真人都还没见过。"

杜子犹也知道自己的憧憬显得可笑。"确实,现在她对我来说,就像某些网红对于她的粉丝,只看到她晒在网上的好的一面。"

李恒星看过杜子犹手机里的小白的照片,撇嘴说:"长得也就是清秀吧。当然身材是不错。"

他的评价让杜子犹产生轻微的反感,便把话题拉开。这顿饭迁就湖北人李恒星和虽是上海人却嗜辣的简梅,选了江西餐馆。小炒肉和泛着辣油红光的豆皮让杜子犹无从下口,他喝了藕汤,吃了几勺用米汤煮的切成末的青菜。李恒星喝完一瓶啤酒,又叫了一瓶,其间不停抱怨他口中的"更年期女上司"。奋斗心强的他大学毕业后念研究生,毕业前参加了公务员考试。国考失败,他辗转过三份工作,最近在某服装品牌做市场推广。对杜子犹来说,无论是简梅工作的电视台还是李恒星变动不居的职场,都是陌生又遥远的世界。他的工作极为单纯。上午在单位刷刷网页就到了中午,食堂吃个饭,散步,下午工作一两个小时,很快到了四点半的下班时间。如果不是通勤路程遥远,他近乎心满意足。网上不时看到对消费时代的诟病，什么中产焦虑、城市人的烦恼，杜子犹感到所有那些离自己很远。他是城市的一员，又不在其中。他的日常开销无非是手机月费交通卡加上偶尔和朋友吃个饭。看书基本靠图书馆，看电影有下载。赚的钱虽少，用度更少。

对他的不求上进，李恒星有一次说，等你谈朋友就知道了，你那点工资，还不够两个周末的。

简梅笑笑说，子犹可以不找那种物质女孩嘛。也有女生愿意AA的。

两个年轻男人吃不准简梅是不是在讲她自己，彼此交换眼神：有情况？你听说了吗？

大学毕业后，简梅的感情生活便不再对他们敞开。她自称是独身主义。杜子犹问她，你父母知道吗，他们赞成吗？她似笑非笑地答，我当然没和他们说过，省得他们烦心。子犹，我有时蛮羡慕你的。这样说可能不太合适，不过，你多自由啊。

杜子犹觉得，这些年，他越来越搞不懂简梅在想些什么。不对，也许从前就没搞懂过。

大三的时候，简梅介绍了一个女孩给他。他到后来才意识到那次见面的属性。简梅说想去博物馆，喊了他一起。按约好的时间到了人民广场，简梅带了个女生，说是生物系的。杜子犹不认识外系的人，暗自纳罕简梅的社交范围之广。一进博物馆，他就按习惯兴冲冲地往瓷器馆走，和她们说待会儿短信联系。那时他尚未开始写穿越文，只是爱看唐朝的陶俑。骑马的女子，昆仑奴，髯面的深轮廓男子，奏乐者，舞者。他特别中意一个女扮男装的。如果不看旁边的解说牌，很容易忽略扮装的事实。女子身着紧身骑装，身材纤细，和其他俑人相似的满月面孔，眉眼如线。她曳马站立，像在倾听什么。从他的中学时代起，她就在这个位置。他不止一次想过，她身上到底有什么故事。

和简梅一起的叫小真的女孩，长相也有几分唐俑人的神韵。单眼皮，疏眉淡眼，一副让人摸不透她在想什么的神情。以为是个内向的女孩吧，结果她在回程的公交车上絮絮叨叨讲了一路她的恋父情结。忘了那天三个人有没有一起吃饭，以及简梅到底找了个什么由头让杜子犹送小真回家。记忆中只剩下陪着她从人民广场往南走到淮海路，坐911双层公交车一路向西，离他宝山的家越来越远。太阳将落未落，从二层的座位看出去，马路和建筑被染了一层橘红。

小真说，我爸在我妈走后把我一手带大，我以为我们会这样一直相依为命，没想到他最近和我说，等我毕业了，他想带一个人回家。我如果不愿意一起住，他给我买个小房子。所以他早就有女朋友对吧？只想等我独立。真可笑。

好像我反对他就真的不结婚了。

杜子犹看着橙色的窗外说,就算不结婚,父母和子女也总会有分开的时候。他想到的是自己的家事。初二有一天放学回到家,爸像往常一样做好了饭,父子俩相对默默吃完,爸忽然说,子犹,有件事一直没对你讲,你妈还活着。她没有生病。我们是离婚。

短暂的吃惊后,杜子犹说,哦。心里冒出一个念头:这么多年了,妈没有来找我,那么就是她不要我了。

爸去世后,杜子犹忍不住想,那时,是什么让爸选择打破长久以来的谎言?遗憾的是再也无从确认。

只听小真又说,我从小就知道,我认识的男孩没有一个比得上我爸。现在我也还是这样想。看看周围的男生就知道了,他们最后都会变成无聊的男人。

杜子犹想出言反击,又忍住了。毕竟这个莫名其妙的女孩是简梅的朋友。

小真一路说了太多的话,抵达虹桥时,杜子犹感到疲倦,像看了又一场展览。现在他对这个女孩的了解,远超过他对简梅李恒星的熟悉。他陪她走进小区。贴着瓷砖的六层楼看起来颇新,一楼装有防盗门和对讲,不像他住的地方,谁都可以从敞开的门洞走进去。

她用钥匙打开一楼的门锁,他正要告别,她说,你进来。他愣愣地迈步,铁栅门锁上了,清冷的金属声响。一盏感应灯亮起又熄灭。昏暗间,他盯着女孩的头顶。她应该不到一米六。她扯了一下他的胳膊,轻声说,你不会低头吗?他终于回过神,向着她俯下去。他的初吻全无影视中的缠绵。她的嘴唇像揉皱的手绢。他试图把舌头伸进去,发现她抿着嘴,悻悻地舔了她的嘴角,有种得不偿失感。她转身上楼,咚咚咚的脚步声接续开门的动静。她喊了一声,听着像"爸"。门关了。他在昏暗中发了会儿呆,出小区回到马路上,去找公交车站。公交转地铁,花了很长时间到家。路上接到简梅的短信,问,有进展吗?他写了一句"你简直坑我",随即删掉,改成"太聪明了不适合我"。

叫作小真的女孩再也没联系过他。他曾想要询问简梅,小真的爸爸后来结婚了吗?她和后妈他们一起生活吗?问出口就像是自己输了。他最终没问。

周末和李恒星吃完午饭,没喝咖啡续摊,早早散了回到家,家里没人。这才注意到微信群"我们仨"有条语音留言:"冰箱里有油面筋塞肉,你晚上自己煮个饭,热一下吃。"说话的是姑姑。群里,姑父很少发言,基本是姑姑和杜子犹的日常交代。上一条对话在几天前,临时接盘小白的票看电影那天,他告诉姑姑,晚上不回家吃饭。

杜子犹退出家族群,点击小白的头像,写了句话又删除。他迟迟下不了决心。神奇的是,就在这时,屏幕上跳出一行字。

要不要下周末一起去杭州？

简直就像小白感应到他在这头的焦虑辗转，提出了邀约。该说是心有灵犀吗？杜子犹当即答应下来。

火车票是小白买的，她提出由她一起买，杜子犹报出身份证，不多时便收到截图。他问票价，那边说，不急，最后再算。杜子犹想，看来她是简梅所说的爽气的女孩。

他提前一刻钟到了虹桥火车站。周末的候车厅里人头攒动，周围全是携带行李箱和大包的人们，杜子犹的双肩包显得轻便。上次去杭州还是大学时代，和姑姑他们。陪姑姑去了灵隐寺，吃了姑父惦记的楼外楼。为吃饭排了很久的队，西湖醋鱼对杜子犹来说是淡而无味的鱼浇了糖醋汁。姑父吃了几口便叹息道，不如以前喽。杜子犹记忆中的另一次旅行，是和简梅李恒星一道去厦门。在网上见过犹如欧洲小镇的鼓浪屿，实地一看，颇为脏旧，游客多到超乎想象。他们在著名的地点打卡，喝奶茶买绿豆饼作为手信。回厦门市区吃了沙茶面，和西湖醋鱼一样是怪异的食物。

再后来就是在朋友圈观望简梅和李恒星各自的旅行。

简梅常与父母一同跟团，李恒星大多是自由行，和做红酒销售的女友一起。这两年，他们的足迹不再囿于国内。马德里、巴黎、布拉格、东京、京都以及记不住名字的南方海岛。西洋和东洋的风景掠过眼前，杜子犹默默点赞。他意识到自己落后于时代，却分辨不清，这种落差究竟来自他的收入，还是因为他的至亲并非父母。出境游他嫌贵，自然也不好怂恿姑姑他们出钱带他去。近来他们关于旅游和外地买房的争执，他从不插嘴。让他意外的是，单位同事们也是海外度假的常客。用李恒星的话说，甘心在你们那里上班的，都是家里不缺钱想找份悠闲差事的，你除外。

闸口开始放行。他站在队列中往前挪，发微信问小白到哪里了，她迟迟不回。他想也许在赶路，反正座位是在一起的，便先进闸上车。

直到车开动，他有些慌神，打了一长串字：车开了你在哪里？我在车上了。

仍不见回。他试着用语音通话拨过去，毫无动静，只能猜测，难道她手机没电了？可别出了什么事。陌生人试图在旁边落座，他出声提醒道，这里有人。火车过了一站又一站，抵达杭州。五十多分钟似短还长。他随着人流下车，穿过甬道，出了检票口。有人过来兜售旅馆客房，有人在叫卖西湖一日游。他审视手机，没有新消息。在空气糟糕人声鼎沸的出站口站了七八分钟，他终于后知后觉地想起郑铎，发消息过去，问有没有小白的手机号。

"哪个小白？"郑铎直接语音反问。还好没问你是谁。

杜子犹焦躁地写道，火锅教那个群的啊。

那边说："我早就退群了，你没发现？"

杜子犹的第一反应是不好意思。他很快说服自己，没什么好抱歉的，群那么大，谁能注意到都有些什么人进出？按理，这时该寒暄几句询问近况，但他上不来闲聊的心思。既然来了杭州，先去西湖吧。他走进地铁，问了人，坐到了凤起路。以为出来就能望见西湖，眼前只有灰色的街。助动车穿梭在路边，骑手们口罩手套捂得严实。人行道上有卖气球的小贩。某处飘来炸臭豆腐的油气。他心生恍惚，自己真的在杭州吗？充斥着仿古建筑的街景看起来与上海城隍庙一带并无差异。

他用手机搜索往西湖怎么走，边走边确认有没有新消息。直到站在湖边，他才注意到下起了雨。雨势不大，游客们维持着悠闲的步速。不少人举着手机相机平板电脑拍照。杜子犹望向烟波迷蒙的西湖彼岸，山的轮廓淡得几乎隐去。他机械地抬起胳膊拍了照，发给小白。徒劳感混同着水汽弥漫四周。

冷不丁来了新消息：啊啊啊啊实在对不起我临时有事然后刚才手机一直没电。你已经到杭州了？我对不起你！

小白贴了个"土下座"的表情。他应该生气的。缺乏发火的演练,他愣愣地对着手机说:"那你今天还来吗?"

那边以文字回复道,真的抱歉去不了……但我还有件事答应别人在杭州做。我正在想怎么办。

杜子犹写了半句"下雨了我想回去了",又删掉,重新输入:你晚一点来也没事啊,我四处逛逛等你。

屏幕显示小白一直在输入,终于出现了文字。

你还没吃饭吧?西湖边有家餐厅叫菲乐,我很喜欢的。你先去吃个饭。

杜子犹搜到她说的餐厅,不远。雨逐渐变大了,去餐厅的路上,他不得不把夹棉外套的兜帽拉起来。进餐厅时身上湿了大半,他打了个喷嚏。

他问小白有什么推荐菜,那边像是在忙,不再有动静。他按服务员的建议点了花蟹番茄豆腐煲和炒水芹。暖热酸甜的汤落进胃里,焦虑的身心稍微舒缓了些。杜子犹半是放弃半是豁达地想,来都来了,就一个人好好玩一下吧。

窗外的雨像是存心和他对着干,在窗玻璃上浇出涕泪滂沱的效果。杜子犹想起白娘子的传说,心里说,这么大的雨,估计就连借伞都没了意义。他放慢速度喝着汤,在和简梅李恒星的"为ZY脱单而奋斗"群里问,杭州有什么地方下雨可以玩。群名是有一天简梅改的,杜子犹试图改掉,未果。他喝完第二碗汤,群里没动静。看来那两人周末各有安排。

小白的微信又来了。长长的几段话，大意是，她本来答应帮朋友新开的精品酒店写篇软文，需要包含入住体验照，里面还要放另一个朋友的羊绒家居服的植入。说好今晚就发公众号的，可今天实在走不开，现在只有一个办法。

杜子犹问道，什么办法？

她答，你代我去住吧。拍点照。稿子我这边赶一下。羊绒衫我让厂家闪送到酒店。

杜子犹想说，你知道杭州这会儿的雨多大吗？不等他打字，那边又来了一行字。你打车吧，打车费报销。酒店很舒服的，你在里面喝个茶休息下，住一晚，明天再回。

如果说杜子犹没有上当的感觉，那是假的。约他来杭州，原来是接了广告稿。他曾经窥视过小白的朋友圈，一无所获。要么是她不发朋友圈，更大的可能是她那边不让他看。他所了解的她只有群里的照片。大多是身穿瑜伽服对着镜子的自拍。她拍照不笑，长发绾在脑后，露出光洁的额头，显得自律又敏捷。现在的她附加了广告属性，变得陌生。

新消息出现在屏幕，他点开。

我也不是为了钱。都是朋友的生意，不帮忙说不过去。我知道这样会让你为难，要是你不想去，请直说。

杜子犹望向窗玻璃，雨毫无减缓的趋势。他回道，没事，我去。地址给我。

晴湖不如雨湖。忘了是在哪里看到这句形容西湖的话。

杜子犹坐在等了很久才叫到的专车的后排座。下雨的关系,整条街上的车都在一点点往前蹭。他得以长时间地注视左侧车窗外的西湖。雨像滤镜,去掉了多余的细节。湖与远山化作黑白的水墨画。他在心里搜索词句,想把眼前所见写进小说。

人真是奇怪。虽然小白没能赴约,一旦确定了接下来的目的地,知道自己将在酒店度过下午和晚上,他顿时生出放松的游兴。等雨停了,想去走一下著名的苏堤。希望人不多。

车在某个路口偏离西湖,路不再拥堵。道旁树遮天蔽日,车内如暮。杜子犹睡着了,被司机叫醒下车,站在僻静的路口四顾茫然。雨停了。顺着酒店的路标走上坡道,眼前是一栋朴素的水泥外立面的房子。落地玻璃映出大厅微黄的照明。空气湿润,含着草木香。他怀着游兴走进去,报出"白小姐订的房"。前台的年轻女人像是有些困惑,说,入住者不是白小姐吗?他说,她有点事,换成我住。那边说,稍等,我确认一下。女人离开,他站在原地想,所以小白真的姓白。回到柜台的女人露出商务性的笑容,说,欢迎入住,麻烦出示身份证。

刷卡进门后第一眼没看到床,他有些纳闷,走进去才发现,一室一厅的酒店远比姑姑他们家大,还有间豪华的浴室。杜子犹对着冲浪浴缸说了声"哇",挣脱带着湿气的衣裤,开始给浴缸放水。他穿件长袖T恤在屋里走来走去,终于才想起此行的任务,庆幸尚未把摆着迎宾水果的床弄乱,赶紧拿出手机,四处拍照,发给小白。

回复来得很快。小白表示照片拍得不错,像是惋惜地说,我错过了这么舒服的酒店呀。

杜子犹语音问:"羊绒衫是待会儿送来吗?就放在床上拍?"

哈哈那太粗糙了。我都是穿在身上对着镜子拍。

"你又不在这边。"杜子犹不禁想象小白和他一起在这个房间,心跳稍急。

我不在你在啊。拍出我在的效果就行。

"哎我又不是孙悟空,拔根毫毛变一个你出来。"

你行的。等衣服来了,我教你怎么拍。

杜子犹一怔。这中间莫不是有什么误会?他想起小白一直以来表现出的主动和亲切,改成打字——

你是不是搞错了?我是男的。

知道。我们见过。你很瘦,所以没问题的。

一句"我们见过"给杜子犹极大的震撼,以至于他忽略了后面的话。什么时候在什么地方见过小白?如果见过她,他不至于毫无印象。他想要追问,想起浴室还在放水,慌忙进去关。加了浴盐的水呈现宝石般的绿色,他挣脱最后的衣物，跳进水里。温热的水让他从头到脚趾舒展开来，忍不住轻轻呻吟。真是太舒服了。这样的酒店要多少钱一晚？他的月薪的五分之一，或更多？他对小白不是没有羡慕。漂亮的年轻女性总有许多福利。不，光是长相还不够，得有人脉。简梅就只会自己掏钱换取舒适与服务。当然，有钱也是好的。

泡完澡，门铃响了。以为闪送来了，杜子犹裹着浴袍去开门，门外是个穿西装的年轻男人，端着茶盘，殷勤地说，这是酒店送的下午茶。杜子犹暗生讶异，他们怎么能算准时间，知道他刚离开浴室？简直像被监控似的。男人又说，十分钟前按过门铃，您可能没听到。他放下心来，让对方入内。

竹托盘的内容被移到茶几上。一壶龙井，两枚茶点，一碟瓜子，一碟切好的橙子。杜子犹拍了照，想发朋友圈，又忍住了。毕竟是蹭了别人的。最后只发给脱单群和小白。

李恒星迅速回复：小日子不错嘛。在哪里？

杜子犹写道，杭州。

小白几分钟后回复：羡慕你，我这边忙死了。

她没说究竟在忙些什么，他便也没问。虽然惦记着到底何时见过她，又觉得问了显得唐突。自己不记得见过对方，对女人来说，未免失礼。

一壶茶喝完续上水，门铃又响了。仍是刚才的男服务生,拎着巨大的黑色纸袋。他祝杜子犹休息愉快,掩门离开。杜子犹把纸袋里的内容倒在床上。说是羊绒更像棉质的一字领T恤,同样素色的长裤,此外还有一副缎面胸罩。他挑起内衣肩带注视片刻。那句"拍出我在的效果",看起来并非玩笑。

他想打个电话问简梅,自己该怎么应对这种情况。但那样就势必要先解释自己为什么跑到杭州的酒店扮演他人。作为小说作者,杜子犹经常以第三人称看待自己。他意识到,从开初,自己就被置于不利的境地。人无欲则刚,他恰好相反。他窥伺,他主动响应转票,别人一提去杭州,他就欢呼雀跃地说好。别人说要到酒店拍宣传照,他也没能拒绝。说到底,一切都源自不切实的期待。

他身上仍是浴袍,中央空调让房间维持着宜人的暖度,不像在雨天二月的江南。揉成一团扔在床脚凳上的外套、毛衣、卫衣和仔裤,摊在床上的浅米色羊绒家居套装,旁边是触目的细肩带胸罩,构成一幅事后场景。他并非没有接触过女性的衣物,刚到姑姑家那些年,她晾晒在阳台的衬衣领口有精致的绣花,内衣是带钢丝的鼓鼓囊囊的款式,扎眼的粉与紫,偶尔还有绛红。这些年随着姑姑走向老年,内衣发生了可见的变化，钢丝不见了，色彩也消失了，软绵绵的内衣显得只注重舒适，在洗涤多次后变形，彻底丧失了性的意味。有时他甚至感到，其上落满了无声的死的微粒。

站累了，他在床边坐下。一只手先是小心翼翼，继而开始放肆地抚弄那件内衣的光滑表面。他闭上眼，试图想象半裸的小白，毕竟他在她穿瑜伽背心的照片里多次见过那片胸腹之间的光洁与紧绷。然而脑海中浮现的却是他自己的形象，僵立在镜前，胸前挂着不相称的球面胸罩。

刚蓄势的勃起立即软了，他忍不住在心里骂了一声。

他大步走回客厅，抓起手机，想直接用语音大吼一声"你找别人吧！"，解锁后却见手机屏幕上一溜图片。不同角度的自拍。锁骨，半个胸，一片衣襟下摆。粉色。藏青。米白。鹅黄。其中几张带水印的图显然来自淘宝卖家。局部自拍酿出迷离又暧昧的氛围。杜子犹心想，简直是软性色情照。

小白在那头又打了一长串的字。

像这样拍几张给我就好。求你了，我真的不想失信，答应别人的就要做到。

他想驳斥说，你答应我来杭州就没做到。没有立即回复，因为他感觉到诱惑。不是被漂亮女人软磨硬缠而产生的诱惑，而是另一种，逸出常轨的蠢动。天知道他花了多少力气让自己显得正常。作为孤儿，他没有学坏，没有走偏路，好好学习天天向上，做了一份安稳乏味贫穷的工作。迄今为止，他所有涌动的暗色情绪只能宣泄于没有第二个读者的文字。

脱下浴袍，他瞥一眼已经彻底老实的下体，心头闪过自嘲。拿起内衣，光滑冰凉的触感让他想起爬行动物的表皮。他试图伸手到背后扣搭扣，发现那是不可能完成的任务。女人们都怎么穿这玩意儿？他无师自通地把它扯下重穿，在胸前扣上搭扣，再旋转一百八十度，挂上肩带。

他走到浴室照镜子。那景象够突兀的。疯狂的举动带来超乎预期的愉悦，效果犹如过量的酒精。他对着镜子拍了张搔首弄姿的照片，自顾自傻笑了一会儿。

套上羊绒衫裤容易得多。他这才意识到，小白说见过他，或许是真的。衣服在一米七二的他的身上显得合贴。虽是女装，宽松款式穿在男人身上并不突兀。他踩着酒店的布拖鞋在房间里来回踱了几圈。所谓的羊绒乍看如棉，体感舒适。他举起手机调整到自拍模式，学着小白给的样照连拍了几张。也许是心理作用，局部照看起来像个人妖。他挑了最不突兀的一张发过去，打字道，我觉得不行啊。

那边回：你别用自拍镜头，角度不好弄。找个镜子或者窗玻璃，不用拍得清晰。

他拉开窗帘，外面不知何时又下起了大雨，天色昏晦。

他身后暖橙色的室内灯光打在铸铁格子窗上,将其变成了一面海市蜃楼般的镜,映着他。他看不到自己的脸,唯有一身雪白的衣裤。米色经过光照与反射,褪成了白。是不是腰再细些才好?他用一只手往后攥起腰间的布料,另一只手举在前方,按下拍摄键。

对着新的成品照打量了足有半分钟,他怀着少许自得把照片发出去。不小心发到了脱单群,他心头一震,想要撤回。然而来不及了,对他炫耀的茶点照,简梅在五秒钟前刚写了句"一个人吗",此刻她秒回:你女朋友?

杜子犹恨不得有个什么法宝让他跳回几秒前,就像他在小说里写过的。半晌憋出两行字——

当然就我自己。

这是朋友圈转的。有个朋友在卖羊绒家居服,你看这衣服怎么样?

简梅答:看着不便宜。有内部价吗?

他如释重负地写道,我问问。

诡异的是,对杜子犹发的那张颇有艺术气息且能以假乱真的照片,小白迟迟没有回复。没有称赞没有反对没有质疑没有进一步的意见。微信画面凝固如琥珀,他写的最后一句话像只固定在挣扎姿势的昆虫。

——这样可以吗?还有我朋友想问问这衣服有没有内

部价……

他在房间扫台看了会儿电视,刷了半个小时朋友圈,又浏览了十几分钟微博。渐近晚饭时分。焦躁开始堆积成忐忑,会不会他的后半句坏了事?本来拍照是他和小白的秘密,现在他帮朋友问价钱,小白说不定以为他是个大喇叭到处去讲。不,他可以解释。不过即便要解释,也要先等她回一句,看她的态度再说。

打电话问了前台,得知一楼有餐厅,他下楼吃饭。胸罩和裤子被他重新用纸包好了放在纸袋里,贴身羊绒衫没有脱,是因为他发现自己的衣服,从上到下全部散发着难闻的油烟味。一定是中午吃饭沾上的。他把羊绒内衣当打底衫,套上没干透的外套和裤子。心头闪念:这套衣服应该是归自己了?小白总不至于还要拿走。不过,那副尴尬的胸罩该怎么办?

酒店餐厅的菜单让他吃了一惊。炒青菜五十元,硬菜每一道都过百。翻到最后的主食页,他松了口气,要了份四十五元的片儿川。

李恒星在群里发了段语音,杜子犹边吃面边将手机凑近耳朵。

"子犹才不会一个人去杭州呢。老实交代,是不是跑去和女朋友开房!"

他拍了吃到一半的面碗,证明自己的清白。毕竟没有人会带着女友吃个咸菜笋丝面作为晚饭。

李恒星继续语音:"你也太惨了吧。出去玩怎么不吃好点?"

杜子犹输入:我中午吃了好的,晚上简单吃吃。

简梅:天气预报杭州大雨。

杜子犹:是啊。结果就看了一眼西湖。

简梅:这么惨。你白天都在哪里?

李恒星说着乏味的笑话:"有没有遇到小娘子借伞给你啊哈哈哈。"

杜子犹想输入"在酒店",理智跳出来制止了手指的动作,改成:在茶馆。

反正他只拍了茶壶茶点,照片看不出环境。李恒星终于找到打字的空隙,发了一长段文字,回忆早年去杭州玩的经历。那还是大学的时候,他在西湖边被偷了钱包,只剩下裤兜里十几块零钱,不够回上海,最后在火车站门口问看起来像学生的人借钱买票,说是回去后一定转账。

李恒星又换成语音总结道:"当时感觉自己像在行骗或乞讨。要放在现在,身上根本没有钱包,也就不会被偷。"

简梅写道,手机掉了更惨。

杜子犹没有接话。李恒星那句"感觉像在行骗"让他隐隐不安。自己今天不会是掉进了什么局吧?但又看不出设局的理由。

吃过饭，杜子犹回了房间，用胶囊咖啡机做了杯浓缩咖啡，带着咖啡杯上床看电视。他脱掉了外衣裤，身上只剩带着体温的薄羊绒衫。枕着一堆枕头半躺在软硬适中的床上，他仍有种非现实的感觉。从下午入住一直伴随他的激动渐渐退去，不安开始浮现。

为什么等他发了那张照片，小白就彻底没了动静？

原本没想到会在杭州留宿，他没带笔记本电脑，这时不禁后悔。在宾馆里写稿，多像个职业作家。

关于职业作家的念头让杜子犹想到了良老师。除了读书会那回，差不多两年前，他和良老师有过一次交集。郑铎在朋友圈发了某公司招编剧助理的消息，杜子犹把那条消息看了又看，最后发了临时做的简历过去，并附上他的小说中难得不涉色情的一节。"我"在雪夜赴朋友的约，途中在一座老旧的寺庙歇脚，讨口热茶喝。寺里只有一名中年和尚，说山居寂寞，邀"我"下棋。"我"惦记朋友的约定，说只下一局，不论胜负。和尚输了，不肯让"我"离开，说必须三局两胜。第二局过半，"我"起身如厕，发现和尚身后有黄黑相间的尾巴，知是妖物。回转来，查看棋盘上的子，并未动过。虽为妖却是君子，"我"心怀赞赏，便暂时搁下约定，专注下棋。一胜一负后，第三局陷入胶着。不觉间雪霁天明，和尚拍手说，时辰到了，那群狼再也打不了施主的主意。和尚的宽袍大袖化作雪片纷飞，

"我"惊起身,扔下棋盘出门,走了一程抵朋友家,才发现那是狼窝。狼皆被咬死。来查看的当地村民说,是山猫干的。"我"回到寺庙,只见势均力敌的棋盘上,多了一枚对方的落子——

杜子犹在发邮件时对自己说,我不是真心想要转行,国企收入虽低,总比影视私企来得稳当。如果能去面试,至少能和"读者"聊聊。我只是想测试一下,自己写的东西在别人眼里是有趣还是乏味。

但同时他也知道,对新的工作机会,自己并非没有期待。

还真让他接到了通知面试的电话。杜子犹在上班时间溜出来,到了约定的咖啡馆,发现面试官是良老师。他感到窘迫,对方显然不记得见过他。良老师戴的眼镜从黑框换成了白色宽边,更衬得脸色焦黑。比起向面试者提问,良老师更爱聊他本人,聊他置身的影视圈。杜子犹很快得知,良老师的肤色来自频繁的潜水活动。

我们行业充满了泡沫,你知道吗,就在我们聊天的现在,分分钟都有大项目在签约,最后这些片子只有最多两成能被写成剧本,实际拍出来的还不到一成。

说真的,我们就是黑劳工,和牛仔裤血汗工厂的女工没什么区别。我跟你讲,写个几十万字,甲方一声令下,砰!全部重来。

我跟你讲，我只有在海里才能真正放松。不用想死线，不用想改稿，不用想和甲方的会。完全的放空。你也应该去体验一下！潜水，完美的运动。

杜子犹不得不注意到，良老师每隔几分钟就会插入一句"我跟你讲"，像在担心听众走神。杜子犹很想问他，你有没有看我的小说？直到最后，他都没能找到机会达成有效的交流。面试没有下文，这一点倒是在意料之中。

到杭州的这一天虽然没怎么玩，却很累。杜子犹十点不到就睡了。他在宾馆房间睡得人事不知的同时，"火锅教"群炸了锅。第二天回上海的火车上，他回看了几百条聊天记录，滞后地拼凑出事件的始末。

群里有个叫"A.E."的女人，姑且称之为A，平时说话不多。群里默认她是个嫁得不错的已婚女子。A喜欢晒各种餐厅的清盘照，有时盘子实在太干净，无从推断她到底吃了如何丰盛的一餐。小白作为专业人士，曾有意无意地对A说，重点是要吃得健康。对此A有过几句反驳，意思是人生苦短不如及时行乐。算是"不打不相识"，两人在线下成了朋友。从此，A晒的照片中除了甜品盘（照例已清盘），还会露出桌对面的花草茶，表示她刚和小白一起喝了下午茶。哪里都有的姐妹淘场景。杜子犹也瞧见过几回。他觉得，A和小白不是一个世界的人。

昨晚，忽生变故。

叫"清风"的ID冲进"火锅教"群，直接点名小白和A，说，你们两个号都在抄我的微博。一个抄我的健身自拍，一个抄我的清盘照，怎么会有这么无耻的人！这样复制粘贴别人的生活，有意思吗？

群里当即就沸腾了。有人说，你拿证据出来。清风发了几张微博的截图，她最新一张自拍是三天前，小白昨天发的同一张，正好前后脚。看客们群情激动，又有人说，小白朋友圈什么样，有看过的吗？还有人说，清风你是从哪里知道我们群里有人抄你？

一个几乎被人遗忘的ID出现了。"余音"也就是郑铎说，我听朋友提起"火锅教"群，心生怀念，让人把我拉回群里看看，本来是旧地重游，没想到撞见一只李鬼。清风是我朋友，她的微博我常看。我心说这个小白有些古怪，让人给我拉了群聊记录，结果又瞧见另一只。不仅克隆还分裂了，真是活久见。

群众七嘴八舌，开始破案。意见一：小白的背后是李鬼甲，A的背后是李鬼乙，他们靠抄袭建立"人设"，心照不宣，结成同盟。意见二：根本就没有两个人，小白和A的ID背后是同一个女人，暗恋郑铎，所以抄了他朋友（女友?)的微博,还分裂成两个,互证存在。意见三:事情与郑铎无关,是清风的狂热男粉丝干的。

几种意见彼此相悖又都有道理,争执不下。声音低微的第四种意见说,有的人就是有扮演癖,背后的人不知是单数还是双数,是男是女。

眼尖的群众们发现,小白和A已悄然退群。

信息多而劲爆,杜子犹不断翻屏,看得目不暇接,大拇指都快抽筋了。小白不是真实存在的人?不,这不可能,转给他电影票的人,昨天和他打了那么多字交谈的人,当然真实存在。看到有人在群里嚷嚷小白她们逃走了,他放弃往下刷,先回到和郑铎的聊天框——早上,正是郑铎友情提醒他查看群聊——打出一句话:你回那个群,是因为我昨天问到小白吗?

郑铎写道,对啊。你没头没脑地问那么一句,我有点好奇嘛。不看不知道,一看吓一跳。

你确定吗?群里的,真不是你朋友清风?

绝对确定。我们现在就在一起呢。还有她男朋友。她都快气死了,说没见过这种奇葩事件。你和那个小白怎么回事?

杜子犹没有回复,径自点小白,拨打语音。拨不通。从刚才开始,他再也无法向那边发消息。他被删除拉黑了。如果不是微信时代,他至少会有对方的手机号。

深重的无力感席卷上来,他看向高铁车窗外荒芜的田野。他旁边坐着个手机声音外放看言情片的女人,如果是平时,他肯定会提醒对方用耳机。隔着几个座位的老阿姨们以高分贝闲聊,和电视剧的声音形成对抗。穿衬衣马甲的列车员推车走过。"零食冰激凌有需要的吗?"她的白衬衣袖口露出一厘米黑色打底衫。杜子犹恍然想起他背包里的羊绒衣裤和胸罩。到了现在,唯有那些衣物成了能证实小白存在过的东西。要不然,他简直要怀疑这是网络深处某个没有实体的精灵神怪的恶作剧。会有这种不着调的想法,也是传奇小说写多了的缘故。没有人能证明微信背后必定是个人,不是吗?这个时代的妖物们,说不定就是以这样曲折的形式存在。她叫小白。巧得很,让人想起西湖的白娘子传说。在雨天的西湖,他与她终究错失。

回到上海,周末还剩半天。他不在的一天半,家里出了件不大不小的事。昨天姑父不知被谁下了什么蛊,买了一条近两万元的治疗毯回来,说是磁疗,能治腰腿疼。姑姑暴怒,和姑父大吵一架。杜子犹回到家,姑姑仍在唠叨个没完。我要去旅游吧老头子心疼钱现在买这种狗皮膏药他又不心疼了,家里的钱难道是捡回来的!姑父闷声不响,杜子犹也不接话,暗道自己算是逃过一劫。要是他昨天在家,难免尴尬。不过,他如果在家,他们不会吵得那么凶。

结果是姑父让步，出门去退毯子。杜子犹不想留在家里听姑姑复读机一样的诉苦，便带着笔记本电脑出门，对姑姑说去工作。他打算去图书馆的阅览室写稿。姑父推着自行车，和杜子犹并肩走到小区门口。杜子犹想要安慰姑父几句，只是无从说起。两人在小区门口道别，姑父跨上自行车，绑在后座的纸盒随之颤了颤。

在图书馆，杜子犹没有立即打开文档，而是刷起了清风的微博。回程的火车上他就用手机看过了，当时信号不好，形成支离破碎的印象。和小白自称的一样，清风也是瑜伽教练。区别在于，她是个爱吃甜食的教练，那是A在群里的属性。小白和A果然是同一个人吗？不管账号背后的人是单数还是复数，为什么有人不嫌费事地做这种手脚？

清风微博最新的一条，用九张对比图说明了她被抄的事。小白那张被郑铎看到从而导致败露的贴图，出现在杜子犹一番折腾拍服装照的下午。对杜子犹说走不开，却在群里发健身自拍，她的脑回路着实神奇。每次小白把照片发在群里，清风微博照右下角的水印都被切掉了。

越看越心烦，杜子犹关了窗口，开始写稿。心头有个细微的声音说，抄人设算抄吗？抄创作才算抄吧。

那次和良老师的见面还有后续，以杜子犹从未想到的形式。

他闲时逛豆瓣，友邻转一个帖子，说是"新派聊斋好好看"。他点开一看，十分眼熟，然后回过神，咦，这不就是自己应聘编剧助理时发过去的小说片段吗？他的小说是章回体，每章能当一则短篇看，对他来说，那是主人公的漫长冒险生涯的片段，如今被起名为《棋痴》，当成单独的故事贴出来，就像是自己做的梦的一节被人拿去展览，或是自己的肢体的一部分被人当成标本钉在墙上。比起气愤，他更多地感到被分解被截肢被装框被展示的不安。他点开发帖人的英文字母ID，那人有四五千粉丝，不算多。该ID记录了大量的观影，没有评论只有打星，此外就是隔一阵发一篇小说。每篇小说风格迥异，无从判断都是抄的还是其中有他自己写的。光从ID和头像，看不出对方是不是良老师。也可能是那家公司负责收面试邮件的什么人。

杜子犹想过在"火锅教"群里贴出链接，然后圈良老师，加以质问。或者，加对方私聊。但无论哪种做法，都会让自己重新认识到面试的失败。何苦自取其辱。

他怀着难以形容的情绪关注那个帖子的后续反响。七八次转发，十几个赞，一两条回复。在聚集了影视文学爱好者的大池塘里，没激起一丝涟漪。

杜子犹在阅览室里啪啦啪啦打了三四千字，毫不顾忌附近几张桌子的人对他的键盘声报以嫌弃的目光。写完一章，他往椅背一靠，颈椎僵硬，心神荡漾。现实对小说的影响，向来以作者无法自控的形式呈现。这一章，叫作"碧玺"的新人登场，不，应该说是新妖。和前面一百多章动不动就色诱男主角的妖精们不同，碧玺虽是妖，爱慕的却是上一章登场的蛇女百娘。

碧玺是晶石幻化，没有性别和实体。为了接近百娘，它化身少女，得以光明正大地喊百娘"姐姐"，追随其左右。杜子犹在写作的过程中短暂地想起电影《青蛇》，更多想到的，却是他自己那张朦胧的照片。雨天灯影里的白衣女子。他边打字边想，自己果真是自己吗？他是杜子犹，是网上的"KK"，是他笔下第一人称的书生杜梦虹，除此以外，是不是还有更多的他，尚未被命名？

郑铎发来一连串微信，问他和那个小白怎么回事，有没有被骗财骗色。看其语气，男人被骗色也是损失。杜子犹回，我们不熟，就聊过几句。他想问，清风和你只是朋友吗，她真不是你女友？群里早有人问过，被清风和郑铎各自否定。那边郑铎又说，这事也真邪门，见过抄的，没见过这样抄的，一般都是抄微博想做网红，哪有跑群里玩什么虚拟人生的。

杜子犹注意到，群里出了这么大的事，"良鑫"良老师却少见地没加入讨论。要么是他正在赶剧本没看群，要么是……杜子犹制止自己的思绪，觉得未免想太多。小说家的想象力容易跑偏。与此同时,在他的心里,小白和碧玺重叠在一处。网络时代,呈现即实体,照片即真相。要想获得一段人生,有时只需要用一系列图像做出证明。他甚至开始同情她。不管那个 ID 的背后是个怎样的人(甚至非人),她并没有做任何害人的事。把他喊到杭州也算不上什么大事,不是吗?

他沿着熟悉的路往家走,路过面包店、香烟店、蔬菜店和水果店。这一带十几年间毫无变化,他刚经过的羊绒衫店每年只有冬季开张,夏天就变成了鞋店,由两个老板轮流经营。

应该对姑姑说,山东买房确实比出国旅游来得实际,上海的冬天实在太冷了。他们离家过冬的时候,他可以照顾好自己。他知道姑姑的顾虑在于不擅家务的他,但他毕竟也是奔三的人了。

他进了小区,在楼下刷卡开门。老楼在前些年做了平改坡,又加装了一楼带对讲的防盗门。他很少想起站在虹桥某小区门后的尴尬一吻,倒是漫不经心地想过,要是小真的爸爸早年给她买了房,到现在应该翻了好几番。

爬楼梯上三楼。二楼的邻居在炒菜,楼道里充斥着爆炒辣椒的油烟气。自己如果一直没有能力搬出去,难道就像姑姑说的那样,和他们一天天过下去,始终孑然一身?

也许该问问简梅,她工作的电视台招不招人,他愿意从什么助理做起。

开了门,家里没有平日熟悉的饭菜香,进门处的厨房没亮灯,显得冷寂。客厅兼作二老的房间,门关着,他推门进去,看见姑姑一个人坐在大床旁的沙发上。

"姑父呢?"他问。接着发现,本该被退掉的电热毯模样的治疗毯好端端地铺在床的一侧,姑姑平时睡的那边。看来没能退成。说不定老两口又有过不愉快。

"我让他去买点吃的回来。没烧饭。"姑姑示意他在旁边坐下。他摸不着头脑,过去坐了。姑姑的侧脸像在酝酿一场风暴。是治疗毯的余波吗?

"姑父也是好心。"他生硬地说,"你不是经常腿疼吗?"

"子犹啊。"姑姑说。

他的心往下落,胃往上顶,胸中窒闷。

"你去图书馆的时候,我想着帮你理一下包。"

脑袋瞬间空白。那些衣服。姑姑看见了。她会把他看作变态吧?他慌乱地挣扎着说:"那是……"

"你啊,谈了女朋友,也不跟我讲一声。"姑姑的语气是寂寥的,还藏着别的情绪,他分辨不清。

等到姑父带着酸菜鱼的巨大打包盒回到家,事情好歹算是搪塞过去了。杜子犹不好一口咬定自己尚无女友,只说"刚开始谈还不确定"。姑姑说,包里的衣服本来想洗了再让他还给小姑娘,看了下标签是羊绒的,怕洗坏了,就

347

这样吧。

晚饭后回到自己房间,杜子犹终于找到空当看手机。简梅问他,昨天说的羊绒衫怎么没下文了?他答,我问了,人家没回我。这时已无心力问简梅工作的事。良老师的面试那回也一样,每当有种种外因激发杜子犹另辟行业的雄心,很快就又有什么事横插一杠,让他迅速变得萎靡。

他坐在床边,打开手机,删掉在浴室戴着胸罩对镜自拍的照片和接下来几张。轮到最后一张,他开始迟疑。这么朦胧,谁也看不出是他。那天连简梅和李恒星也没看出来。留在手机里似无大碍。他起身去翻背包,衣服不在。四下一望,衣服整齐地叠放在五斗橱上。长袖上衣的底下是裤子,胸罩被妥帖地藏在中间。他伸出手,抚一下羊绒温润的表面,衣服的起伏让手感觉到胸罩的存在,他像被烫到似的缩回手。

小白。你到底是什么人?你真的存在吗?

他走回门边,确认已反锁,又走了几步,拉上窗帘。不足十个平方的房间,承载了他从少年到青年的光阴。自从有了电脑,他在这里看过动画片、文艺片、色情电影。最后一项观影体验难免伴随单体运动。想到将要在同一间屋里变成大叔,甚至老伯,他不是没有恐慌。他害怕姑姑像家族其他成员一样罹患疾病,留下他和姑父。他也畏惧自己有一天会组建家庭,从这个房间出去。他的人生太过单薄，以至于无法承载悬在头顶随时会落下的诸多可能性。

他只能是他自己。

他不想一直做他自己。

一直以来，唯有写小说是他的救赎。但今天，有一线不一样的光照进这个碎花墙纸褪成暗淡灰绿的房间。

他剥下衣裤，没有像昨天在宾馆里那样胡乱一扔，叠好了放在电脑椅上。没有买过正式的电脑桌，放台式机显示器和键盘的是他从前学习的书桌，显示器上方的搁板排列着他一度爱读的书，如今书和搁板都被时光染旧。屋里的空调也老了，象征性地往外吐出微弱的暖风。他裸露的大腿很快起了一层寒栗。他尝试直接伸手到背后扣上胸罩，这次成功了。低下头，胸前是两个完美又空虚的半圆。他闭眼套上柔软的羊绒衫，然后是裤子。走到床边，打开衣柜门，从门后的穿衣镜中，他注视着女装的自己。这一次不像宾馆浴室的镜子只有半截，镜中人是完整的。

小白。你没有消失。你就在这里。杜子犹在心里无声地说。

迷恋

闹钟响起的时候，乔瑛正置身于梦境。她并未意识到那是梦。

她和亲戚们在一起。亲戚们，指的是她离异多年的父母、妈妈的同居男友赵叔叔、她的同胞哥哥、同父异母的妹妹，还有哥哥的两次婚姻带来的侄子侄女。这帮人难得一聚。她先以为是过年，但没见到两个姨妈及其家人。随即想起，外婆走了好几年了。没有外婆作为家庭的轴心，根本无从聚起。

哥哥在教侄子打斯诺克。后者的个子蹿了一大截，俨然是个小少年。妹妹站在爸旁边，两人低声而亲密地说着什么。父女俩都是略嫌方正的国字脸。爸的眉毛掺杂了白丝，尾端下垂。妹妹的精心修成弓形。虽有年龄和性别的差异，眉骨到颧骨的线条彰显出基因的力量。哥哥和侄子也承袭了爸的相貌，台球桌的顶灯将绿色桌面照得发翠，也照亮了父子俩的宽额头和方下巴。乔家人的额头和下巴，显出性格强硬。赵叔叔背对众人坐在吧台边的高脚凳上，喝酒玩骰子。妈在几步开外的皮沙发上，正在帮小侄女梳冲天辫。吧台内的黑马甲酒保有点眼熟。她盯着那人看了几秒,惊觉是前男友。

到这时她终于发现,自己站在美式酒吧模样的房间一端的小舞台上,面前是一只立式麦克风,黄铜做的,像民国时代剧的道具。某处有音箱传出前奏,旋律熟悉入骨。一恍神,第一句歌的伴奏滑过,她知道自己该开口唱,又觉得尴尬。没人往她这边看。好歹鼓起勇气唱了半句,声音轻微,像幼猫的嘶喊。话筒是坏的。她的后背沁出冷汗,脸发烫。

有人拍她的肩。

一转头,少女站在她身侧。比她矮半个头的少女微仰着头,急切地说:"跟我走!"她一惊,先蹿出不相干的念头,脸真小啊!继而恍然想起,对了,我们是在游轮上。这是一场家族旅行。

来不及纳闷为什么会有这般阵容的旅行——人头过于完整,且不合现实逻辑,爸妈自六年前参加她的婚礼后从未碰面,妹妹在美国——少女拉住她的手,往门口走。掌心传来的热意让她差点一嗓子喊出来:你们看,路老师!

乔家全家,除了侄子,恐怕没人认识被数百万粉丝称作"路老师"的少女。这一称呼来自路庐被转爆了的微博。"我是他们的路人甲、你们的路老师。爱你们。"底下附有飞吻自拍。肯定不是每个十五岁的女孩都能写出这样准确击中一批人的句子。乔瑛转发那条微博的时候,像其他粉丝一样怀着同盟感，犹如世界因路老师的存在被划分成此与彼的阵营。我们和他们。同一条微博，乔瑛转了十次，用大号和另外九个小号。

拉着她的路庐走在身前一步，乔瑛得以看清，路庐身穿牛仔蓝背心，腰部往下是散开的雪白纱裙，这身舞台装没见她穿过。高高梳起的马尾辫，露出后颈完美的M形发角。粉丝们常就此开玩笑说，"不看正脸能认出路老师是路粉的及格线"。编舞老师一定知道路庐的后脑勺颇受粉丝关注，给她设计的舞蹈动作包含频繁的转身、背对舞台的摇摆。因此有些恶意的网评说她"秀屁股"。粉丝越多黑也就越多，仿佛是为了达成自然界的平衡。

乔瑛被路庐带着急步穿走廊上台阶，来到甲板上。和室内的平稳不同，海上的夜气像有无数透明的虫在流窜，咸腥的含着水沫的空气涌入鼻腔，乔瑛打了个喷嚏。

"我们要去哪里？"她问。问出口才发现声音嘶哑。

"船要沉了。"路庐的语气甚至有几分兴高采烈。她一扬腿，骑马般跨坐在铸铁栏杆上，裸露的胳膊抓住荡在船舷外的粗麻绳。"底下有救生船。"她抱着绳子哧溜直下，猴子般灵巧，乔瑛甚至来不及担心粗麻绳会不会蹭坏白纱裙和磨破手。那双弹奏电吉他的手。被搞蒙的乔瑛趴在栏杆边探身往下看，救生船在镶着白边的黑色浪头间起伏，像个随时会被掀翻的玩具。小船中央的纱裙只是个白点。

原来海面这么远,海这么险恶。她整个人呆住了。少女在下面喊了句什么,被风声和海浪声淹没了。

"不行!我儿子……"乔瑛喊回去。她终于想起,从刚才就没看见江西宁和儿子。球球才四岁。如果船出事,他绝不可能在风浪中幸存。没法指望丈夫。越是这种危急时刻越指望不上。乔瑛的心头升起一股混合了恐慌、绝望和竭力镇定的情绪,她望向飘来荡去显得渺小又无助的救生船和那上面的少女,试图将整个瞬间凝固,印在眼底。

对不起!她在心里喊道,扭头往来路跑。心头不是没有永诀般的创痛。

然后该死的手机闹钟就响了。

江西宁在旁边翻了个身。乔瑛伸手摸索床头柜上的手机,按掉闹钟。屏幕上的时间比定时晚了十分钟。看来闹钟早就响过,而她迷迷糊糊按了"稍后提醒"。脑海中全无上一次闹钟的记忆,清晰的只有梦境。仿佛有寒气从蕴含着狂怒的夜之海面升起,钻进她的皮肤和血管。她感到冷。接着发现,丈夫把被子裹在身上,她这边是空的。

我居然抛下路老师,去找儿子。在梦里。即便是梦,要是让群里的人知道,也会说我疯了。

接着是另一个催人清醒的念头,比闹钟铃声更有效。还有三天。这周末就能见到路老师了。

把奶黄包放进电蒸锅，拧开开关，然后推开小房间的门。空气中弥散着如同酸奶发酵的气息。同样是隔夜味儿，孩子的房间和成年人的是这么不同，每每让乔瑛惊叹。她有时忍不住想，我们的气味可憎，是因为我们离死亡更近吧。

妈妈也就是球球的外婆住在这儿的时候，早上的屋里又是怎样的气味呢？她想不起来。那时由妈妈负责球球的起床和早饭，乔瑛的日程比现在轻松。偶尔，她会怀念有妈妈在的时候。不过，得到的小憩和承受的唠叨相抵，很难说是否值得。

霍莹比我更擅长应付我妈。她在心里不情愿地承认。哥哥的第二任妻子差不多和妹妹乔瑷一样大，却不像乔瑷那么自顾自，颇会讨老一辈的欢心。妈妈住到哥哥家，对霍莹的韩妆淘宝店从不屑到折服到惊叹，这几天不时发来微信语音道，哎你干脆不要上班了，跟莹莹一起做淘宝店，时间自由，也适合带孩子。

乔瑛选择不接话。

她凑到球球的床边，弯腰轻拍他的脸。"起来啦，球球。小猪起床，一，二，三。"孩子的眼皮扯开一条缝，算是回应。她开始哼歌。路老师的新歌。哼了两声想起，丈夫让她不要在孩子跟前唱歌。你五音不全，别把他带歪了。他说这话并没有讽刺的意思，但她难免有些受伤。

又等了片刻，乔瑛使出挠痒痒战术。球球缩成一团，闭着眼，用哀怨的小声音说："妈妈坏，妈妈是狼外婆。"

瞬间以为自己长出狼耳朵的乔瑛低声恳求道："起来嘛，球球最乖了。"

小家伙背过身去，给她一个后脑勺。

自己小时候肯定没人花这么多工夫哄着起床。从有记忆起，照管自己的就是外婆。即便没有父母在身边，还不是幼儿园小学一路过来了？人啊，越是得到关注，越是肆意任性。就像乔瑷。

球球啊，你长大了可不能像你姨妈那样。她在心里念着，摸了摸儿子的耳朵。耳形如同江西宁的小一号拷贝。乔瑛在孩子诞生前有过期盼，所谓的外甥像舅，最好小孩长得像她哥哥乔钰。可惜球球精准地继承了父母的容貌，即便以做母亲的偏爱视角来看，也就是个平常相貌的小孩。乔钰在尚未把单名从斜玉旁改成金字旁的时期，曾是个翩翩美男子。改名说是请人测过字，原来的财运不好。说也奇怪，金字旁的乔钰真的发达了，并开始发胖和谢顶，风度还不如六十多的爸。

说起来，早上梦里的哥哥，是十多年前的模样。侄子侄女倒是现在的年纪。她想，居然还是个自带修图功能的梦。

她开始新一轮唤醒努力，用手机播放某法国动画片的片尾曲。短片没有对白,讲的是屡屡遭人嘲笑的马戏团小丑对自身这一存在的质疑。四岁的孩子当然看不懂其中的哲学意味,让球球着迷的是色调优美的画面,他还喜欢配乐,母子俩最近用投影仪看了三遍。

片尾曲欢快极了,像在反衬小丑死去的结局。小提琴、钢琴、黑管、鼓。乐器们的合奏让她想起自己短暂的乐团生涯。球球不理解死的概念,指着屏幕说,小丑睡着了,他没有盖被子。

她并未试图向儿子解释,什么是死。球球生在如今少见的大家庭,不仅有舅舅姨妈表哥表姐,光是外婆就有两个——她的妈妈以及爸的新伴侣。就让他沉浸在生的繁荣中吧。

音乐放到一半,球球终于哼唧着醒了。秋天叫他起床还算好的,等冬天来临,整套流程就如同游戏从新手模式进入困难模式。孩子穿衣的工夫,她煮了鸡蛋,牛奶热到微温,倒入装麦片的碗。球球的食欲一向不错,且不挑食,这点像江西宁。小家伙逐样消灭早点的工夫,她迅速洗漱。本该洗个澡,来不及了,都怪那多睡的十分钟。她进入下一环节。帮球球挤牙膏,督促他把脸洗干净。给他擦上柑橘味儿的儿童面霜,在他的两颊各蹭一下,说,真香!孩子咯咯笑起来。

母子俩搭地铁出门。早高峰已过,乘客的密度仍有些高。乔瑛一手拉吊环,一手牵儿子。车从明亮的站台驶入黑暗的地底,她在窗玻璃上看到车厢灯光反射下的自己的脸。没化妆,头发随便在脑后一束。此刻的憔悴和工作时的爽利,哪一副面孔更接近真实的自己呢?她会在餐厅营业前装扮好,发髻、红唇加上收腰的黑西装套裙,让她在刚从事这份工作时显得老气,如今看起来倒是比三十七岁要年轻。当初丈夫追她,也是因为见过她工作时的模样。后来发现,他在某种程度上算个制服控,没能走到结婚的前女友是个空姐。

窗外开始放广告。这种不受地铁行进影响的广告是怎样的机制,她没搞懂。心知这时该和球球聊天,但嘴巴像被胶水粘住了。整个人陷入注视广告的惰性。

广告画面粗糙的光粒子交织成一张熟悉的脸。是路老师。红色紧身衣,双马尾。接着是群像。路老师所在的偶像团体 UFO 少女组,简称"优少女"。十二个女孩唱唱跳跳,满脸做作的欢快。不,也许她们真的乐在其中。

注视广告的乔瑛感觉到熟悉的情绪,体内有气泡不断充盈、膨胀、微颤,几乎随时会带着她双脚离地。广告让她看不到自己的脸,但那上面想必升腾起不一样的神采。除了她自己,车厢内无人知道她此刻犹如服食兴奋剂的快乐。她弯腰对球球说,妈妈给你讲个故事好不好?孩子回望她的脸满是快乐与信任。

把球球送到幼儿园，乔瑛花了半个小时回到家。江西宁已经走了。桌上是球球早餐的残迹。丈夫在单位附近买早饭带到工位吃，为的是多睡几分钟。刚结婚的时候，她曾试图让他养成在家吃早餐的习惯，很快放弃了。

有些人对吃什么毫不在意，江西宁就是其中之一。换句话说，很好养。当别人听说江西宁是平面设计师，且比她小六岁，往往投来诧异的眼神。

乔瑛搞不懂江西宁当初为什么追求自己，她这边顺顺利利接受了，是出于某种逆反心。前男友是个对吃喝之事无比挑剔的侍酒师，而在江西宁的眼里，海虾河虾并无区别，都是虾。此外，江西宁和妹妹乔瑗一般大，可算是微小的胜利。

两人的相识源自一场饭局。江西宁工作的日文资讯杂志上刊登了她工作的餐厅的广告，按行业惯例，广告费只付半数，另一半用餐券冲抵。临近年底，杂志社将餐券分送各路关系户，仍有剩余，整个团队前来用餐。两张圆台面，一张坐了日本人和说日语的中国人，另一张在讲普通话。全是中国人那桌，有个头发看起来需要修剪的年轻人吃饭期间一直在打游戏，掉了两次筷子。他本人无知无觉，她快步走去给换了。按理她的职级用不着照管他们的桌子，春节前人手不足，领班也得做服务员的工作。

节后，同事给她介绍对象。见面时她发现，是上回那个沉迷游戏的客人。等介绍人走开,他莞尔一笑,说,是我托人找你的。

那时不是没有少许心潮起伏。

交往一段时间后,他说,真不知道你们餐厅为什么那么贵,吃起来也就那样。乔瑛发现,对江西宁而言,炸鸡比萨这一类方便食品远胜精心烹制的美食,他喜欢边吃边看剧打游戏追动漫。虽然每年为了消耗餐券,他跟着同事吃过本城大大小小的好餐厅,却没有一家让他想要自掏腰包去用餐。

要是人人都像你,我就该失业了。她半开玩笑地说。

以后如果有小孩,最好像我。容易养。不过也不一定要小孩啦,代价太大。他一本正经地说。

那时才知道,他对交往的认真程度,超过她。

江西宁在一年后成为她的丈夫。他的话应验了,球球像爸爸。对吃没有欲求,吃饱就行。对睡眠的兴趣超过其他,但是玩得投入就不肯睡,第二天的起床气惊天动地。

有时乔瑛觉得自己养了两个儿子,不同的是一个会自行起床去上班。

江西宁的家庭背景和她有几分相似。他和她在青少年时期,都自觉是家里多余的那个人。他母亲早逝,开私人牙科诊所的父亲再娶的对象是诊所的护士。他和父母的关系淡漠,结婚至今,乔瑛跟他回过两次湖州,一次是婚礼,一次是公公做寿。上海的新房，他父母那边并未赞助分毫。乔瑛的爸妈对此流露过不满，乔瑛想，也不见你们出钱呀，好意思讲别人。

和自家父母疏远的丈夫却是个重礼数的人，他让球球和湖州家里视频，催孩子喊"爷爷""奶奶"，并屡次叮嘱，记住了，不管到虹口舅舅家还是莘庄外公家，你都要喊"外婆"。

早上到现在只喝了杯蜂蜜水，乔瑛顾不上填肚子，在餐桌边坐下，摸出手机，轮流爬上几个微博账号给路老师投票。这是每天的例行动作。虽然微博榜单不能给路老师带来收益，但仅仅是看到数字攀升，粉丝群便掀起一波波炫耀的讨论。从昨晚到现在，群里的未读消息破千。她无暇查看，花几分钟投完票，嚼了两片苏打饼干，开始做家务。

两室一厅七十平方米，不算大，收拾起来也要花一定的时间。把脏衣服扔进洗衣机，铺床，擦各种平面，吸尘，再用平板拖把过一遍。其间她一直循环播放路老师，不，优少女的歌。只有像她这样充满热忱的耳朵，才能从十二名少女彼此相似又经过后期调音的歌声中分辨出哪一句是路老师唱的。丈夫和球球不在跟前，她得以畅快地跟着唱，走音就走音吧。

初二的时候，音乐老师来问她要不要加入乐团。她在音乐课的听测结果给老师留下了印象。唱歌总走调的她能分辨每一个音，在五线谱格子里画出对应的符号。老师问她学过什么乐器，她茫然说，没有。老师说，现在学乐器有点晚，这样吧，你要愿意的话，负责沙锤吧。

沙锤是微不足道的伴奏物。恐怕除了她自己，没人注意到她在正确的节拍举起双手，挥动内置沙粒的塑料玩意儿。虽然枯燥，她还是坚持参加每周五放学后的练习。置身乐队内部，聆听其他人奏出的乐音，对她来说是少有的愉快体验。

一段时间后，她发现，不是每个乐队成员都有她的听力。举例来说，几个小提琴手根本不知道刚才拉错了若干个音。小号也常荒腔走板。更要命的是他们的节奏感一团糟。但学生们甚至老师都不在意。毕竟只是初中的业余乐团。

又过了些时日，她滞后地理解了乐团内的等级制度。不是弦乐器、管乐器与打击乐之间的层级。也不是技术的高下。构成等级的，是乐器的单价。同样是小提琴，也有好坏之分。贵的琴音色佳，不需要她的耳力也能听出。那是二十世纪九十年代初，一批人正在悄悄积攒最初的财富，他们的财力间接地体现在买给子女们的乐器上。她同父异母的妹妹也在学钢琴。而她寄居外婆家，没人想过花钱培养她的音乐才能，她所有的，只有那两枚可笑的属于学校的沙锤。

认清情况后，她离开了乐团。

乔瑛选择念中专，也是因为钱。外婆明白地告诉她，你爸妈谁都指望不上，我也没钱供你念大学，早点工作才是正道。中专毕业，她去了定向委培的酒店餐厅担任服务员。几年后跳槽。然后再跳。品真阁是她工作履历上的第五家餐厅，也是唯一一家在米其林榜单上的。米其林说起来是新兴事物，过去没这种榜单，也没有点评网，食客们的流动性不大，餐厅也不会一夜爆红或迅速凋零。

她有时怀念过去的日子。那时餐厅工作人员与顾客们的关系要单纯得多。投诉这种事在任何一家店都有，有时是厨房纰漏，有时是服务跟不上，但不至于像现在——如果顾客在网上写一笔差评，接踵而至的就是当班的整个班组，从厨房到大堂，都被扣奖金。

上个月刚发生过一起无妄之灾。有人在点评打了一星，说什么鱼蒸老了贝壳不新鲜，饭后甜点催了三次，半个小时才上。她知道，只有最后一条是事实。为什么会发生甜点迟迟不上的事故，是由于新来的服务员漏单了。像品真阁这样的餐厅，按理说不该雇用新手。但老板不喜欢在其他店滚过一遍经验的人，用他的话说，都是老油条。其直接结果就是，乔瑛他们这些中层不得不反复培训和叮咛下面的人，并在出纰漏时不厌其烦地帮擦屁股。

那条差评最后在营销部的努力下被屏蔽了。乔瑛不知道他们是怎么办到的，光靠和平台混关系肯定不够，得花钱。去掉一条评论需要多少钱？她想象不出。和江西宁说起时，他说，这种都是套路呀，平台专门有人去写差评的，然后店家去求平台删评，平台躺着收钱。丈夫虽然年轻，有时显得比她通达世故，而且他向来会把一切的"恶"推给大公司或社会，如此的愤世嫉俗，明明他的工作不过是给吃喝玩乐的杂志排版和设计广告。他的尖锐有时让她叹服，有时让她轻微不适。

谈恋爱期间，她在闲聊当中说，自己在四五年前颇为沉迷了一段时间的日本漫画。他说，你那是迟来的青春期，小时候没钱看的代偿心理。就像我上大学之前家里管得严，游戏机都没摸过，出来自由了，就变本加厉地玩。

她没有找到合适的句子做出反驳。第一次对日漫有间接了解，是在春节的饭桌边。念初中的乔瑷以沉醉的语气说"我男朋友"，乔瑛刚上班没多久，以为妹妹早恋，偷偷环顾一桌人的反应，每个人都是见怪不怪的表情。原来乔瑷的男友是《灌篮高手》里一个叫仙道的角色。等到乔瑛开始看漫画，乔瑷都上大学了，口中的男友也由纸片人变成了日本明星小栗旬。对于习惯了节俭的乔瑛来说，租漫画看，算是小小的奢侈，她不像同龄的年轻人那样买化妆品、衣服和包，有钱就存起来。

现在回想，租书店的老板是她懵懂的迟来的初恋。外婆家离工作的餐厅远，老房子洗澡得去公共浴室，很不便。她在工作半年后搬出去与人合租。书店开在她的小区隔壁的居民楼里。总坐在店里看书的老板被称作"小车"。那是个戴眼镜的长发男子，面容清秀，说起喜欢的漫画时，眼里有光。乔瑛去得频繁，在那家店充了会员。有一天去还书，大门紧锁。再打小车的电话也没人接，余下半年的会费打了水漂。

从此她连唯一一项额外支出也省了，又过一年，付了单开间的首付。那时她在谈第一次恋爱，买房算是提前留点保障。男友梁城是负责酒水的同事，性格和乔家的男人们有几分相似，聪明、好强、爱支配人，在金钱上斤斤计较。恋爱以对方的外遇告终。要不是有那套房打底，也买不了如今的居所。结婚时，江西宁工作两年多，存款为零。

"不用你带我去流浪，有一天我会自己去到全世界，跨过边界的河流……"

和手机连通的蓝牙音箱循环播放到自选歌单的第一首，她在早上那个梦里只唱了一句的 *Metaphor World*。优少女的歌名大多是英文，《隐喻世界》是乔瑛的最爱。从对路老师产生兴趣到加入粉丝俱乐部，经历了几个月的"蜜月期"，最初的狂热逐渐沉淀为日常的一部分。"入坑"一年多了，她怎么也想不起最初是在什么情境下邂逅这首歌，就像她一直不记得，那时是怎么去到小车的书店。一定有那么个转折点，不是吗？意识到时，《隐喻世界》已在播放列表稳踞了一段时日。有一天，对很多事慢半拍的她终于察觉，自己经常在放到这首歌的时候换成单曲循环，只为了听其中一个声音。女孩华丽的高音唱道，跨过边界的河流。

上网一查，最后那句来自 C 位的路庐。

她停下擦地的动作，专注聆听。而后想起，忘了买菜。

查看冰箱，存货还可对付两菜一汤。她在心里拟定菜谱。豆腐蘑菇汤、肉圆炖土豆、番茄炒蛋。没有绿叶菜是个缺憾，明天一定得买菜。她知道，丈夫更中意今天这样的食谱，她会全部预先做好，他回家热一下就行。绿叶菜不适合二次加热，她总是择好洗好放在滤水篮里，让他回来炒一下。要求不高，炒熟就行。从江西宁的角度看，自从丈母娘离开，下班后得多换乘一次，绕道去接晚托班的儿子，回到家，一多半的情况还得炒个菜，生活的难度骤然加大。他曾半开玩笑地说，许多奶爸下班不回家，宁可当网约车司机满大街转悠，我也有点理解他们。

她附和着开玩笑道，你儿子你不管啦？可以的呀。你也不用开什么网约车，接点设计单，在家做，咱们再请个钟点阿姨。

他笑笑回道，我就是说说。比起你，我算是轻松的。

夫妻间关于外快的话题不止一回，有时说说笑笑就过去了，有时会引发矛盾。江西宁严守着下班就要休息的习惯。她有一次暗示，将来球球如果念私立小学，花钱的地方多了。他难得发了脾气，冲她吼道，你别整天看别人行吗？她心下分明，别人，指的是乔钰的一双儿女，她的侄子侄女。

土豆切到一半，音乐骤停，充电的手机响了。她在围裙上擦干手，走去接。是快递。想不起自己买过什么，她应了句"有人在家"。挂了电话，手机上好几条未读微信。孙梅希请假。小姑娘才来了三个月，本月第二次临时说不上班。今天的理由是，我妈病了。乔瑛翻出聊天记录，上次是感冒。她心算了今晚的出勤情况，便准了。暗自说，事不过三。

如今很少有餐厅定向委培，来应聘的也不再有像乔瑛一样的本地中专生，新人多来自外地，学历不一，中专高中高职大专，偶尔还会冒出几个二三流大学本科的。乔瑛不能理解，这些家境还不错的"九零后"甚至"九五后"为什么选择餐厅的工作，因为他们显然不打算将其作为长期职业。倒也不是没有踏实的孩子。有意思的是，让她看得入眼的几个，反而是家庭条件好到一辈子不上班也可从容度日的。

也许这就叫时代的变迁。

听见门铃声,她暂停播放,把手机揣进围裙兜里。没了音乐,室内的空气倏然一变。初秋的风从阳台纱窗涌入。她穿过客厅兼饭厅,开了门。快递员问,是陈小姐吗?那是她收快递用的假名,她点点头。对方把大箱子往门口一放就走了。

完全不记得自己买过这么大的东西。难道是送错了?她将半米高的纸箱往屋里拖,和体积不相称,箱子轻得可疑。用剪刀划开封箱带,里面是一层揉成球的报纸。刨出十几团纸球,内容呈现。她惊叫一声,声音像被打中的鸟。

是乌比的抱枕。比起家里那两只,简直巨大。白团子脸上两条黑线作为眼睛,粉色椭圆腮红。乌比是介于兔子和猫之间的不明生物,由路老师亲自设计。说设计也许不恰当,总之厂商根据她极为潦草的手绘制造了该吉祥物。优少女的微店有售,最小的车内挂件三十,大号抱枕二百八。网店的展示模特是路庐本人,她抱着乌比坐在地上,用粉丝圈的话说,萌到炸裂。

乔瑛全无下单的记忆。自己莫非过早地老年痴呆了?接着她想到另一种可能——

昨天路老师的网上直播,她混在一群人当中送了玫瑰。直播画面中的路庐在吃盒饭。待会儿就要上台了,今天盒饭肉蛮多的,还不错——说话时,路庐并未咽下全部的食物，腮帮子略鼓，像只聪明相的松鼠。各种卡通图标在她的前方纷纷扬扬落下，糖果、花和巧克力。她垂下眼，轻快地报出打赏观众的ID，致以谢意。不管多长多拗口的名字，她的舌头从不打结。绝对是一种才能。

拐棍糖十八元。玫瑰一百八十八。巧克力二百八十八。再往上还有姜饼屋、雪人、麋鹿，价格不断攀升。各类打赏代表了直播观众对主播的爱，虽说爱不能用金钱衡量，但谁都愿意看到自己的偶像被糖果鲜花和更高级的图标淹没。据说平台和优少女的经纪公司赚了大头，少女们每次开直播，所得只占全部收益的两成。也就是说，一朵玫瑰，仅让主播得到三十七块多，折算下来差不多一杯咖啡，或两杯奶茶。

直播平台很聪明。在其他的直播间，空中洒落的是金币钻石等俗物，到了少女们这里，变为可爱的圣诞风。粉丝们也不爱提"钱"字。群里说起直播，都是"今天你请路老师喝奶茶了吗"。除了彼此催付，还有层含义，拐棍糖这么小家子气的你也好意思出手吗？至少来朵玫瑰。

乔瑛没能等到直播结束就下线了，因为不巧的是，路庐喜欢在傍晚的演出前直播，百分之百是餐厅最忙的时候。为了上网看一眼并送出玫瑰，乔瑛几乎是一溜小跑地到了餐厅所在商场的消防楼梯。只有在那个灰色的水泥空间，她才不用担心被人看到自己在做什么。网络真神奇。要在过去，观众和大众偶像之间的距离，除了演唱会现场能缩短到几百米乃至几十米，总的来说遥不可及。而如今，你能近距离注视自己的偶像吃饭。

每次看路庐吃盒饭，乔瑛都恨经纪公司小气，恨不得从自家餐厅闪送餐盒到后台。

——对了，路老师有时会在直播快结束时从打赏观众当中抽奖，莫非乌比是这么来的？可她怎么会有自己的地址……

乔瑛进入设成免打扰的微信群，注意到自己被圈过。点按跳转，她捂住了嘴。

昨晚八点多，群里的同伴们纷纷圈她。喂，你中奖了。路老师找你。你不要我就冒领了！和她比较熟的三妙说，我帮你把地址报给直播场控了，下次请我吃饭！其后，这一波消息被群内的其他话题淹没了。毕竟是四百多人的大群。

居然中奖了。自己不过送了一百八十八的玫瑰，竟能得到路老师本人送出的大号抱枕。当然了，这些事都有平台打理……她望着敞开的箱子里笑脸盈盈的乌比，心神恍惚。接着想起，哦不对，这个月陆续送了快二十朵玫瑰……路老师说不定对我的 ID 有了印象。

买给球球的两个乌比，他玩两下就没了兴趣。她将中号收进衣柜，小的留在球球的枕边。江西宁说，这种东西以后不要买了，儿子不喜欢，又招灰。今天丈夫看到这么大一只，又会怎么说呢？她在家里转了一圈，搬出扶梯，把搁在衣柜顶上的大旅行箱拿下来。旅行箱是结婚时买的。本想去美国度蜜月，毕竟妹妹在那边，连签证都办了，后来丈夫反对，两人去了趟丽江。她以为云南的冬天温暖宜人，没想到丽江冷极了，为了御寒，临时买了条少数民族风格的大披肩——江西宁评论说，肯定是义乌哪个工厂的，你以为会是当地的手工吗——回来后再没用过。打开行李箱的同时，想起那条披肩，不记得在衣柜的哪个角落。她把一脸无辜的乌比塞了进去。对不起，路老师。周六见。

乔瑛热了一个馒头，从做好的晚上的菜里拣几口吃。要是让外婆看到她现在的样子，一定会说，吃饭要细嚼慢咽啊，将来落下胃病就糟了。更不用说吃饭看手机，肯定会被讲。

只不过，这世上唯一会唠叨她的外婆，走了八年了。

昨天她从消防通道往回走的时候，遇见厨房的年轻人。脸生，大概是新来的，白色工作服上绣着品真阁的标志。男孩在打电话，声音低微，像是溜出来和女友腻歪。

人就是会把时间耗在这些事上，她想。

爸结过三次婚，都没能长久。好在第三次婚姻没造出孩子，不然整个家族实在过于庞大。如今和爸生活的方阿姨据说没和他领证,就像妈妈一直也没和赵叔叔办手续。非婚同居关系一旦有变动,吃亏的总是女人。妈妈和赵叔叔开始有龃龉,是因为赵叔叔不愿给房产证加名字,说要留给什么远方侄子。后来妈妈搬到乔瑛家住,声称帮忙带球球,实质是被赵叔叔赶了出来。谁也不说穿。

乔瑛从小由外婆带大,和自家妈妈说到底是陌生的。外婆走后,动迁的房子唯独留给了乔瑛。两个姨妈没少说阴阳怪气的话。妈妈没有当面讲,心里恐怕也有芥蒂。动迁房位于偏远的西南郊,乔瑛结婚那年把它和早年买的小房子一起卖了,换成这栋中环内的两室一厅的七成首付。

在妈妈看来,乔瑛嫁得不好。她有时假装不经意地讲起老熟人的女儿们。谁嫁了公务员,谁经常出国旅游。妈妈对江西宁始终维持着生分的客气。后者倒是不在意。

球球去年进了幼儿园,妈妈像是觉得完成了任务,去了乔钰和霍莹的家,帮忙照管幼儿园大班的乔子琪。乔瑛有时为妈妈的晚景忧心,转念又觉得自己多管闲事。

洗过碗,捧着手机坐在沙发上,那感觉,就像是把一天中唯一属于自己的片刻抓在手里。

又像是坐在一处密度不同的空间。从前,每当手捧漫画书,乔瑛也常有这种感觉。十几本一套的日本漫画,她作为小车那间店的常客,像只蚂蚁般勤劳地搬回租屋,又还到店里。奇怪的是,对漫画的热情随着租书店的关闭而消散，如同河流长途跋涉到河床的某处，被土地吸收殆尽，不复流淌。

对路老师的热爱也会在某一天急转直下吗？她不愿提前思考这种可能性。此刻，她忙着在微博上以路老师的多个昵称进行关键词搜索，一页接一页往下翻，不愿错过任何谈论。有时她停下点赞。有时"路黑"的发言映入眼帘，她忍不住写长回复进行反击，同时转发。做粉丝需要的不只是经济投入，更是大块的时间。她几乎想不起来，尚未遇到路老师的时候，工作日上班前的短暂时间是怎么度过的。

生孩子更多地出自她而不是丈夫的期望。他曾经说，养孩子代价太大。

她想要孩子。想要一个完全属于自己的小家庭。她自己是个孩子的时候没有过的。

等孩子来到这个世界，她不断体会到，对球球的爱，受到体力精力和每时每刻的心情的制约。她想，真正全心全意爱孩子，反而是他在肚子里的时候。那时因为孕期荷尔蒙，她就像服食了某种兴奋剂，工作一天腿脚浮肿，仍不损愉快。

甚至连家族聚会都开开心心地去了。她怀孕五个月，哥哥那边给乔子琪办周岁酒。

对了，她一直以为父母最后一次见面是她的婚礼，那是记错了。宴席包间里，爸和方阿姨，妈妈和赵叔叔，远远坐在圆台面的两端。霍莹的爸妈坐了主座。乔瑛和丈夫到得最晚,被安排在末席。乔瑛挨着乔子俊,哥哥和前任妻子的儿子。

乔钰调侃江西宁,说,小孩马上出来,你的逍遥日子不多喽。又说,你们想要儿子还是女儿?

江西宁答,无所谓的。

爸像是想说什么,被乔钰抢了话头道,小江啊,你不要怕我们乔瑛嘛,今天我给你撑腰,你讲一句真心话。

我是真的无所谓。反正不管儿子女儿,我们管他到大学毕业。就算是儿子,我也不会给他置办婚房什么的。让他自力更生好了。

江西宁的语气平淡。乔瑛知道,他说的是真心话。

乔钰笑了一声道,你们两口子倒是新潮。不过我们家也是新派家庭,对吧?大家各管各,说起来只有乔瑛沾到了老一辈的光。

这怎么就说到自己头上了?乔瑛一呆。当初哥哥跟着爸到了新家,自己却被外婆接收,她内心委屈了多少年,可是到最后,人人眼里只有外婆留给她的动迁房。

回家路上,江西宁说,你们家的人啊。

他的后半句落在半空,乔瑛知道他的意思。交往的时候,她讲过自家的一些事。

职校三年级,学校有项公开招考,通过考试便能到澳门某酒店餐厅工作。她为此突击复习外语，过了笔试，又参加面试。拿到名额后，校方说需要家长签字。她把协议带回家，外婆不肯签，说，这么大的事，还是得你爸妈拿主意。

她知道外婆为什么不签字。学校的各个班级均是定向委培，去澳门算是放弃包分配，需要赔一笔钱。

接到电话，爸妈分头来了外婆家。妈妈坐在外婆的大床边吃着小核桃，看到爸，她拍掉手上的碎屑，开始对"三婚老新郎"冷嘲热讽。让乔瑛意外的是，上大学的哥哥也来了。家庭会议这才开始。他们三个你一言我一语，立场虽不同，结论却趋于一致，那就是，小姑娘去澳门那种地方工作要学坏的，还是留在上海稳妥。没有人提到赔偿金，仿佛那根本不成为理由。

路庐也来自父母离异的家庭。路妈妈是本市一家老国营餐厅的服务员，把女儿一手带大。乔瑛不至于因此有什么职业上的亲近感。第一次在网上看到关于路妈妈的八卦，她甚至有小小的不适，心里说，天哪，我要是刚工作几年就结婚生小孩，孩子也有这么大了。她查了路妈妈的年龄，发现比自己大三岁，暗自松了口气。

据说路庐从小热爱唱歌，小学时就声称自己将来要做歌星。原话是"歌星"，不是歌手。她在前年参加优少女的选秀节目，台上的镇定一点也看不出只有十三岁。那个在网上一度成为话题的节目对乔瑛来说不过是滑过眼前的片段，她要到成为广大路粉的一员，才回看了从海选到决赛十几个小时的视频，又刷完了差不多同样时长的花絮和粉丝剪辑。事实上，优少女推出首张单曲时，选秀带来的话题性已消散殆尽，几个月后的第二单《隐喻世界》的销售数字更是一路下滑。

销量不妨碍乔瑛的热忱。到了今年，优少女的粉丝们骄傲地说，去年的低迷期是"洗粉"的过程，不够热忱的人尽管离开，留下的才是铁粉。

要是被人问到，你怎么会喜欢未成年的小偶像，而且还不是年轻男孩，乔瑛只能回答，我自己也搞不懂。

反正，看到路老师，心情就一下子，飞起来。

如今已"出坑"的明旭说，哎呀这有什么不好解释的，根本就是高龄瘴气。年龄大了有各种不顺心，越来越丧，看到小姑娘唱歌跳舞而且那么拼，就受到感染，好像自己也可以重整旗鼓拼一下！

至于"高龄瘴气"一词是明旭本人的发明还是她从哪里看来的，不得而知。明旭在外企工作，收入不错，也不太忙，有大把时间用来追星。路老师之前，她迷过岛国的某男演员，还专程飞到东京看舞台剧。乔瑛第一次看优少女演出的时候坐在她旁边，两人聊起来，交换了微信，她成了乔瑛的领路人，关于直播之类的知识都从她那里批发得来。

明旭新近喜欢上了韩国男子偶像团体的某人。她有时会在微信问，你还没出坑？乔瑛答，没有啊，为什么要出。那边打一个俏皮的表情，不答。

乔瑛想，自己没有明旭那样的经济实力远程追星，也没有随时更迭的热情。自己有的，仅仅是专注。

今晚第一拨客人的菜陆续上齐时，乔瑛走到门口，查看排队等位的记录本。餐厅没有等待区，客人们留下手机号，自去逛商场或喝咖啡。和面向大众的中档商场不同，这座三层楼的穹顶下汇集了四家精品餐厅，听不到排队叫号的喧嚣，有的只是细碎的钢琴背景音乐和偶尔走过的顾客。一楼和二楼的商铺显得昂贵又萧瑟。真有人买那些动辄四五位数的衣服吗？乔瑛也时常纳闷。不过，这种念头，和丈夫觉得品真阁贵而无当，本质上是一样的。更进一步说，她在路老师身上花的钱，在圈外人的眼中，纯属烧得慌。消费时代，人人都在为自认为合理的"爱"买单，从吃到穿到偶像。

有五组等位，三桌两人，两桌四人。乔瑛对迎宾说，再有客人来，就说要等一个小时。

"瑛姐？"有人不确定地喊她。抬眼望去，来者是个白衬衫领口曳出丝巾的女人。丝巾上缭绕着金色图样。爱马仕。没有印象的面孔。乔瑛对人的记忆力颇佳，客人来了两三次，她便能叫出姓，某先生某小姐，人们因此感到被重视的愉悦。

"我是小文。李郁文。"对方又说。

乔瑛愕然。小文她自然是记得的，她工作第三年带的徒弟，那时不过是个青涩的小丫头。印象中，小文有张圆盘脸，眼前这一位是三角形尖下巴，典型的"网红脸"。

大概整了容。她点头说："好久不见。"

"真没想到在这里见到你！"小文欢快地开始叙旧，问起几个老同事，对乔瑛来说都已失联。那边低头敛目，浮起半分笑意，说，对了我光顾着和你说话，忘记问，里面有位子吗？乔瑛问，你排号了吗？小文答，我刚来。我们两个人。我和我先生。要等很久吗？

乔瑛思索片刻，说："你要是不介意，我给你排张桌子在角落。"

小文笑起来说："太好了。我先生最恨等位的。"

每家餐厅都有为熟客或特殊客人加位的特例，小文曾在餐饮界打混，不会不懂。乔瑛安排人手，搬了小圆桌在吧台旁的空地，因靠近出菜的走道，又拉了屏风作隔。桌布、三层叠放的餐盘、束在银环里的餐巾、筷架和筷子以及长柄汤勺，一样样归置妥帖。她亲自领了小文进来，那边款款说,瑛姐你在这里,我们以后要多来。

旧同事显而易见的生活境遇的上升没有让乔瑛多生感慨。她事务性地解决了多加的一桌,重又投入忙碌中去。今晚很流畅。餐厅运转正常的时候,她能透过背景音乐听到稳定的节奏,如隐藏在合奏中的沙锤的节拍。

稍有余裕,她看了下小文那桌的菜单。酒煮花螺、清水萝卜、瑶柱嫩豌豆、炖杂鱼,点心是黄鱼生煎。没有一个贵菜,实惠又娴熟的点法。看样子两个人饭量不大,也怕油腻,她猜小文的先生应该不年轻了。让底下人加送了果盘,等那桌买单的时候,她过去打招呼。按菜单做的猜测没错。小文对面是位开始谢顶的西装男士,看得出有健身的习惯。小文眼波流转,柔声问:"瑛姐,梁城最近怎么样,你们还在一起吗?"

就知道她不会放弃八卦前男友的机会。乔瑛表情放松地答:"我结婚了,我先生是做设计的。梁城现在是知名侍酒师,在柏悦,还有个公众号,叫'狐狸酒谈',你没看过吗?"

工作带来的肾上腺素在她走进更衣室时耗尽了最后一滴。店堂出自知名设计师之手,庄重又不失现代感,更衣室只做了基础装修,呈现荒凉的工业化外表。日光灯管,水泥地,上下两节的金属柜上贴着名牌。没有一个人。每天等她按惯例做完收尾确认,同事们已换完衣服走了。

她打开柜门,雪亮的日光灯下,路庐的笑脸呈现在眼前。柜门后贴着从粉丝俱乐部买的签名照。高一米多宽三十厘米的柜子里塞满了零碎的路老师周边,都是她不想带回家让丈夫看到的。其实放在家里他也不会注意到。他的活动范围惊人地小,平时最多开抽屉拿条内裤,需要换的衣裤都由她选择拿出。

徽章。马克杯。扇子。"路"字荧光棒。CD。棒球帽。应援衫。帽子和应援衫都是黑色,上面印着翠色的"R's"。马克杯上是乌比。乔瑛深吸了一口气,就像要将衣柜内沉积的"路气"吸入肺腑,借此攒足走完这一日的能量。鼻腔内唯有消毒剂的气味。

晚上到家,球球在睡。她洗完澡,在门口看了片刻小床上昏暗的轮廓,没进去。回到房间,夜猫子丈夫醒着,侧躺在被窝里,手机屏幕的亮光在枕边隐隐浮现。他在刷微博或网文。有时她心生好奇,他怎么会在微博上花那么多时间,又不像她需要给路老师打卡和刷评。她和江西宁当然彼此关注,他的动态很少。要么他只看不发,要么他和她一样有小号。她的小号在这一年间迅速成长起来,俨然是她的半身。

她钻入被窝的另一侧,他的后背纹丝不动。她轻拍他,说:"还不睡?"

"马上。"

她想和他说在店里遇见变成客人的前同事,转念又懒得开口。最后她只说:"周六你记得哦?"

后天星期六,她难得周末轮休,早就和丈夫讲好了,那天他负责带球球,她要去参加初中同学会。实际上,她自从被拉进初中同学的微信群,一次也没参加过他们不时举办的大小聚会。她周末通常上班,再说她对了解别人的现状或呈现自己的境遇也没什么兴趣。看看群里的对话就知道了,他们,或她们,都爱晒消费,感慨带娃的不易——等于变相晒消费。同学们大多比她早婚早育,孩子上小学或初中,因此,他们谈论的教育话题离她尚远。私立学校、学而思、夏令营,纷杳的词语伴随着金钱的回响。江西宁早就声明,球球自己考到什么就念什么,用不着另外花钱报班。他还说,你和我不都是这样过来的?对此,乔瑛有不同的想法,只是球球还小,她不着急提。

听到旁边"嗯"了一声,她闭上眼。

周六,她要去看路庐的下午场演出。少女团体的好处之一,是每周有演出,而且是小场子,不像那些大牌偶像,一年才几次演唱会,粉丝买六七百的票也只能在看台汪洋大海的浪尖上,喜欢的人唱歌时,不过是个手指头高的身影。

优少女的票价近来被黄牛炒高了,前几排的二手票,动辄七八百。

她有票。群内有人负责上网抢票。不光是票，一应事宜都不用操心，那天送什么花，由谁负责摄影，谁修图，做什么字牌，哪几个人举，都有人定下，她只需要跟着凑份子和听指挥。和上班或在家不同，作为路粉的一员，她不用做决定，也不用提前规划。那是陌生的轻松，知道自己在命定的洪流中。想到再过四十多个小时，自己将在台下，离路老师不过几米远，她隐隐激动。疲倦很快压上来，像后浪滚过前浪。她被拖进了将被闹钟截断的睡眠。

周六，乔瑛起床时情绪很高。她放任丈夫和儿子各自赖床，在客厅用低音量放着优少女的歌，吃了枚羊角包作为早餐。本市著名法餐厅兼设的面包房出品的羊角包在冷冻室躺了一周多，经过烤箱加热，重新焕发香脆。羊角包加手冲咖啡，她每逢休息天给自己的小小犒劳。对羊角包的爱是小时候喜欢油条的延伸。外婆家的早饭经常是泡饭配油条。外婆算准了时间去买刚出锅的油条，等乔瑛起来洗漱完坐在饭桌前，蘸过酱油的油条吃到嘴里，仍是脆的。

妈妈的喜好完全不同。包子、白煮蛋、豆浆，是妈妈住在这里时的套路。她不知道爸和哥哥爱吃什么早餐，一家四口的记忆几乎不存，至于妹妹，那是另一个世界的人。爸和第二任妻子秦阿姨也就是妹妹的亲妈在一起时，她去过几次那个家。插着花的房间像电视剧的布景，地板光亮，立式钢琴闪着幽光，新式的厨房兼饭厅里，橱柜也闪着光。和外婆家所在的老式里弄完全不同的世界。小学低年级的她问外婆，为什么哥哥跟着爸爸，我却不能一起？妈妈为什么从来不让我去她家？等到年岁增长，她学会了不再问。

吃完最后一口，乔瑛舔了下左手手指，右手已完成十次微博投票。她难得在微信群冒了个泡，写道，好开心啊今天去看演出！随手贴了笑眯眯的乌比脸。乌比的表情包是收费的，群里人手一份。乔瑛只在这个群才用，和家人或同事微信时，她不用任何微信表情。

又刷了会儿微博，进屋去看球球。小家伙半醒不醒，她趴在床边逗他，问他这周在幼儿园学了些什么。口齿不清地答了几句，球球终于醒了，开始喊饿。她问："你要吃包子还是羊角包？"

球球选了包子。外婆留下的影响。乔瑛故意笑着说："你和爸爸一样，中国胃。"

"妈妈喜欢面包。"孩子陈述。

"嗯。"

"妈妈喜欢姐姐。"

她暗自心惊。孩子有时比大人更敏锐。她有点想问他"哪个姐姐"，强忍住了，压低声音说："没有啊，妈妈最喜欢球球。"

孩子茫然片刻，又说："我们今天去哪里玩？"

"今天爸爸带你。妈妈有事。"

"哦。"他沾着口水渍的脸显出和年龄不相符的沮丧。乔瑛特地没有提前讲，就是怕孩子不开心。

"我想去……舅舅家。"球球轻声说。她的心皱缩起来。不仅因为球球的愿望，还因为他那种小心的态度，太像她自己小时候。乔子琪比球球大一岁半，看起来却俨然是个小大人。可能是因此，霍莹很喜欢幼稚的像半个小动物的球球。小孩向来知道谁对他好，球球很黏舅妈。但另一方面，四岁的他清楚地知道，爸爸不喜欢舅舅，妈妈讨厌舅妈。

"下次好不好？等下次妈妈休息带你去。"

不出意料，球球终于爆发了，哭喊道："我要去！舅妈给我买了玩具！"

乔瑛一迭声地抚慰着儿子，心知今天对江西宁来说会是"困难模式"的一天。或者劝他带球球去乔钰家？那个家里，江西宁唯一表现出兴趣、愿意与之聊两句的，居然是念初中的乔子俊，也许因为那孩子和他有共同喜爱的网文以及游戏。

乔钰的家庭如同对上一辈的复制。他曾"寄人篱下"，和后妈妹妹共同生活，成人后却走了爸的老路，带着前妻的儿子再婚，新老婆生了女儿。不同的是，他没有一个多余的扔给自家老妈养的女儿。当然了，妈妈不像外婆，承担不起这般重任。看起来，乔子俊并未因家庭变故感到不适。他一副手机在手万事满足的样子。

乔子俊也在追优少女。对乔瑛来说，这是不用多加留意就能发现的事实。她还敏锐地注意到，乔子俊的"本命"是她最不喜欢的刘萱，从名字到形象乃至个性都乏善可陈的女孩。刘萱是私校出身，从小学钢琴却挡不住天分差，上台唱歌每每走音。在乔瑛看来，刘萱不值得迷恋，但不至于就此和侄子辩论。她装作毫不关心。

当务之急是哄好突然把负能量拉满的球球。乔瑛柔声说："球球乖啊，妈妈下次休息带你去舅舅家。妈妈保证。球球如果够乖，今天回来的时候给你带礼物！"

孩子的哭泣一缓，她趁势接上："白天让爸爸给你放动画片。你最喜欢的《机器猫》。两集，怎么样？"

球球说："爸爸才不像你，我要看几集都可以。"

乔瑛有些无奈。江西宁认为发个平板电脑给小孩就可一了百了。她不想为这种琐事吵架。关于上什么小学的讨论会是场硬仗，横亘在可见的未来。也许她骨子里还是像乔家人，不愿不如人，并把这种压力持续地传递给丈夫和儿子。

球球又问："什么礼物？"

她思索片刻。"乌比好不好？一个大大的乌比。"心里想的是柜顶箱子里那个绵软的物体。

球球说："不要乌比！妈妈只喜欢乌比，只喜欢姐姐，不喜欢球球。"接着又开始哭。这一次显得异常伤心，仿佛他已被抛弃。被小人儿的情绪带动,乔瑛的心头泛起酸楚。虽然对路老师的爱和对孩子的爱不是一码事,她从未想过,自己会为了路老师,对孩子撒谎和敷衍。那曾是她极力避免的。

最后她也流了些眼泪,花了近一个小时才哄好儿子,把他弄起来。今天从开端就乱了套,像一场丧失了先机的战役。喊丈夫起床,收拾房间,洗晒堆积的衣服,回了粉丝群的几句话,熬了粥炒了双菇,在各种间隙刷微博。丈夫呆滞地坐在沙发上,等她换完衣服化好妆,他才惊问:"你今天上班?不是休息吗?"她没好气地答:"同学会啊,你忘了?粥在电饭锅里,菜也有,你不够的话再热一下冷冻室的包子。下午带球球出去玩一下。别忘了四点吃个酸奶。晚饭你带他在外面吃吧。"

她看向在茶几边坐个小凳玩乐高的球球,补了一句:"给他看片要有节制。"

"你们同学会要吃两顿啊。"丈夫说。他常用陈述句表示疑问。婚后一年多她才发现,他这么说话是在表示嘲讽。

"嗯,难得嘛。"她对球球说:"妈妈走了哦。"说完赶紧逃一样地出了门。

两顿饭是看演出的惯例。不管演出是下午场还是夜场,粉丝们先聚齐了吃简单的一餐,交换上次见面以来的粉偶像心得,共同的亲密感把等待开场的气氛酝酿到饱和;演出结束后是相对漫长的一餐，看照片谈感想交换八卦，有时转战外地粉丝的宾馆房间，聊到半夜。告别的时候，彼此都依依不舍，且有种高度兴奋后的低回。那些乘火车甚至飞机赶来的人，情绪的铺垫更长，起落也就更大。有些人会突然哭起来。冷静一些的说，路老师唱唱跳跳两个小时一下结束了，我们要靠这两个小时的能量撑到下次来呢。

比起不能到现场的，能看演出的是无上的幸运儿。群里多的是因为没时间或没钱而无法参与的人。有个四川妹子往群里打了五百，说，我的钱只够一张前排座，你们谁拿这钱去吧，就当是代我坐在那里。最后由群主把钱分给两个经济较差的群友。这就叫"代看"，如果不是身在圈内，乔瑛一定会觉得匪夷所思。刚开始，她只会看看视频、刷刷微博、买几样小周边，用行话说，"相当的外围"。认识明旭是进圈的契机。那之后，她的生活被劈成显而易见的两边。这边和那边。与家人的，在圈内的。哪一边都是现实，有时却让她有种做梦般的不真实感。

一群人坐在麦当劳。有人刷了会儿手机，说，路老师今天没开直播嘛。又说，刘萱在直播。

占据了连续三张桌子的都是路粉，多数人套着统一的应援衫，乔瑛穿的是自己的衣服，配合地选了黑色。当即有人开始抨击刘萱道，她只会装清纯，心计可深了，不像我们路老师简单明快。

这群人女多男少,年龄参差不齐。刚进圈那会儿,乔瑛发现自己并非最年长的,感到安心。路庐和优少女其他成员最大的不同在于,她的粉丝不是以年轻宅男为主。有人说,她的女粉丝多,是因为其身世唤起了"母性"。乔瑛认为那都是鬼扯。

观望路庐的时候,她从来没有作为母亲的代入感。那更像是她没能成为的另一个自己。倔强的,独立的,精彩的,无二的。单亲家庭的路庐,脸上永远是"我很好,我无所谓你们怎么想"。采访视频显示,当记者试图提到路庐的家庭背景和母女关系时,她毫不客气地打断道,你们总问这些有意思吗?我不喜欢卖惨。

乔瑛也知道,自己的观感不能代表其他人。的确有不少粉丝是因为路庐的背景才喜欢她。来自贫家的女孩,如同逆袭的神话。因此,家境优越的刘萱也就更受到这些路粉的抵制。他们说刘萱是靠家里砸钱进入优少女的。最近有个传言,经纪公司开始推刘萱,把很多原本属于路庐的资源给了她。这更加重了路粉们的怨气。

临近演出,他们离开麦当劳,三两成群往优舞台的方向走。来自杭州的羽毛走在乔瑛身旁,两人聊了几句。羽毛还在念书,正是替四川妹子"代看"的两人之一。

乔瑛摸出手机,打字问江西宁,球球怎么样。那边没立即回复。她想,没有消息就是好消息。视野内是苏州河北岸新旧杂陈的街区,石库门的旧墙上写着画圈的巨大"拆"字,一街之隔便是玻璃幕墙的写字楼。优少女的经纪公司优世拥有的建筑两头不靠,由废校改建。原来的礼堂成了演出厅,五层教学楼的一二楼作为办公室,楼上是优少女们的宿舍和练功房。在粉丝们看来,少女们的住宿条件太差,公司只拿她们当摇钱树。事实上,如今做年轻偶像的公司遍地都是,优世在其中不算太寒碜。小公司一般租套房子签几个练习生塞进去,让其参加各种选秀,很多少男少女熬着熬着就过了能出头的年纪,泯然众人。

隔着几个人,前面有人惊叫出声。起伏的谈话声如同涟漪,很快扩散到乔瑛等人的耳边。

——刘萱在直播里说团里有人欺凌她。还哭了。

——那个"有人"指的是路庐。

乔瑛拿出手机打开微博,相关的帖子映入眼帘。转发量惊人。她想,这是血口喷人。公司怎么不管。方寸的界面硝烟弥漫,熟悉的ID们纷纷加入战场,此刻在她前后左右的伙伴们也开始在微博和贴吧发声。

羽毛大声说:"刘萱疯了吗?待会儿她要敢上台,我第一个不放过她!"

和网名相反,她的体型健硕,小了一码的应援衫让她像只黑熊。乔瑛忍不住看了她一眼。

在群里说话比较有分量的三妙是个四十多岁的建筑设计师,她回头喊道:"羽毛,你这样不是让路老师坐实了欺凌吗?粉丝做的事也会算到她头上呀。"

原本兴冲冲的一群人迅速炸成几个阵营。有声称不能放过的,有主张静观其变的,有乔瑛这样感到茫然的,还有面露动摇的。乔瑛观察着一张张脸,感觉到集体的脆弱。只要一粒石子飞过来,她想,就会让我们分散到不同的位置,尽管被砸中的是我们都爱的那个人。

验过票就要进场时,乔瑛注意到一个熟人。是小文。后者坐在大厅角落铺着丝绒的台子后面,手握一叠信封,正和人打电话。乔瑛的一颗心狂跳起来。我以前就在这里见过她。同样的位置,同样的忙碌。她在餐厅认出我之前,我一次也没有想到那是她。

乔瑛当然知道,坐在那儿分票的小文,是优世的工作人员。

能和优世的人搭上关系,如同一种诱惑。她想问小文,刚才网上的帖子到底是不是诽谤。转念又有些踌躇。明旭也好三妙也好,都会坦然向周围的人"卖安利",而她从不让生活中的熟人知道自己是路粉。

她终归还是放弃了,紧走几步跟上羽毛,进了场。

尽管网上吵翻了天,演出和以往并无不同。还是那么凑合的灯光、音乐和舞台。两个小时的过程中，灯光有时太红，有时过于泛青，使路庐的妆容摇摆在俗气和惨淡之间。好在粉丝们发在网上的照片都会经过仔细的后期调整。现场除了乔瑛，没人在乎灯光这种细节。同伴们一律舍弃座位站着，手握应援荧光棒打 Call。台上的女孩们摆手踢腿，运动量惊人，台下的观众们花的气力也不少。光是一整套应援 Call，也就是随着每首歌用荧光棒挥舞规定动作，就需要粉丝们老人带新人，新人常练习，最终形成一波波从舞台看去节奏分明的荧光浪潮。偶像们载歌载舞，荧光棒不输分毫。轮到管字牌的就更累了，想要跟着其他人摇摆，却只能牢牢抓着字牌手柄，不顾手酸，尽量高高举起，不让前排的荧浪变成阻挡。

只有路庐不担任 C 位或是不出场的歌，路粉们才坐下小憩。这时难免有人交头接耳，谈论事件在网上的进展。场内的音乐很吵，他们几乎是贴着彼此的耳朵在喊。三妙的脑袋从左边凑过来，乔瑛只听到半句。

"……实锤了。"

什么实锤了？是指路庐真的欺凌队友，还是刘萱撒谎？乔瑛的手机彻底没电了，刚摸了充电宝插上线，还没来得及重新开机。她正想反问，熟悉的前奏从半空压下来。周围的人欢呼起立。《隐喻世界》。乔瑛也跟着站起来，匆匆把膝上的包塞到座椅的空隙。"有一天我会自己去到全世界……"无论听多少次，唤起的感动不减半分。路庐的脸上，浓妆遮不住汗水，被灯光一照，晶莹璀璨。她用手比心。她转过一百八十度，露出后颈的发角。有粉丝发出无意义的尖叫。有人喊，路老师我爱你。她转回正面，抛个飞吻，随即唱出高音的后半段。她比灯光更闪亮。她的青春迎面袭来，平庸的现实随之消散。

这样的路老师会欺凌别人？

最后一首歌结束，乔瑛右侧的羽毛忽然穿过其他人挤出去，头也不回地走了。羽毛像是在哭。乔瑛茫然地问隔一个位置的人，她怎么了？那边摇头。乔瑛下意识地摸手机。敞口的托特包里，发烫的充电宝还在，手机没了。

周围的人都在扯着嗓子喊安可。重新上场的阵容没有路老师。乔瑛顾不上失望，心头闪过一千种不安。手机消失，和丈夫之间的联系被切断的这一刻，她突然开始担心球球，怕儿子因为妈妈不在身边而闹别扭，或感冒发烧，或拉肚子。任何事都有可能。甚至，他会不会喝热水洒到身上了？乔子俊脖子下面有道触目的陈年烫伤，他七岁那年，想喝他爸爸杯里新倒的茶，哗啦一下全洒在前襟。

她和众人并排站在收起的座椅和前排靠背之间，喉咙干渴，心头火烧火燎。安可结束，观众们纷纷往外走。前后都是认识的人，可她甚至没法对谁说，我的手机没了，我觉得是羽毛拿的。像羽毛这样靠赞助来的最穷困的粉丝，在其他人眼里如同朝圣者。她模模糊糊听见前面几个人在说羽毛没等到安可就跑掉的事。一个说，羽毛太难过了。另一个说，爱之深恨之切。她恨恨地想，羽毛是贼好不好！终于从乱哄哄的场内到了更加乱的大厅，乔瑛一把抓住三妙的胳膊，说，手机借我！她想给丈夫打电话。三妙把手机屏幕横着递过来。她不解，随即发现，手机上在放一个视频。模糊的画面中，路庐在扇刘萱的耳光。一下。一下。更用力的一下。路庐冷然的脸是那么陌生。

原来，就在演出接近尾声的时候，视频在网上被转疯了。乔瑛瞬间忘了打电话的事，怔怔发呆。羽毛是因为这个跑掉的？不是她拿了我的手机？此时听见有人大声说，是污蔑！肯定有原因的呀！另一个声音说，我真是看错她了，唉。三妙显得比其他人沉着，说，不能只凭一截没头没尾的视频就乱了阵脚。

乔瑛不想站在这群人中间，尽管她曾视他们为同伴。她穿过认识不认识的人走出去，演出厅外的操场上聚集了一个个小群，看起来每个人都有自己隶属的团体，并安于待在各自的位置。他或她，年少的、年长的、有正当职业的、像羽毛那样甚至说不定是个扒手的，都知道自己喜欢谁、捍卫谁、憎恶谁。

她往曾经的校门口走去。要抵达舞台的后门，需要从外面绕过旧校舍。她走得很快，超过了几组同样往后门去的人。堵后门的粉丝每次总是有的,实际上收效不大,只能远远瞧一眼。优少女们演出结束,照例由大巴直接拉去某日式浴场。包场让她们在那里卸妆洗澡吃东西,算是优世给她们的小小福利,估计也有避开粉丝围堵的用心。

通常来后门的都是粉圈外围的人,像乔瑛这样的,已经谙熟规则,加上有同伴做好各项安排,是不会贸然前往的。在有组织的粉丝们看来,那不过是外围粉毫无意义的尝试。

但今天不同以往。乔瑛尚未走近,就发现后门围了里三层外三层的人,完全不是她以前见过的稀疏场面。整场演出也不过一百八十个观众,此刻大半还在操场上,这些人是从哪里冒出来的?接着她从交头接耳中发现,那都是刘萱的粉丝。她庆幸自己没穿应援衫,不至于被一眼看破。下一秒,她又为这份庆幸生出自我厌恶。当路老师成为众矢之的,我应该继续站在她的一边,不是吗?

很快,她发现那群人是有组织的。他们摆出了等待的架势,人群中的地上摆放着一格格鸡蛋。她感到浑身发冷。公司就没人来维持秩序管一下这些人吗?保安站在玻璃门内,显得对门外即将掀起的风暴漠不关心。

该死。偏偏这时候没有手机。她无比想念手机,出于和刚才不同的焦虑。

乔瑛迅速估量走回操场需要的时间,觉得不能冒这个险。她想上前问谁借个手机,又一想,自己背不出群里任何人的手机号。周围有没有路粉呢？让他们在群里发个消息。她环顾四周，寻找熟悉的应援衫，一件也没找到。像她一样穿黑衣的倒是有几个，但无法确定那到底是谁的粉丝，路庐的、刘萱的，或是另外十个女孩之一的。

焦虑间，后门有人影出现。少女们一个接一个出来了，仍带着舞台的妆，演出服换成了休闲打扮的衣裤。刘萱是第三个出来的。她刚露面，四下轰然，人们大声喊她的名字。她像是不知所措地停了片刻，挤出僵硬的微笑，继续朝大巴走去。她后面的徐舸冲人群挥手，有两个人零落地喊，爱你！跟刘萱粉丝的阵势没法比。徐舸的后面是霍萧萧。然后是商玲。乔瑛熟知她们每一个，信息主要来自路粉对优少女其他人的抨击。她的视线紧盯着她们一个接一个鱼贯而出，消失在大巴里。刘萱没有坐在靠窗的位置，像要把自己藏起来。

第十二个出来的不是路庐。是小文。她今天没有戴那条昂贵的丝巾，口红褪去大半，显得憔悴。她在玻璃门外停下，对黑压压的人群说："你们都是刘萱的粉丝吧？不要在这里闹事，都散了吧。"

"路庐呢？"一个年轻男人的声音叫道。

"有种就不要藏着！""对！""她打人的时候多霸气呢！"

小文高声说："公司会处理的。你们这样只会让事情更复杂！"

说完，她决然地上了大巴。车门合上，车开走了。保安开始锁门。

人群交头接耳。人们在猜测，在质疑，在表达更多的不满。毫无疑问路庐溜走了。但是从哪里呢？今天只能就这么算了？他们中的一些人在手机上打字，显然网上的争斗仍在持续。

突然，一枚鸡蛋被砸到拴着环形锁的玻璃门上。蛋壳破裂，蛋清和蛋黄的混合物在玻璃上留下如同蜗牛爬过的痕迹。接着是第二枚。人们开始把所有的鸡蛋朝门和墙扔去。有人在骂。有人在笑。有几个人开始散去。离开的是不那么冲动的类型，或根本不属于刘萱一伙。

乔瑛望着那一幕，心想，路庐为什么要打刘萱呢？

经过选秀留在十二强的女孩当中，刘萱实力最差、家里最有钱。和路庐恰好相反。

尽管路庐有贫穷的背景，在乔瑛的眼里，路庐酷似妹妹乔瑗。不是面貌的相似，而是在更深的层面。

五年级的一个周末，乔瑛去了爸和秦阿姨的家。偶尔会有收到邀请的时候，来自爸的心血来潮。那边家里习惯下午吃点心，当天是红宝石的鲜奶小方，她和妹妹坐在餐桌边，一人一块。上初中的哥哥不在，说是去同学家了。五岁的妹妹笨拙地用着叉子，嘴边沾了奶油。

秦阿姨在旁边说，还有一盒，你带回去跟你外婆一起吃吧。

她知道这时该说谢谢，尚未开口，妹妹叫起来，我的！

秦阿姨笑着说，瑷瑷，你要吃，妈妈明天再买。

妹妹不依不饶，开始哭。乔瑛说，留给妹妹吃吧。秦阿姨便也不再坚持，轻声说，她小，不懂事。

乔瑛结婚的时候，酒席办得简素，共两桌，几个熟朋友，妈妈和赵叔叔，哥哥全家。犹豫再三，还是喊了爸。席间，爸不出所料地喝醉了。醉了就开始哭，说，我真希望今天在这里结婚的是瑷瑷。她一个人在美国也不知过得好不好。江西宁显得无语，问乔瑛，这是你亲爹？乔瑛说，我爸就这样，你别管他。心里补了一句，再疼乔瑷，也挡不住你和秦阿姨离婚。

她最初计划蜜月去美国，有一半来自爸那边的建议。江西宁说，他不就是想让我们带吃的给乔瑷吗？让我们当人肉快递，又不见他出机票。最后没去成，很难说和这番意见无关。半年后，乔瑷自杀的消息传来，乔瑛陷入无由的恐慌：如果我当时去了，会不会对她的精神状态有所帮助，或是更糟？

乔瑷自杀是因为抑郁症，没死成，开始看病。爸去了趟美国，待了两个月。回来后，他显得老了一截。

乔钰对此的评语几近冷淡。说，都是惯的。

在乔瑛看来，要说惯着女儿，没有谁比得上路妈妈。

路庐从小有专业老师指导她唱歌,学费来自路妈妈下班后兼职做钟点工的收入。乔瑛了解餐厅工作加上带孩子的强度,她自问再爱球球,也不会为了孩子的教育多做一份工。

她想,所以路庐脸上才有那样的自信和淡漠,那种不可一世的光彩。有些人因此厌恶她,就像我厌恶妹妹。而我对她的爱也来自于此。这事没法解释。

爱是盲目。

意识到时,她已经不受控制地跑了过去。心跳如鼓,浑身像发烧般滚烫。她站在玻璃门前。

路庐一定还在里面。她了解那栋楼的结构。锁门不过是障眼法。

扔鸡蛋的人们像是愣住了。若干枚鸡蛋正以抛物线划过空气,那是它们注定无法变成食物的最后旅程。

啪。啪。

鸡蛋落在她的头发上、衣服上。微腥的气味。她熟悉的厨房气味的一部分。那种黏腻,如同外婆病危时咳出的痰。她的过往如蛋壳般纷纷碎裂,她是乔瑛,她也是路庐,她站在原地,挺立不动。脑内是熟悉的歌声。跨过边界的河流。她想哭。她想喊叫。这个瞬间,她忘了球球、丈夫,挣脱了爸妈、哥哥、有一半血缘的妹妹。她只剩下她自己。她注视人群,几乎是满意地将他们的退缩和惊愕收入眼底。

她想,这就是爱。

后记

收在这个集子里的八篇小说，最早的一篇从2012年开始写，完成于2014年，最晚的是2020年的作品（在书中的排序不按照写作顺序）。其间写的中短篇不止这些，有几篇我觉得差些意思，未做收录，所以算是精选集。

修订重读的时候，身为作者，分明地辨认出若干年间的文风变化，同时被唤醒的，还有属于每个故事的灵感来源、演变脉络、这个故事和那个故事间的牵绊与联系。在这个意义上，结集对于作者本人，是很好的回顾与锻炼。

八个中短篇，是八个小世界。各个世界中的人，有他或她的各种问题要面对。他们的处境或许特殊，作为人的根本则是相通的。人有时软弱，有时犯错，有时奋起却惨遭跌跤，有时在随波逐流的过程中恍然照见自我。重读时我还发现，这八篇小说本质上是家庭小说，"小说"这一表达方式，基本是以故事的形式聚焦个体的遭遇，但故事的主人公不可能是无根之树；也不妨称之为城市小说，其中镶嵌了我居住近三十年的上海在不同时间阶段的局部，有几篇的背景被放在东京，主人公是我们这时代的旅居者。人无论走多远，仍会带着家庭与早年生活留下的烙印，渐渐融入其中仿佛无碍的他乡生活，反过来让旧的自我显得清晰。

也许有读者注意到了，《最后一只巧克力麦芬》是长篇《星在深渊中》的番外。即便没读过该长篇，也不影响单独享用这则中篇，不过，我抱有谨慎的期盼，说不定有那么几位读者，在读完《麦芬》后，会想要读一读与其一脉相承的长篇。

最后想说，希望你喜欢这些故事，不用全部，若读者从其中一两篇找到共鸣，作者便足够欣慰，便能获得新的气力，继续前行、观看，和书写。